ALEXANDRA FABISCH

Ein Tag und alles anders

Buch

Lina und Fabio könnten unterschiedlicher nicht sein: Die schüchterne Wissenschaftlerin steht kurz vor ihrer Promotion und verbringt ihre Tage am liebsten allein im Labor. Der charismatische Jungjournalist dagegen liebt seine Freiheit und jettet von einem Event zum nächsten, immer ein Mädel im Arm und der Top-Story auf der Spur. Als Fabio mit seinem besten Kumpel Nik darum wettet, dass er die nächste Frau, die ihm begegnet, innerhalb von nur 24 Stunden dazu bringen kann, sich in ihn zu verlieben, prallt er ausgerechnet auf Lina – im wahrsten Sinne des Wortes –, die überhaupt nicht in sein Beuteschema passt. Von der ersten Sekunde an können sich die beiden nicht ausstehen. Doch dann riskieren sie einen zweiten Blick und verbringen einen unvergesslichen Tag, an dessen Ende nichts mehr so sein wird, wie es war …

Autorin

Alexandra Fabisch hat als Ärztin in Hamburg sowie einige Jahre als Unternehmensberaterin gearbeitet, bevor sie zum Schreiben kam. *Ein Tag und alles anders* ist ihr Debütroman. Sie lebt mit ihrer Familie in Ostwestfalen.

ALEXANDRA FABISCH

Ein Tag und alles anders

Roman

blanvalet

1. Auflage

Blanvalet in der Verlagsgruppe Random House GmbH,
Neumarkter Str. 28, 81673 München
Redaktion: Angela Kuepper
Umschlaggestaltung und -motiv: www.buerosued.de
JF · Herstellung: sam
Satz: KompetenzCenter, Mönchengladbach
Druck und Einband: GGP Media GmbH, Pößneck
Printed in Germany
ISBN 978-3-7341-0438-1

www.blanvalet.de

28. August 2014, 8:45 Uhr

»Apallaway llaqtanchikman, wasinchikman chay chiri urqupi, kutiytam munani ...« Lina rieb sich die Schläfen. »Kuntur, kuntur«, sang der Indianer mit der melancholischen Panflöte weiter, zerfranste jeden ihrer Gedanken, schluckte auch den letzten Rest Konzentration. Eines war sicher: Wenn sie die rätselhaften Worte, die mit brillanter Klangqualität aus dem Nebenraum zu ihr drangen, nicht bald entziffern könnte, würde sie verrückt werden. Schon zum sechsten Mal segelte der Kondor über die Anden, und noch immer verstand sie nichts, gar nichts. Sie kannte jeden Ton, jedes Intervall, jede Achtelpause von El Cóndor Pasa. Ganze zwölf Monate hatte sie das Stück auf ihrer Querflöte hoch und runter gespielt. Weil es genauso verzweifelt klang, wie sie sich damals gefühlt hatte. In Tokio, vor vierzehn Jahren. Der Text war ihr in ihrer Trauer und Einsamkeit egal gewesen.

Und so sollte es auch heute sein!

Ungehalten wischte sie eine handschriftliche Notiz von ihrem Schreibtisch. Das Papier segelte in einem eleganten Bogen unter den Drehstuhl und gesellte sich zu einem Ordner und zwei Fachzeitschriften.

»Qusqu llaqtapim plazachallanpim suyaykamullaway«, sang sie leise mit. Sie war mit allen großen Amtssprachen vertraut, konnte sogar einige Brocken Mandarin und Arabisch. Aber *plazachallanpim suyaykamullaway* gehörte definitiv nicht dazu.

»Wer bist du?«, flüsterte sie gegen die geschlossene Zimmertür. Die Genetik der Sprachen faszinierte sie beinahe genauso wie die nonverbale Kommunikation der Körperzellen.

»Malina Nyberg, konzentrier dich!«, knurrte sie sich selbst an und zwang ihre Aufmerksamkeit auf ihr eigentliches Problem. In vierundzwanzig Stunden und einundvierzig Minuten musste sie die Ergebnisse ihrer Doktorarbeit präsentieren. »Die Rolle des RC-19 in der Pathogenese des hepatozellulären Karzinoms«, stand schlicht und schmucklos auf dem Deckblatt ihrer Promotion. Drei Jahre intensiver Forschung und vier Publikationen verbargen sich in den hundertzweiundzwanzig Seiten – und alles, was ihr zu einem gelungenen Abschluss fehlte, waren eine entspannte Generalprobe, viel Schlaf, starke Nerven und die aktuelle Ausgabe der *Drug Discovery*.

Leider entpuppte sich gerade das als echte Herausforderung. Lina seufzte und ließ sich auf ihr Bett fallen. Wäre das Hier und Jetzt ein Projektplan, würden überall rote Ampeln blinken. Die Nacht war ein Albtraum gewesen. Einer, aus dem man einfach nicht aufwacht. Wie auch, ohne Schlaf. Und nun deutete alles darauf hin, dass es ein noch schlimmerer Tag werden würde.

Dabei hatte gestern Abend alles noch so gut ausgesehen. Sicher, ihr Dickdarm hatte sie trotz Atemübungen und progressiver Muskelentspannung regelmäßig an die bevorstehende Präsentation erinnert, und sie hatte mehr Zeit auf der Toilette als auf ihrer Yogamatte verbracht. Aber ansonsten war sie mit sich und der Welt ziemlich zufrieden gewesen. Nach dem Baldriantee um neun war sie nur fünfmal aufgestanden, um ihre Regressionsanalyse, das lineare Faktorenmodell und die Ergebnisse des Chi-Quadrat-Tests noch ein letztes Mal zu überprüfen. Dann, endlich, war sie müde geworden. Gerade legten die Parameter und Vektoren in ihrem Kopf eine Pause ein, da kam Timo mit der akustischen Sensibilität eines Bulldozers nach Hause. Geduldig wartete Lina darauf, dass Müslischale, Löffel, Tasse und noch etwas Blechernes in der Spüle landeten und die Badezimmertür zugeknallt wurde. Noch schnell die warmen Socken übergestreift, eingekuschelt, Licht aus.

Dann brach der Krieg der Welten aus. Bis halb zwei in der Früh bekämpfte ihr Mitbewohner eine Alieninvasion mit Laserkanonen in Dolby-Surround. Als Timo den letzten vermutlich grün-schleimigen und spitzzahnigen Glubschkopf mit einem energischen »Piu-piu« erlegt hatte, fand sie endlich Ruhe. Bis exakt 5:23 Uhr. Noch vor Sonnenaufgang wurde sie von Panflöten und rhythmischen Trommeln geweckt. Da half auch die Bettdecke über dem Kopf nicht weiter. Wenn Pia, ihre Mitbewohnerin, die Stereoanlage anschaltete, dann mit Vollgas.

Normalerweise störte das Lina nur wenig, sie war ohnehin meist im Labor. Und wenn sie spätabends mit einem Sandwich in ihrem Zimmer verschwand, waren Timo und Pia für gewöhnlich unterwegs. Ob auf dem Kiez oder bei einer der unzähligen WG-Partys, war Lina egal. Ein paarmal hatte Pia gefragt, ob sie mitkommen wolle, es nach Linas stetem Nein dann aber gelassen. Wenn man am nächsten Morgen 0,5 µl cDNA, 5 µl PCR-Puffer und $MgCl_2$, 2 µl Vorwärts- und Rückwärtsprimer und 0,3 µl Taq-Polymerase pipettieren wollte, konnte man es sich nicht leisten, die Nacht zuvor durchzufeiern.

Streit gab es allerdings nur selten, und wenn, dann wegen irgendwelcher Hygieneverstöße seitens Timos, über die sich Pia lautstark beschwerte. Harmonisch war offenkundig das falsche Wort für ihr Zusammenleben und die Dreizimmerwohnung nicht gerade himmlisch, mit einer Küche aus den Siebzigern und Wänden so dünn wie Zellmembranen. Dafür lag sie nur zwölf Gehminuten von der Uni entfernt in einer ruhigen Seitenstraße, hatte ein Bad, das größer war als eine Besenkammer, und eine unschlagbar günstige Miete.

Ein seltener Glücksfall für Hamburg, hatte Lina gedacht, als sie vor fast drei Jahren von Quang Hai, dem vietnamesischen Untermieter, durch die Räume geführt worden war. Sie hatte sich ehrlich gefreut, als sie sich gegen die acht Mitbewerber um das Sechzehn-Quadratmeter-Zimmer mit Blick auf den Hinterhof durchgesetzt hatte. Und das, obwohl sie während der zehnminütigen Besichtigung kaum gesprochen und nur zweimal gelächelt hatte.

Die erste Zeit hatte sie mit Quang Hai und seiner Freundin Mai zusammengewohnt. Die beiden studierten internationales Management und kamen aus Hanoi. Man sah und hörte sie selten, eher roch man ihre Anwesenheit: gerösteter Ingwer, Kardamom, Zimt und Sternanis. Pho, eine Nudelsuppe mit Rindfleisch, köchelte zu jeder Tages- und Nachtzeit auf dem Herd, wurde aber meist zum Frühstück geschlürft. Lina hatte das vietnamesische Nationalgericht auch einmal probiert. Aber morgens um halb acht wusste ihr Bauch nicht so recht, was er damit anfangen sollte. Als Mai und Hai vor elf Monaten ihren

Master und die Tickets zurück in die Heimat in der Hand hatten, stellten sich erst Pia und dann Timo als Nachmieter vor. Herr Grauhans, der Eigentümer, war mit den beiden einverstanden und Lina, na ja, auch. Jedenfalls hatte sie freundlich genickt. Bruce Lees Todeskralle auf Timos T-Shirt und Pias Paillettenrock waren ihr zwar ins Auge gestochen, aber das war kein Grund für ein Nein. Schließlich handelte es sich um eine Wohngemeinschaft und nicht um eine Ehe.

Lina massierte ihren Nacken. So langsam wurde ihr klar, dass die friedliche Koexistenz in dieser WG nur auf gegenseitiger Abwesenheit beruhte. Leider musste Pia ausgerechnet heute, wo Lina dringend einen Rückzugsort brauchte, in der Wohnung ein Indianerfestival veranstalten.

Sie schielte auf die leere Teetasse, die zwischen einem Artikel über den Wachstumsrezeptor HNR-1 und der aktuellen S3-Leitlinie zum exokrinen Pankreaskarzinom stand. Ein Earl Grey würde ihr guttun. Ihr Bauch knurrte ungefragt dazwischen, verlangte Toast mit Butter und Erdbeermarmelade. So wie jeden Morgen. Aber jetzt in die Küche? Bei dem Wahnsinn, der vor ihrer Tür tobte, kam das einem Himmelfahrtskommando gleich. Rasch wog Lina ihre Überlebenschancen mit und ohne Frühstück ab, besänftigte ihren leeren Magen mit einem Schluck Wasser und verbannte jeden Gedanken an Essen aus ihrem Kopf.

Widerwillig stand sie auf, angelte sich die alte Pappbox, in der sie normalerweise ihre Einkäufe transportierte, und sammelte die herumliegenden Papiere ein. Vielleicht würde sie so ihre geliebte *Drug Discovery* wiederfinden. Mit jedem Blatt, jedem Schnipsel wurde sie unruhiger. Ihr Nacken fühlte sich mit einem Mal kalt und steif an, dazu pochte ein dumpfer Schmerz gegen ihre Schläfen.

Wo zum Teufel war dieses Heft? Spätestens um sechzehn Uhr wollte sie sich in Gesellschaft eines Vanille-Passionsfrucht-Milchshakes im Japanischen Garten über die neuesten Erkenntnisse in experimenteller und klinischer Pharmaforschung informieren. Und sich dabei so richtig entspannen. Dazu aber musste sie die *Discovery* finden. Das war wichtig, ja essenziell, wenn nicht gar ausschlaggebend für den Erfolg ihrer Prüfung.

Linas Herz begann zu rasen. Ihr Plan, ihre gesamte Vorbereitung, geriet mit einem Mal ins Wanken. So würde sie den Frage-Antwort-Marathon morgen niemals durchstehen! Ihre Knie wurden weich, und sie stützte die zitternden Arme auf ihrer Schreibtischplatte ab. Die Raufasertapete neben ihrem Memoboard schien sich zu bewegen. Rasch schloss sie die Augen, atmete tief ein, hielt die Luft für einen Moment an und ließ sie dann langsam wieder ausströmen. Das Rauschen in ihren Ohren verstummte.

»Gut«, murmelte Lina und rieb die feuchten Handflächen an ihrer Hose ab. »Zuletzt lag sie genau hier.« Sie tippte gedankenverloren auf einen leeren Fleck neben ihrem Locher. »In meinem Zimmer«, fügte sie ihrer Indizienliste hinzu. Sie sollte, konnte, sie *durfte* nicht weg sein. Zum vierten Mal riss Lina die Schubladen ihres Rollcontainers auf. Promotionsordnung, Versuchsprotokolle, Fotografien von fluoreszierenden Leberzellen, der Flyer für den European Congress of Pharmacology, zahllose Reviews und Originalartikel lagen bereits im Zimmer verstreut. Jetzt befand sich nur noch der Bodensatz in der blechernen Bürohilfe. Mit klammen Fingerspitzen beförderte sie die letzte Schicht ans Tageslicht: ein himmelblaues Samtfutteral, das ihren Taschenkalender 2011 beherbergte. Lina nestelte an dem gelben Gummiband, das Termine, geheime Telefonnummern, verheißungsvolle Dates, Start- und Zielgewicht, Urlaub inklusive Smileys, PINs und PUKs bewachen sollte. Normalerweise.

2011? Cambridge, meine Masterarbeit. Mit einem Ruck zog sie die Kordel beiseite und überflog die fein linierten Seiten. Seminare, Klausuren, Meetings mit Dylan Ramsey, ihrem Supervisor. Dann viele, fast leere Wochen – der Sommer. Lina runzelte die Stirn. Wenn man ihr drittes Jahr an der englischen Eliteuniversität durchblätterte, wirkte es trist, öde, einfach sterbenslangweilig. In ihrer Erinnerung aber waren die Tage nur so davongaloppiert, während sie eine spannende Vorlesung nach der anderen besucht und bergeweise Wissen in der Bücherei aufgesogen hatte.

Sie warf einen letzten Blick auf die kleine Kerze, die am 30. September den Geburtstag ihres Bruders markierte, dann klappte sie Herbst und Winter auf das erste Halbjahr. Das Schnappen des Gummibands klang fast ein wenig beleidigt, als sehe es sich um seine Bestimmung als Hüter eines aufregenden Jahres betrogen. Gerade wollte Lina das nüchterne Protokoll ihres Lebens in den Mülleimer werfen, da glänzte ihr der schneeweiße Gipfel des Fujiyama entgegen, halb verdeckt von dem Spielplan des Mumford Theatres, das sie nie besucht hatte. Weil nie Zeit dafür gewesen war. *Weil du sie dir nie genommen hast!*

Lina verscheuchte das Bedauern um das verpasste Shakespeare Schools Festival und zupfte die Postkarte heraus, woraufhin sich ein Fünf-Pfund-Gutschein für Mr. Simms Süßigkeitengeschäft und zwei Quittungen für Fachliteratur in Bewegung setzten.

»Hrrm«, knurrte sie die nutzlose Dokumentenlasche an, stopfte die herausgerutschten Zettel zurück ans Ende des Kalenders und legte ihn beiseite. Der dreitausendsiebenhundertsechsundsiebzig Meter hohe Vulkan strahlte sie weiter an, flüsterte ihr beruhigend von den Weiten und der Stille hoch oben über den Wolken zu. Linas Lippen verzogen sich zu einem Lächeln, während sich ihr Hals zuschnürte. Wie lange hatte sie Yilang nicht gesehen?

»Zehn Jahre«, flüsterte sie. Sie erinnerte sich, wie ihre japanische Freundin hinter der Glasscheibe am Flughafen gewunken hatte. Dieser Abschied war einer der härtesten gewesen, wenn auch nicht ihr erster und gewiss nicht der letzte. Sie drehte die Postkarte um und suchte nach einem Datum. Im April 2011 war der Kontakt abgebrochen. Yilang hatte auf Linas Antwort nicht mehr reagiert. Offensichtlich reichte niedliches Pandabären-Briefpapier irgendwann nicht mehr aus, um knapp zehntausend Kilometer zu überbrücken. Damals hatte es Lina nicht einmal sonderlich getroffen, jedenfalls nicht schmerzlich. Dafür war sie viel zu beschäftigt gewesen. Wenn sie in Mitochondrien und Zellkerne eintauchte, konnte sie alles um sich herum, sogar Raum und Zeit, vergessen. Da kam es mitunter vor, dass sie etwas ungehalten wurde, wenn ihre Kommilitonen sie von ihrem Schreibtisch entführten, auf einen Kaffee, ein Open-Air-Konzert oder zu einem Barbecue. Nur weil sie der Meinung waren, Lina brauche etwas Abwechslung. Egal, wie oft sie ihnen erklärt hatte, dass sie sehr glücklich mit ihren

Büchern, den Pipetten und Petrischalen war: Irgendwie wollte ihr das keiner glauben.

Heute wäre sie für einen netten Überfall dankbar gewesen, vermisste sie ein vertrautes Gesicht an ihrer Seite. Jemand, der sie verstand, der ihr Mut für die morgige Prüfung zusprach oder einfach nur stillschweigend für sie da war. Nur für einen Tag, vierundzwanzig Stunden, nicht mehr.

Lina presste die Lippen fest aufeinander und klemmte die Postkarte unter einen Magneten an das Memoboard. Am liebsten hätte sie ihre Familie bei sich, aber die war zu weit weg. Jan, ihr großer Bruder, fusionierte und integrierte in den USA kleine, mittlere und große Konzerne, ihre Mutter untersuchte extremophile Mikroorganismen in der Antarktis, und ihr Vater … nun ja, Papa eben. Vorträge, Beratungsgespräche, Businesslunch, überall und nirgends, irgendwo auf dem Planeten. Linas Lächeln wurde bei dem Gedanken an ihre Familie breiter, die Wärme kehrte in ihre Hände zurück, und ihre Verspannungen lösten sich etwas. Ein wenig bereute sie es, keinen von ihnen überhaupt gefragt zu haben. Aber bis vor ein paar Stunden war es keine große Sache gewesen. Prüfungsangst, ja, die hatte sie immer. Ansonsten war es nur ein Doktortitel, nichts weiter. Jeder von ihnen hatte einen, ihre Tante sogar zwei. Kein Grund, einen Riesenwirbel zu veranstalten.

»Bleib locker, Schwesterherz, du bist die Cleverste von uns allen«, hatte Jan gestern am Telefon gemeint, kurz bevor ihn ein Funkloch verschluckt hatte.

»Das packst du schon«, würde ihr Vater sagen.

»Kein Grund zur Sorge«, hörte sie ihre Mutter sanft flüstern.

Lina straffte die Schultern. Sie alle waren bei ihr, wenn auch nicht physisch.

»Du bist gut vorbereitet«, wiederholte sie die Worte von Karsten, ihrem Chef und Mentor. Er würde morgen dabei sein, genau wie Jana und Denise, die beiden Laborantinnen, mit denen Lina die vergangenen Monate zusammengearbeitet hatte und deren Lieben und Leben sie Tag für Tag in der Mittagspause teilte. Der Gedanke an ihr Team beruhigte sie. Eigentlich hatte sie heute nicht in die Uni gehen wollen, aus Angst vor gut gemeinten Tipps, letzten Hinweisen und der daraus resultierenden Hysterie. Aber jetzt erschien ihr die Fakultät für Naturwissenschaften wie ein Rettungsboot.

Lina atmete auf. Die Aussicht auf einen heißen Tee bei Rita, Karstens Sekretärin, und Shortbread, das sie unten rechts in ihrem Regal hinter *The Art of R Programming* lagerte, gab ihr neuen Mut. Sie würde es schaffen, wenn sie nicht die Nerven verlor.

Dafür musste sie allerdings das Chaos in ihrem Kopf strukturieren. Und das ging nur, wenn das Durcheinander in ihrem Zimmer bereinigt und alles wieder an seinem angestammten Platz war. Mehr als sechsunddreißig Monate Forschung lagen kreuz und quer auf dem Laminat. Lina fuhr sich durch die raspelkurzen hellblonden Haare.

»Wenn das kein Grund zur Panik ist.« Sie kicherte, fiel auf die Knie und schmiss die Papiere achtlos in den Karton. Ordnen und abheften würde sie alles in ihrem Büro in der Uni und unterwegs noch schnell einen Bagel mit …

»Hey!«, unterbrach Pia Linas Überlegungen zu Plan B.

»Hi.« Lina blinzelte ein paarmal, aber ihre Mitbewohnerin stand tatsächlich in einem ultrakurzen Indianerdress in der Tür.

»Leihst du mir mal deine Mokassins?« Sie deutete mit dem Kinn auf Linas dunkelbraune Wildlederschuhe.

»Das sind keine Mokassins.«

»Von mir aus«, schnaubte Pia ungeduldig. »Dann eben die flachen kackbraunen Lederschuhe. Bitte!«

Zwischen Linas Augenbrauen grub sich eine tiefe Falte. Ihre Lieblings-Biox? »Nein.« *Und schon gar nicht in diesem Tonfall.*

»Bitte, bitte!« Die rote Federboa, die Pia sich um den Kopf gewickelt hatte, rutschte ihr auf die Stirn. »Ich brauche sie, dringend!«

»Nein.« Lina verschränkte die Arme vor der Brust.

»Aber es ist lebensnotwendig«, flehte Pia und nestelte an den Schmuckfedern in ihren braunen Haaren.

»Warum?«

»Weil ich vom weißen Wolf geträumt habe.« Ihre Mitbewohnerin machte eine bedeutungsschwere Pause. »Und er hat den Holunderbusch angeheult.«

»Wie bitte?« Lina legte ein Notizheft in die Pappbox und stand auf.

»Ein! Wolf! Der! Den! Holunderbusch! Anheult!«, schrie Pia gegen die Panflöte an.

Lina wich einen Schritt zurück und hielt sich instinktiv die Ohren zu. »Got it! Aber was bedeutet das, und welche Rolle spielen meine Schuhe dabei?«

»Also«, sagte Pia gedehnt, machte einen großen Schritt über einen Papierhaufen und kam dicht vor Lina zum Stehen. »Der Wolf steht in der indianischen Traumdeutung für eine Bedrohung.« Sie sah Lina eindringlich und ernst in die Augen.

Und deswegen weckst du mich um kurz nach fünf?

»Der Holunder wiederum ist der Baum des Glücks,

der Liebe und der Harmonie«, fuhr Pia in ihren Ausführungen fort.

»O-kay.« Höchste Zeit, dass sie von hier verschwand.

»Ich flehe die guten Geister an, den Wolf zu vertreiben und das Unheil abzuwenden. Dafür tanze ich seit dem Morgengrauen den Adlertanz.« Pia breitete ihre Arme aus und hüpfte im Kreis.

»Leider«, murmelte Lina.

»Was hast du gesagt?«

»Es war nicht zu überhören«, entschied sich Lina für die höflichere Variante der Wahrheit. *»Apallaway llaqtanchikman«,* El Cóndor Pasa, die Zehnte. »Was ist das eigentlich für eine Sprache?«

»Äh, was?«

»Der Indianer.« Lina wies mit der Hand in Richtung der Geräuschquelle.

»Das ist ein Inka«, klärte Pia sie auf. »Und er singt in Quechua.«

»Ah.« Eine quälende Frage weniger. Wunderbar, ein schönes Gefühl.

»Was ist hier eigentlich los?« Pia hob einen Zeitungsartikel auf und betrachtete ihn mit gerunzelter Stirn. »Sonst liegt in deinem Zimmer doch nicht mal ein Staubkorn unerlaubt rum.«

»Ich suche etwas.« Lina nahm Pia den Artikel aus der Hand.

»Und was?«

»Die *Drug Discovery*«, antwortete sie knapp. Nicht dass Pia etwas damit anzufangen wüsste.

»Die mit dem Cannabisblatt auf dem Cover?«

Linas Mund klappte auf. »Ja, genau. Woher weißt du …«

»Voll sympathisch, dass du so was liest«, plapperte Pia weiter und stupste Lina gegen den Arm. »Und ich dachte immer, du bist langweilig und steif.«

»Weißt du, wo sie ist?«

»Ach, die habe ich dem Holger geliehen. Der wollte unbedingt den Artikel mit dem Hasch lesen. Ist doch okay, oder?«

»Du hast *was*?« So musste sich Kammerflimmern anfühlen. Linas gesamte linke Seite schmerzte, und ein Kribbeln zog sich von ihrem Scheitel bis in den kleinen Zeh.

»An Holger ausgeliehen!«, artikulierte Pia betont deutlich. »Du solltest mal zum Ohrenarzt.«

»Das kannst du doch nicht machen!«, brüllte Lina. »Bist du komplett irre? *Meine* Zeitschrift, aus *meinem* Zimmer! ICH BRAUCHE SIE. Und zwar heute, SOFORT.« Linas Atem ging schnell und flach. Ihr Körper fühlte sich leicht und schwer zugleich an, so als schwebe sie, während ihre Beine auf dem Boden zerflossen.

»Was ist denn plötzlich mit dir los? So wichtig kann das doch nicht sein.«

»Nicht wichtig? Es ist E-XIS-TEN-ZIELL«, schrie Lina und zuckte zusammen. Ihre Stimme klang schrill und unvertraut.

»Holger ist bis Montag in München«, erklärte Pia achselzuckend. »Aber die Uni hat sicher einen Online-Access.«

Lina atmete in ihren verkrampften Brustkorb. Die von Angst getriebene Wut verebbte langsam. *Natürlich hat sie das. Aber damit kann ich mich nicht in den Park setzen und den Hummeln zuschauen.*

»Nun mach mal nicht so 'n Wind wegen 'ner Zeitschrift. Morgen ist Freitag, also fast schon Wochenende. Und dann ist Holger ja wieder da, und alles wird gut.«

»Nichts ist gut«, giftete Lina. »Und zu deiner Information: Das Abo kostet eintausendsechshundertachtzig Euro im Jahr, macht hundertvierzig Euro pro Heft. Wenn du dich das nächste Mal an meinem Eigentum vergreifst, ohne zu fragen, stelle ich dir eine Rechnung.«

Pia musterte Lina ungläubig von Kopf bis Fuß, rümpfte die Nase, schmiss die Federboa über ihre Schulter und stapfte zur Tür. »Freak«, sagte sie laut genug, dass Lina es trotz der Schamanentrommel nebenan hören konnte.

»Selber Freak«, flüsterte Lina und sackte in sich zusammen. Hoffentlich hielt sich das Schicksal an eine faire Gleichverteilung, dann hätte sie ihre Portion Pech für heute schon geschluckt.

28. August 2014, 8:45 Uhr, nur eine Straße weiter

»Spinner!« Niks Stimme klang nach der durchzechten Nacht wie das tiefe Brummen eines hungrigen Bären.

»Schmeiß doch mal deine Festplatte an: Das ist ein echt heißes Thema.« Fabio bohrte den Zeigefinger in die Brust seines Freundes.

»Lass das, du Freak. Das interessiert mich in etwa so viel wie das Liebesleben von Riesenschildkröten, nämlich null. Dein Gefasel ist Bullshit.« Nik schnippte mit dem Zeigefinger ein Stück Toast quer durch den Raum.

»Du hast ja keine Ahnung.« Fabio fuhr sich durch die hellbraunen Locken.

Nik keuchte wie ein schwer verwundetes Tier. »Wirst du eigentlich nie müde?«

»Nicht, wenn ich einer Sensation auf der Spur bin.« Sie hatten die ganze Nacht durchgefeiert, und während Nik ununterbrochen gähnte, brannte Fabio die wohl beste Idee seit Monaten unter den Nägeln.

»Überleg doch mal: Wie viele dieser hoffnungslos romantischen Frauen glauben an die Liebe auf den ersten Blick?«

»Keine, die bei Verstand ist.« Nik schloss die Augen und legte den Kopf in den Nacken.

»Sagen wir zwei Drittel, wenn nicht mehr«, fuhr Fabio fort, ohne auf Niks Einwand einzugehen. »Bei etwa fünfzehn Millionen Frauen zwischen zwanzig und neunundvierzig wären das zehn Millionen potenzielle Leserinnen.« Er schlug begeistert mit der flachen Hand auf den Tisch.

»Willst du die alle allein vernaschen, oder lässt du mir eine übrig?« Nik schnalzte mit der Zunge und kratzte sich den muskelbepackten Bauch. Ihm gefiel wohl die Vorstellung, dass da draußen so viele Frauen herumliefen, die sich Hals über Kopf in ihn verlieben könnten.

»Honk.« Fabio tigerte durch die winzige Küche und klatschte seinem Freund im Vorbeigehen auf den Hinterkopf. Nik versuchte ihn zu packen, aber Fabio war schon außer Reichweite. »Wenn ich beweisen könnte, dass die sogenannte Liebe auf den ersten Blick beliebig ist … Dass ein Mann dieses ach so einmalige Gefühl in jeder dahergelaufenen Frau auslösen kann … Dass es lediglich einer großen Portion Charme bedarf, die auf einen bereitwilligen Empfänger trifft … Das wäre doch eine super Story!« Seine grauen Augen glänzten aufgeregt, obwohl darunter tiefe Schatten lagen. Schlafen konnte er später, morgen oder in einem anderen Leben.

»Als ob das eine der Ladys gerne lesen würde.« Sein Freund trommelte mit den Zeigefingern einen wilden Rhythmus auf die mit Flecken übersäte Tischplatte.

»Da kennst du die Mädels aber schlecht. Natürlich werden sie es lesen. Und sich dann mit ihrer besten Freundin über meine Dreistigkeit aufregen. Oder mir heulend zustimmen, weil ihre große Liebe sie gerade mit der süßen Nachbarin betrogen hat.« Fabio malte ein Herz, das von einem Blitz durchschossen wurde, an die Wandtafel, die Nik statt Fliesen über der Arbeitsfläche angebracht hatte.

»Der Stoff ist so neu wie meine benutzten Sportsocken. Wenn jemand was darüber lesen will, geht er ins Archiv und holt sich die Memoiren von Casanova.« Nik goss sich eine Tasse Kaffee ein.

Fabio hielt einen Moment inne. »Vollkommen unerheblich. Themen werden ständig recycelt und immer wieder frisch kultiviert. Über die Liebe ist schon alles berichtet worden, und trotzdem wird sie jeden Tag neu erfunden: in Romanen, Filmen, Songs. Frauen lesen nun mal gerne. Und am liebsten über das große Herzklopfen.«

»Und solange es Geld bringt, schreibst du über jeden Mist«, komplettierte Nik den Satz. »Was ist denn aus deinen heroischen Zielen geworden? Wolltest du nicht über Menschen berichten, die besonders sind oder Großes leisten?«

»Spar dir deine Ansagen«, schnappte Fabio. Er konnte Moralpredigten nicht ausstehen. Davon bekam er zu Hause mehr als genug. Seit er sich dem Willen seines Vaters widersetzt hatte und Journalistik studierte, war die Durchschnittstemperatur in der denkmalgeschützten Villa, Elbchaussee 186, Heimat der Familie Dankert seit drei Generationen, um mindestens zehn Grad gesunken. Aber er würde seinem Top-Investmentbanker-Vater zeigen, dass er auch als Journalist erfolgreich sein konnte. Und Geld verdienen würde. Viel Geld. Aber dafür brauchte er erst mal einen passenden Job. Sein Magen krampfte sich zusammen, als er daran dachte, dass er bisher auf keine seiner zahlreichen Bewerbungen eine Zusage erhalten hatte.

Trotzig reckte er das Kinn vor und knackte mit den Fingerknöcheln. Nicht aufgeben! Diese Love-Story würde seinem Blog sicher Hunderte Likes einbringen. Und noch mehr wütende Kommentare. Schließlich waren unter seinen Followern hauptsächlich Frauen. Aber mit etwas Glück würde ihm der Trubel um den provokanten Artikel bei seiner Stellensuche helfen. Schaden konnte es jedenfalls nicht.

»Hier, willst du?« Nik schob eine randvoll mit Kaffee gefüllte Tasse über den Tisch.

Geistesabwesend griff Fabio danach und nahm einen großen Schluck des tiefschwarzen Gebräus. »Igitt! Kauf mal richtigen Kaffee und nicht diesen kolumbianischen Straßendreck.« Angewidert stellte er den Becher in die Spüle.

»Alter, du nervst. Schwing deinen Upperclass-Hintern aus meiner Wohnung. Wird langsam Zeit, dass du von deinem Egotrip runterkommst.«

»Sorry, Meister. Ich wollte deine Kochkünste nicht kritisieren.« Fabio hob abwehrend die Hände.

»Du müsstest mal ordentlich eins aufs Dach kriegen.«

»Love, love, love«, trällerte Fabio und tanzte provozierend vor seinem Freund auf und ab, ohne auf dessen Kommentar einzugehen. »All you need is love.« Die Melodie erinnerte entfernt an die Beatles.

Nik rollte mit den Augen. »Ich wünschte, eine der Damen würde dich mal so richtig einnorden.«

»Wer oben und wer unten ist, bestimme ich. Immer.« Fabio grinste seinen Freund an.

»Ha-ha, das glaube ich nicht.«

»Ich beweise es dir.«

Nik fixierte ihn wie ein Pokerspieler, der das Blatt seines Gegners abzuschätzen versucht. »O-kay.«

Yeah, geht doch, freute sich Fabio. Ohne Nik wäre die

Herausforderung nur halb so spannend. Jetzt hatte er ihn mit im Boot. Das Spiel war eröffnet. »Ich verspreche dir: egal, wer sie ist, egal, wie sie aussieht. Vierundzwanzig Stunden, und sie wird von der einzig wahren, großen Liebe reden.« Wenn er es schaffte, seinen Kumpel zu überzeugen, dann auch den Rest der Welt.

»Ich schlage dir einen Deal vor.« Nik kippelte mit dem wurmstichigen Holzstuhl und sah gelangweilt auf seine Fingernägel. »Wir wetten um hundert Euro.« Er zupfte zwei Fünfziger aus seinem Portemonnaie und schob sie unter einen Kühlschrankmagneten, der von einem Sombrero gekrönt war. »Die Erste, die dir heute über den Weg läuft. Du hast Zeit bis …«, ein kurzer Blick auf seine Armbanduhr, »… morgen früh um neun. Wenn sie sich bis dahin in dich verknallt hat, gehört die Kohle dir«, diktierte er die Bedingungen. »Ich persönlich glaube ja nicht, dass sich jemand in ein Smart Ass wie dich verlieben kann. Und auf den ersten Blick schon gar nicht.«

»Pah.« Fabio schnaubte und reckte hinter Niks Rücken siegessicher die Faust in die Luft. »Vierundzwanzig Stunden, und sie wird mir zu Füßen liegen.« Es war einfach genial: Er würde jede Menge Spaß haben, nebenbei seine Finanzen aufbessern und hätte obendrein die nächste Story für seinen Blog im Kasten.

Sein Blick fiel auf den Pokal, den er gemeinsam mit Nik, Felix und Stefan geholt hatte. Landesmeisterschaft Hessen 2007. Er nahm die silbern glänzende Trophäe in die Hand und betrachtete die Gravur. Vier Ruderer, bis in alle Ewigkeit in ihrer Bewegung gefangen. Sie waren so stolz, so glücklich gewesen. *Waren gewesen.* Plusquamperfekt. Fabio schürzte die Lippen. Die Zeit lief weiter und ließ alle Unbeschwertheit für immer zurück. Nichts war mehr so wie vor sechs Jahren, als er mit Nik auf Schloss Schillingstein fürs internationale Abitur gepaukt hatte. Damals war jeder Tag ein Abenteuer gewesen: Orientierungslauf bei Vollmond im Taunus, Freeclimbing am Bärenfelsen, Schwarzbier-Tauchen im blauen See. Fabio hatte die verrücktesten Ideen gehabt, Nik den größten Mut. Sein Kumpel war der Einzige in seinem Jahrgang gewesen, dessen Eltern keine Million auf dem Konto hatten. Und der Einzige im ganzen Internat mit Charakter. Einer, der seinen Wert nicht über die Exklusivität seiner Uhr oder den Preis seiner Schuhe bemaß. Ein Stipendium hatte den hochintelligenten Kindskopf mit griechischen Wurzeln in die Eliteschule verschlagen.

Fabio konnte nach all den Jahren immer noch nicht glauben, dass jemand mit einem IQ von 132 nur Flausen im Kopf hatte. Nik aber war der lebende Beweis. Durch sein Medizinstudium war er ohne größere Anstrengung marschiert, als Fakultätsbester. In ein paar Wochen begann sein praktisches Jahr, und bis dahin hatte sein Freund fest vor, jeden Abend Party zu machen und alle Mädels unter fünfundzwanzig zu verführen. Jedenfalls hatte er das gestern nach vier Flaschen Bier für jeden deutlich vernehmbar in der Strandbar Pauli verkündet.

Auch wenn Nik reihenweise Frauenherzen brach, so war er doch ehrlich, spielte immer mit offenen Karten. Nik war der beste Freund, den man sich wünschen konnte. Ohne ihn wäre Fabio sicher schon in der Zehnten getürmt, als ihn der Drill der Dozenten und der Erfolgsdruck von seinen Eltern mal wieder zu ersticken drohten. Damals hatte er davon geträumt, Kokosnüsse mit Rum am Strand von Kuba zu verkaufen. Fabio schnaubte. Heute wäre das keine Option mehr. Er war weit gekommen in den vergangenen sieben Jahren. Nun war er kurz davor, es allen zu zeigen. Fast konnte er den Sieg riechen. Er polierte die Plakette an seinem T-Shirt blank und stellte den Beweis ihrer einstigen Stärke zurück auf das Regal.

»Ganz oben auf dem Treppchen«, flüsterte er lautlos. Genau da wollte er wieder stehen, bald.

»Kommst du mal wieder zum Training?« Nik machte eine Ruderbewegung mit den Armen.

Schön wär's eigentlich, dachte Fabio, sagte jedoch: »Keine Zeit.« Er bedauerte, dass er seine Freunde nur noch selten sah. Meist auf irgendwelchen nichtssagenden Partys, wo Fabio sich bei Cocktails, lauter Musik und hübschen Frauen eine kurze Pause von seinen Sorgen gönnte.

»Ach hör doch auf. Mittwochs achtzehn bis neunzehn Uhr, das sind, Moment«, Nik legte seine Hände an die Schläfen und schloss die Augen, »ein Hundertachtundsechzigstel, also irgendwas bei null Komma sechs Prozent deiner Woche.« Er wackelte provozierend mit den Augenbrauen.

»N-E-I-N«, buchstabierte Fabio. *Später, vielleicht.*

»Würde dir aber guttun.« Nik streichelte seinen Bizeps. »Und die Damenwelt steht auf Muskeln. Das ist sogar wissenschaftlich bewiesen.«

»Dafür habe ich schöne Haare«, zwitscherte Fabio und klimperte mit den Wimpern.

»Ich befürchte, damit lockst du keine Weibchen an«, näselte Nik. Er griff nach einer zerknitterten Papiertüte und begann, darin nach etwas Essbarem zu suchen.

»Das werden wir ja sehen«, konterte Fabio. »Ich muss jetzt los. Meine Herzdame wartet.«

»Kommst du zu Isabelles Party?« Nik hatte etwas gefunden, das in einem früheren Leben ein Käsebrötchen gewesen war. Jedenfalls hoffte Fabio das. Skeptisch betrachtete er das schrumpelige Etwas.

»Warum nicht«, murmelte er zerstreut, während er verfolgte, wie Nik vorsichtig an seinem Fund schnupperte. Unwillkürlich fragte er sich, wer wen wohl zuerst beißen würde.

»Gut.«

»Dann können wir auf meinen Sieg anstoßen.« Fabio zog sein Smartphone aus der Jeans und öffnete seinen Pocket Planner. *Schei… hm,* der Poetry Slam heute Abend, den hatte er in seiner Begeisterung um die Liebesgeschichte komplett vergessen. Er mochte die Poesie auf der Bühne, wie sie mal lustig, mal tragisch von Vorgartendramen bis Haisterben berichtete. Seit sechs Jahren trug er selbst Themen, die ihn bewegten, in lockeren Reimen vor, hatte damit aber meist nur den zweiten oder gar dritten Platz belegt. Das sollte sich ändern, hatte er sich vor gut zwölf Monaten geschworen. Aber je härter, je verbissener er für die volle Punktzahl kämpfte, desto hohler hatten sich seine Texte angehört. Fabio seufzte. Er hätte den Termin absagen sollen. In seiner kürzlich skizzierten Aufwand-Nutzen-Kalkulation war der Poetry Slam durchgefallen.

Aber heute, die Stadtmeisterschaft, auf diesen Sieg hätte er schon Bock … Er biss sich auf die Unterlippe. *Dann muss ich eben Gas geben.*

»Das passt«, sagte er laut, deutlich, wie um sich selbst zu bestätigen. »Bis um sechs erobere ich Herzen, um zwanzig Uhr fünfzehn gewinne ich den Slam, und danach gibt es ein kühles Bier.«

»Verschwinde endlich«, lachte Nik und schleuderte ihm das alte Brötchen an den Kopf.

»Aua. Schon mal was von Fairplay gehört?« Fabio ging in Deckung und stolperte durch den schmalen Flur zur Tür.

»Und immer dran denken: Es geht nicht um Sex. L-I-E-B-E«, buchstabierte Nik und suchte eine Thunfischdose nach dem Haltbarkeitsdatum ab.

Fabio warf seinem Freund die Speisekarte eines Lieferservice zu. »Vergiss nicht, das Geld mitzubringen, sonst hole ich es mir morgen früh – spätestens.«

9:03 Uhr

»Pass doch auf«, fluchte Fabio, während er versuchte, wieder auf die Beine zu kommen. Ein knirschendes Geräusch ließ ihn mitten in der Bewegung innehalten. Vorsichtig hob er den Fuß und entdeckte die Überreste einer schwarz gerahmten Brille.

»Sorry«, entschuldigte sich die Verursacherin des Zusammenstoßes und sammelte die losen Blätter ein, die bei dem Aufprall aus einem unförmigen Karton herausgefallen waren.

»Verdammt«, zischte Fabio, als er merkte, dass er soeben die hübsche Brünette aus den Augen verloren hatte. Er hatte sie auf der anderen Straßenseite entdeckt, gleich nachdem er Niks Haus verlassen hatte. Eilig war er ihr hinterhergelaufen. Und direkt in die wandelnde Recycling-Box gerannt.

»Hast du meine Brille gesehen?« Das zierliche Mädchen tastete mit zusammengekniffenen Augen den Gehweg ab.

»Es ist nicht zufällig die hier, oder?« Fabio bückte sich und hielt ihr das zertrümmerte Gestell vor die Nase.

»O Gott!« Mit zitternden Fingern nahm sie ihm die Brille ab. »Das ist eine Katastrophe«, flüsterte sie und ließ sich neben den Karton sinken, in dem irgendwelche Papiere mit Balkendiagrammen und endlosen Zahlenreihen kreuz und quer übereinanderlagen.

Auch das noch. Fabio schaute auf sein Handy: Fünf Minuten nach neun. *Jetzt kein Drama, Baby.* »Um die Ecke ist ein Optiker. Sind nicht mal hundert Meter.« Er reichte ihr die Hand, um ihr aufzuhelfen.

Das Mädchen ignorierte sein Angebot und fuhr die scharfen Bruchkanten in der schwarzen Fassung und die Risse in den Gläsern, die sich wie ein unordentliches Spinnennetz ausgebreitet hatten, mit ihren Fingerspitzen nach, als könne sie alles mit einem Zauber wieder zusammenfügen.

»Auch gut«, sagte Fabio und rieb die Handflächen aneinander. »Kommst du allein zurecht, oder soll ich dich begleiten?«

»Alles bestens, danke«, erwiderte sie spitz.

Was soll's, dachte Fabio und zuckte mit den Schultern. War nur ein Versuch gewesen, höflich zu sein. *Ich habe sowieso keine Zeit. Schließlich muss ich noch ein Mädchen finden, das ...*

»Heilige Scheiße«, formten seine Lippen lautlos. Die Erkenntnis traf ihn unerwartet. *Die Erste, die dir über den Weg läuft,* lautete die Wettbedingung. Diese Prämisse hatte das kleine graue Entlein, das vor ihm auf dem Boden kauerte, jedenfalls voll erfüllt. Sie war ihm nicht nur über den Weg gelaufen, sondern mit Volldampf in ihn reingeknallt. Oder war er ihr reingelaufen? *Egal, ran an die Arbeit.*

Er musterte sie eingehend: kurze blonde Haare, mandelförmige braune Augen. Klein, schmal und, soweit er das bei der weiten Bluse erahnen konnte, flachbrüstig. Nicht viel dran an dem Mädchen. Er seufzte und korrigierte den Spaßfaktor in seiner Gleichung auf null. Für einen Moment überlegte er, ob er schummeln und sich ein anderes Opfer suchen sollte. Eines, das eher nach seinem Geschmack war. Aber Wette war Wette und Bescheißen nicht sein Stil. Er würde das hier durchziehen.

»Es tut mir wirklich leid.« Er setzte sich neben sie auf die Gehwegplatten. »Ich war mit meinen Gedanken woanders.«

Sie starrte blicklos auf ihre Hände. »Das hilft mir auch nicht weiter.«

»Hey, ist doch halb so schlimm. Lass uns mit dem Brillendoktor reden. Bestimmt kann er dir ratz, fatz ein Superluxusgerät basteln.« Er versuchte locker und gleichzeitig bestimmt zu klingen.

»Ratz, fatz geht da gar nichts. Eher tanzt der Eisbär im Zoo Polka, als dass ich bis zum Abend eine neue Brille habe«, giftete sie.

Ha, die Kleine kann ja witzig sein. Fabio lehnte sich vor. »Wobei so ein tanzender Eisbär ein seltenes Spektakel wäre. Aber deine Brille ist wichtiger«, sagte er betont ernst, als treffe er eine schwierige Entscheidung. Seine Bemerkung entlockte ihr lediglich ein genervtes Schnauben.

Nicht lustig, Zitrönchen? Er rieb über die rauen Stoppeln an seinem Kinn. *Hm.*

»Ich möchte dir echt gern helfen. Schließlich habe ich dir den Schlamassel eingebrockt.« *Und Showtime!* Er sah ihr tief in die Augen. Mit einem angedeuteten Lächeln, viel funkelnder Leidenschaft und leicht geneigtem Kopf. Normalerweise schmolzen die Frauen unter diesem Blick dahin. Manche kicherten, andere schauten verlegen auf den Boden. Aber die Brillenschlange reagierte nicht. Überhaupt nicht! Konnte sie ihn überhaupt sehen? Eine Sekunde lang gefror ihm das falsche Lächeln auf dem

Gesicht, und er kam sich albern vor, wie er vor ihr saß und den Verführer spielte.

»Im Zoo bist du besser aufgehoben«, blockte die Zitrone seine Annährungsversuche ab.

Himmel, Arsch und Zwirn! Fabio kniff in seine Nasenwurzel. So langsam machten sich Alkohol und Schlafmangel bemerkbar. Diese Zicke ging ihm schon jetzt ordentlich auf die Nerven. Und ihr schien es mit ihm nicht anders zu gehen. Das war neu.

Gut, ihre Beziehung war nicht gerade unter einem günstigen Stern geboren worden. Aber möglicherweise musste er seine Eingangshypothese korrigieren. Was, wenn nicht jede Frau für die Liebe in Lichtgeschwindigkeit empfänglich war? Dem kleinen Giftzwerg vor ihm musste man die Vokabel »Liebe« vermutlich erst übersetzen. Wenn das so weiterging, konnte er als Nächstes die hundert Euro aus der Gleichung streichen, und seine Ehre gleich mit. Er massierte seinen steifen Nacken.

Vielleicht war die Zitrone aber auch der Erfolgsfaktor schlechthin, der lebende Beweis in farblosem Strick, dass seine Theorie stimmte. Es brauchte weder zwei Herzen, die im Gleichtakt pochten, noch Universum oder Schicksal, die verwandte Seelen zusammenführten. Ihre Unscheinbarkeit und Schroffheit waren Garant für die Glaubwürdigkeit seiner Geschichte. Er würde sie erobern, obwohl sie ganz offensichtlich nicht zu ihm passte und er sie keineswegs sofort verzaubern konnte. Im Gegenteil, er schien ihr lediglich lästig zu sein.

Und das, meine Liebe, werden wir ändern!

»Ich heiße Fabio.« Er suchte Blickkontakt.

Sie verdrehte die Augen. »Lina.«

»Und jetzt, wo wir uns beim Namen kennen und fast

so was wie Freunde sind, könnten wir doch zusammen eine neue Brille shoppen gehen.« Er zwang seinen Kehlkopf zu einem fröhlichen Singsang. »Schließlich muss dir einer sagen, was hot ist und was eher not.«

Hot? Not? Linas Mund klappte ohne ihr Zutun einen Spaltbreit auf. Ob er nach Luft schnappen wollte oder in vollkommener Sprachlosigkeit erschlafft war, beides schien möglich. Sie betrachtete Fabio wie ein seltenes Artefakt. Hatte sie nicht mit an Unhöflichkeit grenzender Deutlichkeit kundgetan, dass er sich zum Teufel scheren sollte? Machte es ihm Spaß, sie zu ärgern, oder war er komplett irre? Eines stand jedenfalls fest: Ihre Pechsträhne war noch nicht vorüber.

Sie atmete tief durch und sortierte die Fakten. *Er hat meine Brille auf dem Gewissen. Also muss seine Versicherung dafür zahlen. Bestimmt will er mit seinem Getue um die Schadensregulierung herumkommen.* Genau. *Oder er ist einfach nur nett.* Blödsinn!

Naturgesetz Nummer eins lautete: *Ich bin kein Beziehungsexperte, und Jungs interessieren sich nicht für mich und ich mich nicht für sie.* Bis auf ein paar Ausnahmen vielleicht. Aber die konnte sie an einer Hand abzählen. Freundschaften waren nun mal nicht ihr Spezialgebiet und die Liebe ein Buch mit sieben Siegeln. Seit sie im Alter von zehn Jahren mit ihrer Familie nach Japan gezogen war, hatte sie so gut wie keine engen Freundinnen mehr gehabt, geschweige denn einen Freund. Ob es an der Sprachbarriere oder ihrer eigenen Schüchternheit gelegen hatte – sie wusste es nicht. Und als sie sich endlich mit Yilang angefreundet hatte, hatten sie nach Europa zurückkehren müssen. So war es bisher jedes Mal gewesen, wenn sie jemanden mit ihrer Wellenlänge getroffen hatte – kurz darauf zog die Familie weg, weil ihr Vater anderswo einen Job angeboten bekam. Damals in seiner Heimat, dicht bei Linas Großeltern: in Stockholm, Schweden. Und obwohl Lina ihre Oma und ihren Opa liebte, sie hatte geflucht, geschrien und geweint. Sie hatte es gehasst, schon wieder die Schule wechseln zu müssen. Andere Lehrer, Sprache, Stundenplan, und vor allem: neue Klassenkameraden, die sich seit Jahren kannten, zusammen Brännboll spielten, ins Kino gingen oder einfach gemeinsam abhingen. All die besten Freundinnen und coolen Cliquen brauchten sie nicht, hatten kein Interesse an einem neuen Mitglied. Und Lina hatte irgendwann keine Kraft mehr gehabt, überall ein freundliches Lächeln aufzusetzen. Was half es ihr, fließend Deutsch, Englisch, Französisch, Japanisch und Schwedisch zu sprechen, wenn sich sowieso niemand mit ihr unterhalten wollte? Also stürzte sie sich in das, was sie schon als Kindergartenkind geliebt hatte, was ihr überall auf dem Globus am meisten Freude bereitete, ihr Sicherheit und Halt gab, egal wo sie war: die Welt bis ins letzte Detail zu begreifen. Sie übersprang eine Klasse und legte ihr Abitur kurz nach ihrem sechzehnten Geburtstag ab. Zwar hatte sie die pubertäre Schwärmerei, das große Kichern und die ersten Küsse nur als Zuschauerin vom Rand des Schulhofs mitbekommen. Unglücklich war sie jedoch nie gewesen, zumindest nicht, solange sie ein interessantes Thema, eine gut ausgestattete Bibliothek und einen schnellen Internetzugang gehabt hatte.

»Komm.« Fabios Stimme riss sie aus ihren Gedanken.

Er griff sanft nach ihrer Hand und zog sie hoch. Die unerwartete Berührung überraschte sie, und sie widerstand dem Impuls, ihre Hand sofort aus seiner zu ziehen. Er hielt sie einen Moment länger fest als nötig. Aber Lina war ihm aus ganz pragmatischen Gründen dafür dankbar. Denn erst jetzt merkte sie, wie hilflos und wackelig sie sich ohne ihre Brille fühlte.

Naturgesetz Nummer zwei: *Ich bin praktisch blind ohne Brille*. Sie nahm ihre Umgebung verzerrt und verschwommen war, eine wilde Kombination aus Kurzsichtigkeit und verkrümmter Hornhaut. Fabios Angebot auszuschlagen wäre also dumm, wenn nicht fahrlässig. Eine neue Brille musste her, und zwar schnell.

Hoffentlich dauerte es beim Optiker nicht so lange. Ihre innere Unruhe wurde immer größer. Sie warf einen Blick auf die Protokolle ihrer Versuchsreihen und die wissenschaftlichen Artikel, die sie vorhin in aller Eile zusammengerafft hatte. Nur noch vierundzwanzig Stunden bis zur öffentlichen Präsentation ihrer Promotion, statt eines roten Fadens nichts als Wollreste im Kopf, und jetzt war sie auch noch blind wie ein Maulwurf.

»Okay«, willigte sie ein. Schließlich wollte sie es vermeiden, gegen eine Mauer zu laufen, und morgen zumindest ohne eingegipste Arme und Beine vor der Prüfungskommission stehen.

10:01 Uhr

Bitte, bitte. Heute Abend, flehte Lina stumm und kreuzte die Finger.

»Vor Montag wird das nichts. Es tut mir leid.« Der Optiker sah sie bedauernd an. Lina saß mit der klobigen Messbrille vor ihm und kämpfte mit den Tränen. Sie hatte ja gewusst, dass Wunder nicht in das Repertoire eines Optikers gehörten, aber die Realität tat jetzt doch weh.

»Nimm doch die, die du aufhast.« Fabio zwinkerte ihr zu. »Wirklich sehr apart. In der nächsten Saison wird das der Brillentrend. Todsicher«, trällerte er mit gespitzten Lippen und kippte die Hüfte dabei in eine feminine Pose.

Lina zwang sich zu einem Lächeln. Wer auch immer er war, was auch immer ihn antrieb, er bemühte sich sehr, die Situation für sie erträglicher zu gestalten.

»Meine Augen sind ein optisches Wunderwerk«, sagte sie niedergeschlagen. »An mir haben sich schon einige Optiker die Zähne ausgebissen.«

»Sieh es doch mal so: Andere müssen für viel Geld Haschisch kaufen, um die Welt in schrägen Mustern zu sehen.«

»Hm«, machte sie nur. Wie ein Häufchen Elend saß sie auf dem Hocker. Das schwere Plastikgestell mit den drei übereinandergestapelten Gläsern rutschte ihr über die Stupsnase. Immer wieder schob sie das lästige Ding hoch, damit sie die Positionen auf der Rechnung überprüfen konnte. Fabio schnappte hörbar nach Luft, als ihr der feine ältere Herr die Summe von vierhundertsechsundneunzig Euro nannte.

»Die Entspiegelung bekommen Sie kostenlos, aber mehr kann ich preislich nicht machen.«

»Ich sollte ein anderes Gestell nehmen.« Fabios Reaktion war ihr nicht entgangen. Sie fühlte sich unbehaglich, weil er ihr nicht von der Seite wich. Allerdings musste sie zugeben, dass seine witzigen Bemerkungen ihre miese Stimmung etwas aufgeheitert hatten.

»Auf keinen Fall. Das braune mit den weißen Bügeln steht dir super«, widersprach Fabio ihr.

Lina wurde rot. Sie war ganz vernarrt in die neue Brille und konnte es kaum erwarten, sich damit richtig im Spiegel zu betrachten. Und dass Fabio das Gestell auch super fand, machte sie seltsam hibbelig.

»Montagmittag ist sie fertig, versprochen.« Der Optiker nahm ihr die Messbrille ab. »Haben Sie vielleicht eine Ersatzbrille zu Hause?«

Lina stöhnte auf. Oh ja, die hatte sie.

10:22 Uhr

»Steht dir, ehrlich.« Fabio bemühte sich um einen neutralen Tonfall, aber seine Mundwinkel zuckten verdächtig. Er hatte Lina nach Hause begleitet, und nun stand sie mit einer pinkfarbenen Hello-Kitty-Brille vor ihm. Damit sah sie zwar noch jünger aus, aber auch verdammt niedlich.

»Ich war dreizehn. Es war nur eine Phase.«

»Die ist doch witzig. Wenn du sie selbstbewusst trägst, wollen bald alle so eine. Jede We…« Er hielt mitten im Satz inne. Mit Wetten sollte er sich in Zukunft lieber zurückhalten.

Lina zuckte mit den Schultern. »Ich habe ja sowieso keine Wahl.«

»Kann ich dich noch auf einen Kaffee einladen? Als Wiedergutmachung für unsere stürmische Begegnung sozusagen?«, durchbrach Fabio die einsetzende Stille, damit Lina nicht auf die Idee kam, sich von ihm zu verabschieden. Er zwinkerte ihr lächelnd zu.

Sie standen im Hausflur, an dessen kahlen Wänden jedes ihrer Worte widerhallte. Eigentlich hatte er vorgehabt, mit ihr in die Wohnung zu gehen, aber Lina hatte ihn nicht hereingebeten. Im Gegenteil: Sie war kommentarlos hinter der gesichtslosen Tür verschwunden. Fast hatte er erwartet, dass sie nicht wieder auftauchte. Aber jetzt stand sie vor ihm und bückte sich nach dem Karton, den sie neben den Eingang gestellt hatte.

»Nein, danke. Ich trinke keinen Kaffee. Außerdem muss ich jetzt los«, schlug sie seine Einladung aus.

Heiliger Bimbam, diese Frau brachte ihn um den Verstand. Er hatte eigentlich gedacht, dass sie sich langsam annäherten. Beim Optiker hatte sie mindestens viermal über seine Scherze gelächelt und ihn in der letzten halben Stunde nicht einmal beschimpft. Das war doch ein Anfang, oder? Ein Blick auf seine Armbanduhr verriet ihm, dass die ersten anderthalb Stunden fast um waren. Jetzt würde er das Tempo erhöhen. Je eher er die Wette gewann, desto früher konnte er sich angenehmeren Dingen zuwenden: dem *Eulenspiegel* von letzter Woche, einer Schüssel Knusper-Choc, schlafen, eine heiße Dusche.

Lina schob sich bereits an ihm vorbei. »Also dann«, sagte sie knapp, ließ die Wohnungstür ins Schloss fallen und nahm die erste Stufe.

»Hey, hey. Nicht so schnell.« Fabio hastete hinter ihr her. »Vielleicht einen Tee?« Er zeigte ihr sein charmantestes Lächeln. »Orangensaft, Käsekuchen, Bratwurst mit Senf?«

»Danke, dass du mir geholfen hast. Aber ich habe wirklich keine Zeit«, erwiderte sie und verzog ihren Mund zu einem entschuldigenden Lächeln.

Fabio ballte die Hand zur Faust und verfluchte innerlich seine aus einer Bierlaune heraus geborene Idee. Obwohl er zugeben musste, dass Linas spröde Art ihn irgendwie auch reizte: Sie herumzukriegen würde Schwerstarbeit werden.

Herrgott, ist der anhänglich, dachte Lina und wusste nicht, ob sie sich geschmeichelt fühlen oder langsam Angst bekommen sollte. Sie setzte sich wieder in Bewegung, aber Fabio sprang auf den nächsten Treppenabsatz und versperrte ihr den Weg. Sie spähte über den Rand ihrer Pappbox. Irgendwie wurde sie aus ihm nicht schlau: Er hatte seine Schuld doch hinlänglich beglichen. Beim Optiker hatte er ihr geholfen, und seine Adresse für die Abwicklung des Schadens hatte sie auch. Warum also verschwand er nicht einfach?

Ihre Augenbrauen zogen sich dicht zusammen, während sie ihn von Kopf bis Fuß musterte. Nicht besonders groß, aber gut gebaut, soweit sie das bei dem leger geschnittenen Shirt beurteilen konnte. Honigbraune Locken, graue Augen und ein umwerfend süßes Lächeln.

Vielleicht interessiert er sich für dich, flüsterte eine ungebetene Stimme. Sie schüttelte den Gedanken energisch ab. Von solch unrealistischen Hoffnungen würde sie sich nicht enttäuschen lassen.

»Bitte. Ich habe sowieso nur noch knapp vierundzwanzig Stunden …« Er stockte, sprach nicht weiter, als hätte er das Ende des Satzes vergessen. Oder als könnte er ihn nicht aussprechen.

»Nur vierundzwanzig Stunden? Und dann?«

»Dann werde ich operiert.« Er hustete in seine geballte Faust.

»Oh!« Was sagte man in so einem Fall? »Das tut mir leid«, entschied sie.

»Schon okay.« Fabio sah an ihr vorbei auf einen Punkt hinter ihrem Rücken. »Würdest du, ich meine, hättest du Zeit, meine letzten vierundzwanzig Stunden mit mir zu verbringen?«

»Deine letzten …« Ihre Gesichtszüge entglitten. »Ist es so schlimm? Aber wir kennen uns doch gar nicht! Was ist mit deinen Freunden? Und deiner Familie?«

Er senkte den Blick. »Sie wissen es nicht. Niemand weiß es. Ich möchte nicht die ganze Zeit bemitleidet und umsorgt werden – oder bevormundet. Das würde mich wahnsinnig machen.« Angestrengt presste er die Lippen zusammen, versuchte wohl zu lächeln. Aber es kam nur eine gequälte Grimasse dabei heraus. »Am Ende dürfte ich nicht mal alleine aufs Klo gehen. Das wäre doch furchtbar, findest du nicht?«

»Verstehe«, hauchte sie. Deshalb also verhielt er sich so seltsam. Das erklärte auch seine Unachtsamkeit vorhin auf der Straße. *Hätte ich das doch gleich gewusst!* Besonders freundlich war sie nicht zu ihm gewesen. Das schlechte Gewissen zog ihren Magen zusammen. Und trotzdem wollte er den Tag mit ihr verbringen. Aber wieso? Ihre rasenden Gedanken stoppten, eingefroren in der bedrückenden Erkenntnis, der schmerzhaften Antwort auf das *Warum*.

Weil er jemanden braucht, der die Stille an seiner Seite ausfüllt.

Jemand, der da ist und trotzdem unsichtbar.

Jemand, den er nach vierundzwanzig Stunden problemlos wieder vergessen kann.

Das Ziepen in ihrem Bauch wurde stärker, als sich Enttäuschung zu den Schuldgefühlen mischte.

»Bitte«, flüsterte Fabio.

Lina schluckte den Kloß in ihrem Hals herunter. Hier ging es nicht um sie. Fabio war ein netter Kerl, und er konnte nichts dafür, dass sie seine Aufmerksamkeit falsch interpretiert hatte. Sie stellte den Karton ab und schaute auf ihre Uhr. Es war halb elf. In genau dreiundzwanzig Stunden musste sie im großen Hörsaal ein halbes Dutzend Tumorbiologen von ihrer wissenschaftlichen Arbeit überzeugen. Sie blähte die Wangen und hielt die Luft an.

Und das nach dem ganzen Wirrwarr! Eigentlich müsste sie den Rest des Tages dazu nutzen, sich zu sortieren. Wieder einen klaren Kopf und einen ruhigen Puls bekommen. Allein, in einem abgeschlossenen Raum. *Eigentlich.*

Sie atmete langsam aus und sah auf. Seine grauen Augen flehten sie stumm an, brannten seine Bitte wie eine Tätowierung tief in ihre Haut. Sollte sie den Erfolg ihrer Promotion riskieren? Für jemanden, der ihr erst vor wenigen Augenblicken über den Weg gelaufen war? Ihre Arbeit bedeutete ihr viel. Aber einem todkranken jungen Mann seinen vielleicht letzten Wunsch abschlagen? *Unmöglich.*

»Ich kann dir zweiundzwanzig Stunden geben.«

Fabio strahlte sie an. »Danke.«

11:03 Uhr

Lina rührte zum hundertsten Mal ihren Pfefferminztee um. Das Klirren des Löffels in der Tasse machte Fabio wahnsinnig, und der Geruch ließ Übelkeit in ihm aufsteigen. Wie konnte man so etwas trinken, ohne krank zu sein? Er nahm einen großen Schluck von seinem doppelten Espresso und überlegte fieberhaft, wie er den kleinen blonden Eisbrocken auftauen könnte. Die Idee mit der lebensbedrohlichen Krankheit war ihm wie von selbst, fast unbewusst über die Lippen gerutscht. Vor ein paar Tagen erst hatte er von einer jungen Frau gelesen, der ein Gefäß im Kopf explodiert war. Erst wahnsinnige Kopfschmerzen, und jetzt lag sie im Koma, bewacht von ihrem Ehemann und der dreijährigen Tochter. Eine Gänsehaut lief ihm über die Arme, wenn er an das Bild mit den vielen Schläuchen und dem kleinen Mädchen dachte.

Mit einem herzzerreißenden Brief auf Facebook bat der Ehemann um Spenden, um die medizinische Behandlung bezahlen zu können. Bis in zwei führende deutsche Frauenmagazine hatte es die Tragödie geschafft, den ganzen langen Weg von Wisconsin, sechstausendsiebenhundertfünfzig Kilometer. Unheilbare Erkrankungen schienen ein Erfolgsgarant für eine gewinnbringende Story zu sein. Tod und Leid schafften es bis in die Bestsellerlisten. Ob nun erfunden oder wahr, die Menschen liebten traurige Geschichten. Fabio fragte sich jedes Mal aufs Neue, ob echte Anteilnahme oder pure Sensationslust für die Likes, Kommentare und Verkaufszahlen verantwortlich waren. Wie auch immer. Wenn andere diesen Weg gingen, um ans Ziel zu kommen, dann konnte er das auch. Obgleich dieser Schachzug einen schalen, fast widerwärtigen Beigeschmack auf seiner Zunge zurückließ.

Fokussier dich! Fabio nahm einen großen Schluck des frisch gepressten tiefgelben Orangensafts und spülte mit der zuckersüßen Frische sein schlechtes Gewissen weg. Nur mit maximaler Konzentration, zäher Ausdauer und unermüdlichem Fleiß würde er erfolgreich sein. Unabhängig davon, worum es sich handelte. Angestrengt starrte er aus dem Fenster, suchte nach irgendeiner Inspiration. Sie saßen in einem Coffee-Shop nicht weit von Niks Haus. Hinter der Glasfront, die sie von der Welt abschirmte, herrschte geschäftiges Treiben. Es war mitten in der Woche, aber solange er keine Stelle hatte, konnte ihm das egal sein. Wenn nicht bald ein Jobangebot eintrudelte, würde er wieder Bücher in der Bibliothek sortieren müssen. Er verscheuchte diesen unliebsamen Gedanken. Heute hatte er schließlich andere Pläne.

Nachdenklich fuhr er sich mit dem Daumen über die Lippen und betrachtete sein Versuchsobjekt. Das Ziel stand fest, aber wie er dort hinkommen sollte, war ihm immer noch ein Rätsel. Normalerweise lief das mit den Mädels von ganz alleine. Ein Kompliment hier, eine zufällige Berührung da, ein wenig Witz – und sie gehörten ihm. Er seufzte lautlos. Dieses Erfolgsrezept würde heute offenbar nicht funktionieren.

Wie er es drehte und wendete: Er kam nicht drum

herum. Wenn er Lina für sich gewinnen wollte, musste er tatsächlich herausfinden, was sie mochte und was sie hasste, wen sie bewunderte und wen sie verachtete. Kurz: wer sie war.

Einen Menschen, nein, eine *Frau*, an einem einzigen Tag verstehen. Scheiße, das klang nicht nur anstrengend, das war *unmöglich*. Und mit Sicherheit das Letzte, was er sich nach einer durchzechten Nacht wünschte.

Fabio, du hättest dein Experiment besser durchdenken sollen. Er presste die Lippen fest aufeinander, um nicht frustriert aufzustöhnen. Und was, wenn sie gerade frisch verliebt war?, stichelte seine übermüdete Vernunft weiter, als wolle sie Gründe für das Scheitern des Projektes aufzählen.

Bäng, das hatte gesessen. Er schüttelte kaum merklich den Kopf. Diese potenzielle Fehlerquelle hatte er tatsächlich übersehen. Nun war es zu spät. Er hatte Lina mit einer dreisten Lüge um Hilfe gebeten, um einen selbstlosen Akt zwischenmenschlichen Miteinanders. Die Frage nach einem Freund passte irgendwie nicht zu der Geschichte mit dem Todkranken, würde am Ende noch ihr Misstrauen wecken. Fabio kratzte den koffeingetränkten Zucker aus der zierlichen Espressotasse. Sollte sich herausstellen, dass es da jemanden gab, würde er versuchen, die Wette bei Nik als unausgereift zu reklamieren.

»Schön, dass heute die Sonne wieder scheint«, riss Lina ihn aus seinen Überlegungen.

Fabio blickte sie entgeistert an. Wollte sie mit ihm tatsächlich über das Wetter reden? Das machte man mit seiner Oma oder schrumpeligen Tanten, aber sicher nicht mit nach 1990 Geborenen.

»Die Sonne. Ja, ganz toll.« Resigniert stand er auf. »Bin gleich wieder da«, murmelte er und steuerte die Toiletten an. Vielleicht half etwas kaltes Wasser seiner Kreativität auf die Sprünge.

Lina sah ihm beklommen nach. Sein letzter Tag vor der OP, und sie wusste nicht, was sie mit ihm reden oder tun sollte. Sie hatte einfach keine Übung darin, mit einem Mann auszugehen.

Es ist kein Date, versuchte sie sich zu beruhigen. Verschwommen kehrte die Erinnerung an ihre letzte Party zurück. Es war kurz nach ihrem Examen gewesen. Ihre Kommilitonin Milla hatte darauf bestanden, dass sie mitkam. Es wäre eine Pflichtveranstaltung sozusagen. Lina sah den schmuddeligen, vollgestopften Raum noch genau vor sich. Milla hatte sie bald im Gewühl verloren. Mit einem Mal stand sie am Rand und beobachtete die lachende, wackelnde, torkelnde Menge, die wie ein riesiges amorphes Wesen auf und ab pulsierte.

»Hallo, Süße«, brüllte es plötzlich in ihr linkes Ohr. Ein Junge mit blonden Haaren, breiten Schultern und einem Bier in der Hand lächelte sie spitzbübisch an.

»Hi«, erwiderte sie höflich und drehte sich weg.

»Dich habe ich hier noch nie gesehen. Studierst du schon?«, redete er weiter.

»Nicht mehr. Ich bin bereits fertig.« Lina versuchte ihrer Stimme einen festen Klang zu geben und richtete sich auf.

»Du siehst noch so jung aus.« Er strubbelte ihr durch die kurzen Haare. »Süß.«

Lina fühlte sich überrumpelt. Er fand sie süß? Sie sah ihn genauer an. Er war groß, sportlich, hatte schmale Lippen und ein kantiges Kinn. Attraktiv, sehr attraktiv. Seine tiefblauen Augen musterten sie mit unverhohlenem Interesse. Lina bekam weiche Knie. Hinter ihm entdeckte sie Milla, die mit einem breiten Grinsen beide Daumen in die Luft hob. Gehörte das zum Studium dazu? Musste man wenigstens mit einem Jungen ausgegangen sein? Saufen, feiern, Sex und Rock 'n' Roll: Das war einfach nicht ihr Ding. Aber was, wenn Milla recht behielt? Was, wenn sie sich später Vorwürfe machen würde, weil sie diese Seite des Studentenlebens nicht ausgekostet hatte?

»Ich bin Jake. Möchtest du auch ein Bier?« Er schwenkte seine fast leere Flasche.

Lina wollte schon antworten, dass sie keinen Alkohol trank, biss sich aber auf die Lippe. »Klar, warum nicht«, sagte sie kühn.

Eine Stunde später hatte sie die Flasche mit dem scheußlichen Gebräu geleert. Sie hatte mit Jake getanzt und über seine urkomischen Witze Tränen gelacht. Total erhitzt hatten sie sich ihren Weg ins Freie gebahnt. Dann saßen sie allein unter einem großen Kastanienbaum auf einer niedrigen Mauer, und auf einmal fühlte Lina sich nervös ohne all die Leute um sie herum. Vielleicht wäre es besser, wenn sie jetzt ginge. Der Abend war schön gewesen, obwohl sie den Schwindel in ihrem Kopf schrecklich fand.

»Ich muss nach Hause.« Der Satz sollte entschlossen klingen, kam aber nur schleppend über ihre Lippen. Mühsam erhob sie sich. Ihre Beine fühlten sich an wie Watte, und sie musste sich auf Jakes Schulter stützen, um nicht zu fallen.

»Ola«, lachte Jake und zog sie auf seinen Schoß.

»Ui«, machte Lina und lächelte ihn schief an. Sie wollte sich wieder aufrappeln, aber Jake hielt sie fest.

Er legte eine Hand in ihren Nacken. Und dann küsste er sie. Völlig unerwartet, fast ungebeten. Und so ganz anders, als Lina es sich immer vorgestellt hatte. Wo waren die Schmetterlinge und das Feuerwerk? Seine Zunge drängte sich fordernd in ihren Mund und suchte die ihre. Lina wollte seinen Kuss erwidern, wollte in seinen Armen versinken. Sie fand ihn sympathisch, gut aussehend, interessant. Er flüsterte ihr schöne Dinge ins Ohr, küsste zärtlich ihren Hals und ihren Nacken. Alles passte, alles war perfekt. Lina wartete, sie bemühte sich wirklich. Aber der Funke sprang nicht über, entzündete keine Leidenschaft in ihr oder den Wunsch nach mehr. Und während Jake nicht genug bekommen konnte, wollte sie irgendwann nur noch weg.

Wochenlang hatte Jake versucht, mit ihr auszugehen, hatte ihr süße Nachrichten geschickt und sie mit selbst gebackenen Muffins in der Mensa überrascht. Milla war dahingeschmolzen, überwältigt von so viel Hingabe. Aber irgendetwas hatte Lina davon abgehalten, sich noch einmal mit ihm zu treffen. Etwas Entscheidendes hatte gefehlt. *Liebe,* sagte Lina sich im Stillen. Sie hätte sich nicht in ihn verlieben können – das wusste sie ab dem Moment, da seine Lippen die ihren berührten.

»Erde an Lina!« Fabio wedelte mit seinem Löffel vor ihren Augen.

Lina zuckte zusammen. Sie hatte gar nicht bemerkt, dass er zurückgekommen war.

»Kannst du dich selbst hypnotisieren, oder bin ich so langweilig, dass du mit offenen Augen schläfst?« Ein feines Lächeln umspielte seine Lippen.

Sinnliche Lippen, dachte sie, noch immer ein wenig in ihrem Tagtraum gefangen. Wie lange war das jetzt her, dieser Kuss von Jake? Seit ihrem Studium waren drei Jahre vergangen. Jahre, die sie nahezu ausschließlich im Labor oder am Rechner verbracht hatte.

Fabio neigte sich leicht zu ihr herüber.

»Nein, nein. Weder noch«, versicherte sie hastig und schob den graugrünen Tee ein Stück von sich weg. »Was möchtest du heute unternehmen?«

»Ja, also, ich …« Er runzelte die Stirn.

»Museum, Theater, Eis essen, töpfern, Enten im Park füttern?«, bot Lina ihm eine Auswahl an. Unter dem Tisch kreuzte sie die Finger. Hoffentlich bestand er nicht auf Reiten, Inline-Skaten oder Sauna. Was fanden die Menschen nur daran, nackt in einem winzigen Raum zu sitzen und zu schwitzen? *Nackt.* Plötzlich kam ihr ein ungeheuerlicher Gedanke, der sie erschreckte und für den sie sich gleichermaßen schämte. Was, wenn er es darauf abgesehen hatte – vierundzwanzig Stunden hatten Tag und Nacht, richtig? Sie kaute auf ihrer Unterlippe. Vielleicht sollte sie ihm vorschlagen, sich eine andere Begleitung zu suchen. Aber mit welcher Begründung? Weil sie annahm, dass er eventuell … Egal, welche Ausrede sie bringen würde: Es würde entsetzlich peinlich werden.

Jetzt reiß dich zusammen, Malina. Du bist erwachsen und kannst Nein sagen. Sie straffte die Schultern und nickte sich in Gedanken bekräftigend zu. Falls er Anstalten machte, sich ihr zu nähern, würde sie ihm zu verstehen geben, dass sie dafür nicht zur Verfügung stünde.

»Oder Plätzchen backen, häkeln, Bodenturnen, Regenwürmer essen?«, komplettierte Fabio Linas Liste und lachte laut los. Diese Vorschläge konnte sie unmöglich ernst meinen.

»Was du willst«, erwiderte sie trocken und biss in den gezuckerten Keks, der neben dem schlaffen Pfefferminzteesäckchen gelegen hatte.

»Zuerst töpfern.« Er wischte sich eine Träne aus dem Augenwinkel.

»Okay.« Lina verzog keine Miene.

»Du hast da was.« Fabio streckte die Hand nach einem Zuckerkrümel in ihrem Mundwinkel aus.

»Huch!« Blitzschnell wischte sie mit ihrem Strickjackenärmel über ihre Lippen, bevor seine Hand sie erreichte.

Fabio kratzte sich verstört an der Stirn. Eine Mischung aus Unsicherheit und Verärgerung machte sich in ihm breit. War sie denn für keinerlei Flirtversuche empfänglich? Lina starrte teils ängstlich, teils wachsam zurück. Wie eine Gazelle, die sich zur Flucht bereit machte. Das war doch nicht normal. Vielleicht war sie psychisch krank? Er kannte sich mit so was nicht aus, aber möglicherweise hatte sie eine Art Laktoseintoleranz, nur nicht mit Milch, sondern mit Menschen. Sozialintoleranz sozusagen. Wie auch immer, so kam er nicht weiter. Seit zwanzig Minuten waren sie schon in dem Coffee-Shop, und es wurde immer schlimmer. Lina legte den Keks weg und richtete sich gerade auf. Wenn es überhaupt noch gerader ging. Seit sie hier angekommen waren, saß sie steif wie eine Stockpuppe auf der vordersten Kante ihres Stuhls.

Die Glocke am Eingang klingelte melodisch und lenkte seine Aufmerksamkeit ab. Zwei hübsche Mädels betraten den Laden. Kichernd steckten sie die Köpfe zusammen. Als die beiden brünetten Schönheiten auf dem Weg zur Theke an ihnen vorbeigingen, ließ Fabio seinen Blick wehmütig über ihre sexy Hintern gleiten, die knackig in hautengen Jeans nach rechts und links wiegten, als wollten sie ihm zuwinken.

Fabio, nimm mich! Ich liebe dich, raunte der volle, runde.

Nein, nimm mich! Ich bin sportlich und sehr gelenkig, piepste der schmalere von beiden.

Voll und ganz in seinen Fantasien versunken, verfolgte er jede ihrer Bewegungen. Vielleicht sollte er doch einfach wechseln. Mit Lina kam er nicht voran: Ihre Optik reizte ihn nicht sonderlich, und mit ihrer zugeknöpften, unvorhersehbaren Art zerbombte sie ihm am Ende noch die ganze Story. Nik würde es nie erfahren, er konnte seine Hypothese beweisen, und der Hunderter gehörte ihm.

»Fabio?«, unterbrach Lina seine Gedanken.

»Ja«, sagte er gedehnt, ohne den Blick von der reizenden Rückansicht der beiden Damen abzuwenden.

»Möchtest du jetzt zum Töpfern oder nicht?«

»Wie bitte?« Er blickte sie entgeistert an. Aus einem Tonklumpen eine Vase matschen? Sicher nicht. Weder jetzt noch später, eventuell in einem anderen Leben.

»Kreatives Gestalten soll wirklich gut für die Seele sein, gerade in Krisen …« Lina räusperte sich. »Habe ich irgendwo mal gelesen«, fügte sie leise hinzu und nestelte an der Teebeutelschnur.

Fabio neigte sich vor, das Ohr in ihre Richtung, als könne er so die bereits verhallten Worte besser verstehen, ihnen einen anderen Sinn entlocken. Doch er hörte nur das Rauschen seines Blutes, das viel zu schnell durch seine Adern pochte.

»Zweifellos«, dachte er laut. *Sie hat mir eine Kunsttherapie verordnet.*

Lina lächelte ihn vorsichtig an, glaubte wohl, dass er ihr zustimmte.

Stopp, Schluss jetzt! Das Spielchen mit der lebensgefährlichen Operation ging zu weit. Er hatte es doch nicht nötig, ein Mädchen über die Mitleidsschiene abzuschleppen. Gerade wollte er aufstehen und diese Farce beenden, da entdeckte er Nik, der von außen dicht an der Fensterscheibe klebte und hämisch grinsend beide Daumen in die Luft reckte.

Fuck, jetzt gab es kein Zurück mehr.

»Kennst du den?«, fragte Lina.

»Entfernt«, brummte Fabio und wedelte mit der Hand, um Nik zu verscheuchen. Wenn das so weiterging, würde er aus Frust tatsächlich noch ein Magengeschwür oder eine Hirnblutung bekommen.

»Lass uns gehen«, beschloss er kurzerhand.

11:35 Uhr

Das monotone Rumpeln des Zuges hatte etwas Einschläferndes. Fabios Lider wurden mit jeder Haltestelle schwerer. Er hätte doch lieber ins Bett gehen sollen, anstatt sich dieses bescheuerte Spiel auszudenken.

»Wohin fahren wir?« Lina klang neutral, fast ein wenig desinteressiert. Aber ihre dunkelbraunen Augen huschten wachsam über den Streckennetzplan. Sie saßen in der S1. Gerade fuhren sie in den Altonaer Bahnhof ein. Seit sie aus dem Café regelrecht geflohen waren, hatten sie kein Wort miteinander gewechselt. Eines musste man Lina lassen: Anders als die meisten Leute zeigte sie nicht das dringende Bedürfnis, jegliche Stille mit sinnlosem Geplapper zu füllen. Und jetzt, da er kaum noch an den Erfolg seines Projektes glaubte, war sie keine unangenehme Begleitung. Jedenfalls nahm man sie so gut wie nicht wahr. Und das war ihm im Augenblick gerade recht.

Er hatte Lina längst aus dieser Scharade entlassen wollen. Aber merkwürdigerweise scheute er sich davor, ihr die Wette und den Schwindel mit der Erkrankung zu beichten, schob es von einer Minute auf die nächste. Und je länger er wartete, je mehr Zeit und Ruhe er hatte, darüber nachzudenken, sich Alkohol und Adrenalin parallel dazu verflüchtigten, desto skurriler, ja beschämender erschien ihm seine Idee und wozu sie geführt hatte.

Was war bloß los? Er strich sich über die müden Augen. Normalerweise machte es ihm nichts aus, mit Notlügen ans Ziel zu kommen. Was die anderen darüber dachten, war ihm egal.

Vielleicht war es die Tatsache, dass sie ihm, dem kranken Jungen, sofort helfen wollte: ohne Umschweife, ohne weitere Fragen, ohne Eigennutz. Oder die Art, wie sie ihre Brille zurechtrückte und ihn offen und aufrichtig ansah. Jedes ihrer Gefühle spiegelte sich ungefiltert in ihren Augen. Gegen ihre Unschuld hob sich seine Lüge schwarz wie ein hässlicher Schatten ab. Inzwischen machte er sich tatsächlich Gedanken, dass er sie verletzen könnte.

Natürlich wirst du ihr wehtun, hör auf zu heulen. So würde er nie ein erfolgreicher Reporter werden. Wenn sein Blutzucker wieder im Lot wäre, würde die Welt ganz anders aussehen. Dann würde er Lina zurück zu ihrer Pappbox schicken, wo auch immer sie dieses Monster verstaut hatte.

»Magst du Apfelkuchen?«

»Ja, wieso?« Sie zog die Augenbrauen zusammen und musterte ihn misstrauisch. Sicher fragte sie sich jetzt, was er vorhatte und warum sie mit einem Fremden durch Hamburg gondelte.

»Keine Angst. Wir schnappen eine Runde frische Landluft. Mehr nicht.« Er wippte mit dem Fuß einen imaginären Rhythmus. Ihre Wangen röteten sich leicht. *Ertappt.*

»Ich habe keine Angst«, protestierte sie schwach. »Ich mache das zwar nicht jeden Tag, aber bis jetzt hast du mir kein Gegenargument geliefert. Also bin ich fair und vertraue dir.«

Vertrauen. Das Wort hallte unangenehm in seinen

Ohren nach. Er hörte weg. »Ganz schön mutig«, übertönte er das Wispern seines schlechten Gewissens.

»Mutig oder gutgläubig?« Sie sah ihn direkt an, hinter dem rosaroten Rahmen blitzte ihm messerscharfe Intelligenz entgegen.

»Eher charakterfest und ehrenhaft, würde ich sagen.«

»Ehrenhaft?« Lina kicherte. »Schlägst du mich jetzt zum Ritter?«

»Lina von KittyKat, Gräfin zu Shocking Pink. Ich ernenne dich hiermit zum Ritter des Nasenfahrrads.« Er schwenkte den ausgestreckten Zeigefinger wie ein Schwert von ihrer rechten zur linken Schulter, ohne sie zu berühren.

Lina schnaubte, aber ihre Mundwinkel zuckten. Sie holte Luft, setzte an, um etwas zu erwidern, tat es dann aber nicht und blickte aus dem Fenster.

Fabio grinste zurück, obwohl sie ihn nicht mehr ansah. Jedes Lächeln von ihr fühlte sich wie ein kleiner Triumph an. Schließlich verschenkte sie es nicht häufig.

Merkwürdig, dieses Mädchen. Spröde, still, unscheinbar, fast farblos und definitiv etwas verdreht. Er kniff die Augen zusammen, betrachtete ihr Spiegelbild in der schmutzigen Scheibe, versuchte zu erkennen, wer sie war. Die raspelkurzen Haare legten sich eng an ihren Kopf, bis auf ein paar freche Strähnen, die sich aus einem Wirbel auf der rechten Seite ihrer Stirn herausdrehten. Auf ihrer kleinen Nase hatten sich ein paar Sommersprossen breitgemacht. Ihre Lippen waren zart geschwungen, und wenn sie lächelte, bildeten sich niedliche Grübchen in ihren Wangen. Ihren Körper hatte sie sorgfältig unter einer grob gewebten grauen Strickjacke verborgen. Alles an ihr schien ehrlich und echt. Nicht einmal Make-up übertünchte oder schönte etwas. Sie wirkte zerbrechlich und war doch stark, handelte selbstlos, ohne sich anzubiedern. Bemerkenswert.

Und er? Behandelte sie wie ein Versuchskaninchen, lockte sie mit falschen Versprechungen in ein Labyrinth ohne Happy End. Plötzlich ekelte er sich vor sich selbst. Und die Hürde zur Wahrheit wurde immer höher, nahezu unüberbrückbar. Er musste es ihr sagen. Aber wenn er es laut ausspräche, wenn die Tatsachen im grellen Tageslicht, nüchtern und unverpackt auf dem Tisch lägen, dann hätte seine Niedertracht einen Zeugen. Und er war sich nicht sicher, ob er den Mut hatte, sich den dunklen Schatten seines Charakters zu stellen.

Fabio rieb sich über die Stirn. Um die Liebe wetten, einen Todkranken mimen: Das war doch nicht er! Wie hatte es so weit kommen können? Respektierte er denn gar keine Grenzen mehr? Nein, er wollte nicht, dass sie dachte, er sei ein hinterhältiges, skrupelloses Arschloch. *Scheiß auf die Wette. Mal gewinnt man, mal verliert man.* Er würde ein paar nette Stunden mit ihr verbringen, quasi als Entschädigung für seine Schandtat. Dann würde er sich höflich von ihr verabschieden, sie nie wiedersehen und ihr das Geld für die Brille einfach überweisen. Sein Gesicht würde gewahrt bleiben, ihre Gefühle nicht verletzt werden.

Gut. Gegen sechzehn Uhr ein herzliches Lebewohl, dann ein Stündchen Schlafen, Kaffee und den Text für den Poetry Slam noch mal durchgehen. Wenigstens die Stadtmeisterschaft würde er sich heute holen. Er blähte die Nasenflügel. Diesmal durfte Phillipp, Sieger in 2012 und 2013, ihn nicht schlagen! Aber darüber würde er später nachdenken, wenn er wieder allein war.

Er streckte die Arme weit über den Kopf, dehnte die Muskeln entlang der Wirbelsäule. Die nächsten vier Stunden hatte er also frei.

Sehr gut.

Und er war auf dem Weg zum Obsthof seiner Tante.

Noch besser!

Er würde sich den Bauch mit Kuchen vollschlagen, seine Lieblingsstute Stella besuchen und nebenbei seine Finanzen aufbessern. Denn auf seinem Konto gähnte regelmäßig eine signalrote Null. Seit er das Jurastudium geschmissen und sich für Journalistik eingeschrieben hatte, hatte sein Vater ihm sein monatliches Taschengeld drastisch gekürzt. Er solle sich schon mal an die Leere im Portemonnaie gewöhnen, hatte er ungerührt gemeint. Fabio hatte sich zwar mit kleineren Aushilfsjobs und Artikeln im Stadtmagazin etwas dazuverdient. Aber viel Zeit hatte er neben dem Studium dafür nicht gehabt.

Ein Besuch bei Tante Heike, der Schwester seines Vaters, war jetzt genau das Richtige. Sie war extrem tolerant, steckte ihm meistens ein oder zwei Scheine zu und hatte vor allem Verständnis für ihn. Schließlich hatte sie jahrelang unter ihrem überstrengen Bruder gelitten. Noch heute musste sie seine spitzen Kommentare ertragen, weil sie ihren Job als erfolgreiche Anwältin an den Nagel gehängt und zusammen mit ihrem vor fünf Jahren verstorbenen Mann einen Obsthof gekauft hatte.

Heike nahm seine Sorgen ernst und diskutierte auf Augenhöhe mit ihm, statt seine Argumente ungeduldig wegzuwischen und ihm etwas vorzuschreiben. Fabio war gern auf dem Hof, mitten im Grünen zwischen all den Tieren. Er liebte es, den Stall auszumisten, Äpfel zu ernten und eine Runde mit dem Rasentraktor zu fahren.

Dort herrschte eine so herzliche und warme Atmosphäre, dass Fabio der Abschied jedes Mal schwerfiel, selbst wenn er nur ein paar Stunden da gewesen war. In den vergangenen Monaten hatte er sich allerdings nicht mehr die Zeit genommen, Heike zu besuchen. Zu sehr war er damit beschäftigt gewesen, etwas aus seinem Leben zu machen. Er überlegte, wann er das letzte Mal draußen in Wedel gewesen war. Es war lange her. Zu lange.

Hoffentlich hatte Heike Apfelkuchen gebacken. Sein Magen meldete den aktuellen Füllstand mit einem drohenden Grollen. Seit gestern Nachmittag hatte er nichts mehr zu sich genommen. Jedenfalls keine feste Nahrung.

»Hast du Schmerzen?« Lina sah ihn besorgt an.

»Wie bitte?«

Sie deutete mit dem Kinn auf seinen Bauch.

»Oh, das … ja, nein«, stammelte er. »Nicht der Rede wert.«

»Weswegen wirst du eigentlich operiert?«

Fabio biss sich auf die Innenseite seiner Wange. Was sollte er jetzt bloß sagen?

»Entschuldige«, murmelte Lina verlegen, als Fabio nicht gleich antwortete. »Du musst es mir nicht erzählen, wenn du nicht möchtest.«

»Es ist ein Gefäßknäuel. Mitten hier drin«, presste er hervor und tippte sich gegen die Stirn. »Sie wollen es wegmachen, bevor es platzt.«

Was für ein Wahnsinn. Lange konnte er diese Posse nicht mehr mitspielen. Er schloss die Augen und lehnte den Kopf gegen die kühle Fensterscheibe.

Lina musterte ihn nachdenklich. *Er ist so tapfer,* dachte sie bedrückt. Eine Operation an Blutgefäßen im Gehirn.

Das klang gefährlich. Lebensgefährlich. Was, wenn bei der OP etwas schiefging? Auf einmal krampfte sich ihr Magen zusammen.

Was tue ich hier? Einen todkranken Menschen auf seinem letzten Weg begleiten? Einen wildfremden noch dazu. Panik stieg in ihr hoch. Sie konnte das nicht. Dazu brauchte man Mut, Stärke und einen guten Schutzschild, damit das Leid des anderen nicht zum eigenen wurde. Und sie weinte schon bei Tierdokumentationen.

Das hier musste ein Ende finden, und zwar sofort.

Sie räusperte sich. »Hör zu, Fabio. Ich glaube nicht, dass ich die Richtige bin.«

Er wandte sich ihr zu, ihre Blicke trafen sich, ließen einander nicht wieder los. Ein Atemzug, noch einer. Seine Augen waren grau wie Herbstnebel und von langen, dichten Wimpern umrahmt. Der äußere Rand der Iris war von einem feinen anthrazitfarbenen Ring umgeben, was seinem Blick eine magische Intensität verlieh. Lina hielt die Luft an. Rasch sah sie zur Seite.

»Keine Sorge. Wir müssen nicht sofort heiraten.« Sein leises Lachen kribbelte auf ihrer Haut. Es war dunkel und warm wie geschmolzene Schokolade.

»So meinte ich das nicht«, stellte sie hastig klar. Ihr Herz pochte wild in ihrer Brust. Sie zwang sich, ihn wieder anzusehen. »Ich finde, du solltest diese wichtigen Stunden nicht mit mir verbringen. Wir kennen uns nicht. Und ich …«, sie zögerte, »ich bin nicht gut in, ähm, zwischenmenschlichen Beziehungen.« Die letzten Worte hatte sie nur noch geflüstert. Es war ihr unangenehm, das vor ihm zuzugeben.

Fabio musterte sie mit einem seltsamen Blick, den sie nicht einzuordnen wusste.

»Wow, Respekt«, sagte er. »Ich kenne niemanden, der so offen über seine Schwächen spricht.«

Ist das jetzt gut oder schlecht? Lina knetete nervös einen Zipfel ihrer Strickjacke.

»Du machst das toll.« Fabio lehnte sich vor und nahm ihre Hand. Diese leichte Berührung, die Wärme seiner Haut und seine Nähe überrumpelten sie.

Vorsicht, Annäherungsversuch!, erinnerte sie sich. Als hätte sie einen elektrischen Schlag bekommen, wich sie zurück. Zurück auf sicheres Terrain, weg von seiner beunruhigenden Macht über ihre Herzfrequenz.

Fabio betrachtete sie mit schief gelegtem Kopf. Lina erschien ihm wie ein unbekanntes Wesen: aus einer anderen Zeit, von einem weit entfernten Stern. Obwohl sie eigentlich überhaupt nicht sein Typ war, musste er zugeben, dass sie gerade wirklich süß aussah, wie sie so unbeholfen auf dem Sitz herumrutschte.

»Und was machst du, wenn du nicht Pfefferminztee trinkst oder mit mir in der S-Bahn fährst?«, fragte er, um sie aus ihrer misslichen Lage zu befreien.

Lina atmete erleichtert auf. »Ich erforsche die Signaltransduktion in Leberzellkarzinomen.«

Wow. »Und das bedeutet?«

»Stell dir vor, der Tumor ist eine feindliche Armee. Die Soldaten, unsere Tumorzellen, müssen kommunizieren, um sich zu organisieren. Dafür nutzen sie Botenstoffe – geheime Nachrichten, gebaut aus Eiweißen und Kohlenhydraten. Ich versuche, ihrem Gequassel auf die Spur zu kommen, damit wir ein Wörtchen mitreden können.« Ihre Augen leuchteten. Sie hatte sich leicht vorgebeugt und die Arme auf den Oberschenkeln abgestützt.

»Interessant.« Das versprach intelligente, kurzweilige Unterhaltung für die kommenden drei bis vier Stunden.

Ihre Wangen färbten sich rot.

Er beugte sich vor. Lina hatte also eine Leidenschaft. Leider nur für Labormäuse, aber immerhin. Es war beeindruckend, wie sie von ihrer Arbeit sprach. Die gleiche Begeisterung hatte er zu Beginn seines Studiums auch gehabt. Bevor sein Vater angefangen hatte, ständig an ihm herumzunörgeln und ihn mit seinem großen Bruder zu vergleichen. Julian, der immer alles richtig machte und der als Unternehmensberater im Rekordtempo die Karriereleiter hochkletterte.

»Du studierst also Kommunikationswissenschaften?«

Sie lachte und nickte langsam. »Könnte man so sagen.«

»Ist das deine Semesterarbeit?«

»Nein, meine Doktorarbeit.«

»Du machst Witze.« Lina wirkte kaum älter als neunzehn.

»Wieso sollte ich?« Sie sah ihn verwundert an.

»Na ja.« Er kratzte sich verlegen am Kopf. »Weil du nicht so aussiehst« wäre irgendwie diskriminierend. »Was hast du denn studiert?«, fragte er stattdessen.

»Pharmakologie und Biochemie.«

»Gleich zwei Studiengänge?« Sein Mund blieb unbeabsichtigt einen Spalt breit offen. Zwei, parallel. Und dann auch noch Naturwissenschaften. Biologie, Chemie und Physik waren ihm ein Rätsel. Und auch die Mathematik wies ihn immer wieder in die Schranken.

»Hat sich so angeboten. Ich wollte halt verstehen, was in unseren Zellen los ist und wo genau Wirkstoffe ansetzen können.« Sie zuckte mit den Schultern. »Und ich hatte noch Platz im Stundenplan.«

Fabio schüttelte fassungslos den Kopf und verschränkte die Arme im Nacken. Das hatte er nicht erwartet. Da saß diese graue Maus vor ihm und erzählte mit einer unaufgeregten Selbstverständlichkeit, dass sie zwei Studiengänge absolviert hatte und an ihrer Doktorarbeit schrieb. Normalerweise prahlten die Menschen, die ihn umgaben, mit ihren Errungenschaften. Dieser permanente Sozialvergleich nervte ihn, aber er tanzte den Reigen um das coolste Handy, den besten Job, die heißeste Freundin und das angesagteste Carbonrad mit. Immer weiter, immer schneller. Nur zu gern wäre er ausgestiegen – aus dem Rangeln um die Poleposition, dem unter Höflichkeiten getarnten Kräftemessen. Doch er konnte es sich nicht leisten, diese Beziehungen aufzugeben, auch wenn sie sich nur aus Plattitüden nährten und ohne inneren Wert waren. Denn Kontakte bedeuteten Chancen, Optionen – einen Weg in die Unabhängigkeit.

Lina gehörte definitiv nicht zu diesen selfiesüchtigen Großstadtindividualisten. Zwar konnte sie ihm bei seinen Karriereplänen nicht nützlich sein, dafür aber musste er nicht auf jedes einzelne Wort achten, das er sagte. Oder eben nicht sagte. Fabio spürte, wie er sich auf den harten Polstern entspannte. Lina schien es egal zu sein, ob ihr Gesprächspartner den ganzen Tag Löcher in die Erde buddelte oder filigrane Zuckergussverzierungen auf Hochzeitstorten zauberte. Jedenfalls machte sie keine Anstalten, sofort nach den Trophäen ihres Gegenübers zu fragen. So wie er es üblicherweise gewohnt war.

Ein Lächeln huschte über sein Gesicht. Mit Lina konnte es vielleicht ein total relaxter Nachmittag werden, konnte er eine Auszeit von der immerwährenden Coolness nehmen, einen Kurzurlaub vom perfekten Ich.

»Und, wo hast du studiert?« Fabio rieb die Handflächen erwartungsvoll aneinander. Was kam wohl als Nächstes?

»In Cambridge.«

Er lachte hysterisch auf. Das war doch absurd. »Und dein Abi hast du im Kindergarten gemacht.«

»Nein, auf dem Kungsholmens Gymnasium in Stockholm.« Ihre Augen verengten sich zu Schlitzen. Sie dachte wohl, dass er sich über sie lustig machte.

»Entschuldige. Aber das ist unglaublich. Wahrscheinlich sprichst du zehn Sprachen, spielst vier Instrumente und kannst die Quadratwurzel jeder zehnstelligen Zahl im Kopf berechnen.«

»Witzbold.«

»Moment.« Jetzt wollte er es genau wissen. »Wie viele Sprachen?«

»Sechs.«

Er hatte es geahnt. Sie war nicht verrückt, sie war ein Genie. Wenn er bis jetzt noch daran gezweifelt hatte, dann war es nun offiziell: Lina war definitiv anders als alle, die er kannte.

»Und welche wären das?« Fabio malträtierte seinen Daumennagel, wie immer, wenn er ungeduldig war. Tausend Fragen lagen ihm auf der Zunge, tausend köstliche Antworten warteten auf ihn. Vermutlich würden die paar Stunden gar nicht ausreichen, um Lina zu begreifen.

»Englisch, Französisch, Latein, Schwedisch und Japanisch.«

»Das sind fünf.«

»Gut, Deutsch habe ich nicht aufgezählt«, gab sie zu. »Oder meintest du, dass man Latein nicht spricht? Du hattest nach den gesprochenen Sprachen gefragt, richtig?«, analysierte sie die Diskrepanz.

Fabio schoss das Blut in den Kopf. Er hatte wirklich gedacht, er könne das Wunderkind auf einen Fehler hinweisen, und ihre Bescheidenheit nicht eingerechnet.

»Instrumente?«, fuhr er fort, um von der Blamage abzulenken.

»Nur Querflöte. Und zum Rechnen benutze ich R, SPSS oder Excel. Siehst du: Ich bin ganz normal.«

»Aha«, machte Fabio nur. Neugierde kitzelte unter seinen Fingernägeln. Endlich spürte er wieder echtes, ureigenes Interesse. Er lehnte sich weiter vor, weil er mit einem Mal alles über sie wissen wollte. Lina war wie ein Adventskalender: hinter jedem Türchen eine neue Überraschung.

12:29 Uhr

»Fabio, das ist ja eine Überraschung! Schön, dass du mal wieder vorbeischaust.«

Lina stand eine Armlänge hinter Fabio und beobachtete, wie Heike Dankert ihren Neffen fest an sich drückte. Fabio hatte ihr verraten, dass er sich mit seiner Tante sehr gut verstand, und Lina gebeten, Heike gegenüber kein Wort über die bevorstehende OP zu verlieren. Er hatte Angst, dass sie vor Sorge umkommen würde. Lina rührte es, wie umsichtig er seinen Mitmenschen gegenüber war.

Unauffällig betrachtete sie Fabios Tante. Sie war eine attraktive Frau Ende vierzig mit einem runden Gesicht und unzähligen Lachfältchen um die graugrünen Augen. Ein azurblaues Wickelkleid umspielte ihre weibliche Figur, was sie jugendlich und doch elegant erscheinen ließ. Die blonden Haare hatte sie zu einem sportlichen Bob frisiert.

Lina fand es bewundernswert, wenn Frauen es schafften, ihre natürliche Schönheit zum Strahlen zu bringen. Ihr selbst fehlte die Gabe, aus all den Hosen, Röcken, Shirts und Schuhen, die sich in den Geschäften übereinandertürmten, das Passende herauszupicken und auch noch stilsicher zu kombinieren.

Sie schürzte die Lippen und sah prüfend an sich herunter. Wie üblich trug sie eine dunkelgraue Stoffhose und eine weiße Bluse. Darüber hatte sie ihre Lieblingsstrickjacke geworfen. An jedem anderen Tag hätte sie sich in dem unauffälligen Outfit wohlgefühlt. Heute bedauerte sie zum ersten Mal, dass sie nicht mehr Zeit in ihre Garderobe investiert hatte.

»Ich kriege keine Luft mehr«, keuchte Fabio übertrieben.

Heike entließ ihn aus ihrer Umarmung und spähte neugierig zu Lina. »Entschuldige. Ich klammere nicht nur, ich bin auch noch unhöflich«, sagte sie und wandte sich ihr zu. »Herzlich willkommen …«

»Lina«, half Fabio rasch aus, bevor sie sich selbst vorstellen musste.

»Was für ein schöner Name.« Heike gab ihr einen Kuss auf die rechte und die linke Wange.

»Eigentlich heiße ich Malina, aber bis auf meine Oma nennt mich niemand so.«

»Das klingt skandinavisch.«

»Mein Vater ist Schwede.«

»Wie aufregend! Du bist die erste Freundin, die Fabio mitbringt.« Heike zwinkerte Lina verschwörerisch zu.

»Sie ist nicht meine Freundin«, stellte Fabio klar.

Lina schüttelte bestätigend den Kopf.

»Ah ja«, sagte Heike, als glaube sie ihnen kein Wort.

»Hast du zufällig etwas von deinem Weltklasse-Apfelkuchen da?«, fragte Fabio und lenkte das Gespräch glücklicherweise in unverfängliche Bahnen.

»Gerade habe ich Waltraud das letzte Stück gegeben. Die Arme! Ihr Mann ist vor zwei Wochen verstorben. Das setzt der alten Dame arg zu. Sie ist eine so reizende Person.« Während Heike erzählte, griff sie Linas Hand und zog sie durch die geräumige Diele in die Küche. »Aber keine Sorge. Ich backe euch Süßen gleich einen frischen.«

»Vielen Dank, das ist doch nicht nötig«, sagte Lina schüchtern.

»Oh doch, es ist sogar lebensnotwendig«, widersprach Fabio.

»Wenn ihr mögt, könnt ihr in der Zwischenzeit Stella besuchen. Aber seid lieb zu ihr. Sie kann jeden Moment abfohlen.«

Fabio riss die Augen auf. »Stella ist trächtig?«

»Da siehst du mal, wie lange du nicht hier warst. Elf Monate dauert die Tragzeit bei Pferden.« Heike drohte scherzhaft mit dem Zeigefinger.

»Hast du sie decken lassen?« Fabio nahm sich einen Apfel aus dem Weidenkorb, der auf dem massiven Holztisch stand.

»Ach was.« Heike griff nach einer Rührschüssel und stellte sie zusammen mit einer Tüte Mehl auf die Arbeitsfläche. »Dieser dumme Esel von unserem Herrn Grafen von und zu …«

»Fridolin?«, unterbrach Fabio sie und biss in die rotbackige Frucht.

»Ja, Fridolin. Hat unsere Stella beglückt. Ich könnte ihm den Hals umdrehen«, fauchte Heike.

»Wem? Dem Grafen oder dem Esel?«, nuschelte Fabio mit vollem Mund.

»Ist das nicht ein und dasselbe?«

Jetzt lachte Fabio schallend. »Das muss Liebe sein.«

»Raus, raus, du frecher Junge«, schimpfte seine Tante lachend. »Aber zieht euch Gummistiefel an!«

Lina watschelte in den viel zu großen knallgelben Gummistiefeln über den grob gepflasterten Hof. Gierig sog sie die klare Luft in die Lunge. Es war Ende August, und nach einer Woche Dauerregen schien es ein warmer, wolkenloser Tag zu werden. Ihr Blick wanderte von der bogenförmigen Eingangstür über die dunklen Fachwerkbalken zu den weißen Sprossenfenstern. Das Bauernhaus war traumhaft schön. An den roten Backsteinen der Nebengebäude rankten Wein und Kletterrosen. Lina konnte sich an der Idylle nicht sattsehen. Der unerfreuliche Vormittag war plötzlich nicht mehr wichtig. Und morgen schien weit weg.

Fabio war stehen geblieben und wartete, bis sie zu ihm aufgeholt hatte. »Heike und ihr Mann haben den Hof vor zehn Jahren gekauft«, erklärte er, als sie näher kam. »Damals waren Haupthaus und Ställe nur Ruinen. Die beiden haben viel Mühe und ihre gesamten Ersparnisse investiert. Sie haben ihre gut bezahlten Jobs als Anwälte aufgegeben und ihren Traum verwirklicht.«

»Es ist fantastisch«, schwärmte Lina.

»Ja«, bestätigte Fabio und hob eine Plane auf, die der Wind in eine Hecke geweht hatte. Er schüttelte sie aus und hängte sie zum Trocknen über einen Holzstapel. »Und dann ist mein Onkel an einem Herzinfarkt gestorben. Für Heike brach damals ihre Welt zusammen. Das war vor fünf Jahren.«

»Heute wirkt sie glücklich«, bemerkte Lina.

Fabio nickte. »Der Hof, die Tiere und die Menschen, die hier arbeiten: Das alles hat sie aufrecht gehalten. Heike ist eben eine Kämpferin.«

Lina schwieg und dachte über Fabios Worte nach. Seine Tante besaß eine unglaubliche Energie. Das hatte sie bereits bei ihrer kurzen Begegnung gespürt. Dass sie ganz allein die Verantwortung für diesen großen Hof trug, verdiente ihre volle Bewunderung.

»Welche Obstsorten werden hier angebaut?«, fragte sie interessiert.

»Komm mit, ich zeige es dir.« Fabio griff zwei Eimer und reichte ihr einen davon.

Sie umrundeten die gigantische reetgedeckte Scheune. Die Erde war vom Regen aufgeweicht, und Lina war froh, dass sie nicht ihre weißen Stoffschuhe trug. Nachdem sie vergeblich versuchte, den riesigen Pfützen auszuweichen, platschte sie vergnügt durch das schlammige Wasser. Ein braun gestreiftes Schneckenhaus erregte ihre Aufmerksamkeit, und sie bückte sich, um es aufzuheben.

»Zwei Drittel der Plantagen sind mit Apfelbäumen bepflanzt, den Rest teilen sich Pflaumen- und Kirschbäume. Heike legt viel Wert auf alte Sorten und ökologische Landwirtschaft.« Fabio pflückte einen Apfel und rieb ihn an seinem T-Shirt blank. »Jede Made wird gefeiert, und kleine, schrumpelige Äpfel bekommen einen Ehrenpreis.« Er reichte Lina die Frucht. Sie griff danach und ließ das Schneckenhaus unauffällig in ihre Hosentasche gleiten.

»Köstlich«, nuschelte Lina kauend. »Und wo kann man die preisgekrönten Schrumpfköpfe kaufen?« Sie blinzelte gegen die Sonne, die längst hoch am Himmel stand. Die Apfelbäume, deren Äste sich unter der schweren Last zur Erde neigten, standen in langen Reihen bis zum Horizont.

»Ein Teil der Ernte wird auf regionalen Märkten oder im Hofladen verkauft. Aber den meisten Umsatz macht Heike mit ihrem Pflaumen- und dem Apfelwein. Den gibt es nur in ausgewählten Feinkostläden, und er ist immer schnell vergriffen.« Fabio schnalzte mit der Zunge. »Das

Zeug ist total lecker, hat es aber ordentlich in sich. Das Rezept ist streng geheim. Onkel Paul hat es entwickelt.«

»Dann geht es Heike finanziell also gut.« Lina knabberte das letzte Fruchtfleisch vom Kerngehäuse.

»Sehr gut sogar.« Er betrachtete eine Kohlmeise, die über den Weg hüpfte. »Und sie liebt, was sie tut.«

»Hm«, machte Lina und warf den Griebs weg. »Das ist das Wichtigste. Es muss furchtbar sein, wenn man seine Arbeit hasst.«

»In der Tat.« Fabio nickte grimmig und presste seine Lippen fest aufeinander.

»Wofür brauchen wir den?« Lina schaukelte ihren Eimer vor und zurück. Sie fühlte sich seltsam gelöst. Dieser Ort war so ruhig und lichtdurchflutet. Sie lauschte dem Summen der Insekten und dem leisen Rauschen des Windes in den Baumkronen. Keine Hektik, kein Hupen, kein Dröhnen von Dieselmotoren. Seit sie denken konnte, hatte sie in Großstädten gelebt. Und bis jetzt hatte sie auch nichts daran auszusetzen gehabt. Aber hier draußen, so dicht an der Natur, spürte sie eine Leichtigkeit, die sie so nicht kannte. Es war, als fiele ein Korsett von ihr ab. Selbst die anstehende Prüfung verblasste immer mehr, wurde zu einer Bleistiftnotiz in ihrem Kalender, ein Termin ohne Gefühle, ohne Angst.

»Wir sammeln ein paar Äpfel für die Tiere«, beantwortete Fabio ihre Frage. Er bückte sich, hob das Fallobst auf und warf es in den Eimer. Lina tat es ihm gleich. Es hatte etwas zutiefst Entspannendes, begleitet vom Zirpen der Heupferde Äpfel aufzuklauben. Schon bald war der Eimer voll, was Lina fast bedauerte.

»Jetzt bin ich aber auf meine Lieblingsstute gespannt«, sagte Fabio und kämpfte sich zwischen zwei Bäumen zu ihr durch. »Schade, dass man sie zurzeit nicht reiten kann.« Er scheuchte eine Wespe fort, die Interesse an den angefaulten Äpfeln gefunden hatte.

Lina dankte heimlich dem Herumtreiber Fridolin. Schon als Kind hatte sie Pferden nichts abgewinnen können. Sehr zur Erleichterung ihrer Eltern, die ihr liebend gern ein Aquarium mit Urzeitkrebsen genehmigten, solange sie um die Pony-Diskussion und Ferien auf dem Reiterhof herumkamen. Lina fand es beunruhigend, fast unheimlich, diesen kraftvollen Tieren ausgeliefert zu sein. Auf ihrer Liste mit Dingen, auf die sie gern verzichten konnte, kam Reiten gleich nach Bungee-Jumping, Jazz Dance und Freeclimbing. Sie schüttelte sich bei dem Gedanken und betrat hinter Fabio den Stall. Es dauerte einen Moment, bis sich ihre Augen an das gedämpfte Licht gewöhnt hatten. Entgegen ihren Erwartungen war es hier sauber und trocken und roch nach frischem Heu. Links von ihr war ein geräumiger Bereich abgetrennt, in dem ein kleines Schwein auf einem Strohhaufen lag und döste. Es hatte schwarze Flecken auf seinem rosafarbenen Rücken, was Lina ganz entzückend fand. Auf der rechten Seite hatten Hühner ihre Unterkünfte: ausgemusterte Holzkisten, die sie über kleine Leitern und Stangen erreichen konnten.

Fabio steuerte eine Box an, die etwas abgeschieden in der hinteren Ecke lag. Ein brauner Pferdekopf lugte über das elegant geschwungene Metallgitter, das auf dunkelgrün lackierten Holzwänden angebracht war.

»Stella, meine Schöne«, flüsterte er sanft und strich der Stute behutsam über die Nüstern. Ein leises Schnauben ertönte als Antwort.

Lina stellte ihren Eimer geräuschlos ab und wartete in

einem Sicherheitsabstand von zwei Pferdelängen darauf, dass Fabio mit seinen Streicheleinheiten fertig wurde.

»Du kannst ruhig näher kommen«, lud er sie ein und lächelte ihr über die Schulter zu.

»Ich will sie nicht unnötig aufregen«, schlug Lina seine Aufforderung aus.

»Keine Sorge, sie ist ganz entspannt.« Er winkte sie zu sich.

Lina trampelte unbehaglich von einem Bein auf das andere, rührte sich aber immer noch nicht vom Fleck.

Fabio sah sie forschend an. »Hast du etwa Angst?«

»Ähm, also nicht aus dieser Entfernung.«

»Unglaublich. Ist der Weltformel auf der Spur, aber traut sich nicht, ein Pferd zu streicheln.« Er schüttelte leise lachend den Kopf.

»Mit der Weltformel habe ich nichts am Hut«, protestierte Lina.

Fabio ignorierte ihren Einwand. »Ihr Frauen werdet euch mögen. Stella ist eine meiner engsten Vertrauten. Ich hätte gern, dass du sie kennenlernst«, sagte er in einem Tonfall, der keine Widerrede zuließ.

Lina rollte mit den Augen.

»Das habe ich ge-se-hen. Tss.« Fabio reichte ihr einen Apfel. »Stella braucht Vitamine.«

»Fabio, das ist doch albern. Wieso soll ich das Pferd füttern?«

»Warum nicht?« Er grinste sie an. »Es ist immer gut, die eigenen Grenzen auszutesten.«

Lina warf ihm einen finsteren Blick zu. Dieser Typ konnte eine echte Nervensäge sein. Besonders wenn er sich etwas in den Kopf gesetzt hatte. Sie schnaubte und trat einen Schritt näher an die Pferdebox heran. Stella streckte unverhofft den Kopf über das wellenförmige Gitter, woraufhin Lina einen spitzen Schrei ausstieß und zurücksprang. Sie prallte gegen Fabio, der direkt hinter ihr stand.

»Oh, oh. So schlimm?«, neckte er sie und schob sie wieder vor.

Stella sah Lina neugierig an. Ihre dunkelbraunen Augen waren von langen Wimpern umrahmt.

»Gib ihr den Apfel.«

Linas Herz begann zu rasen. Ihr Atem ging schnell, und ihre Fingerspitzen kribbelten. Zaghaft hob sie den Arm. Das Pferd beschnupperte die Köstlichkeit und öffnete die Lippen.

»Ich weiß nicht, ich kann das nicht«, krächzte Lina.

Fabio nahm kommentarlos ihre Hand und bettete sie in seine. Ganz langsam führte er sie an das Maul des Pferdes. Stella zupfte die reife Frucht vorsichtig von Linas Handfläche. Ihre Nüstern streiften über ihre Haut.

»Sie ist so weich«, stellte Lina erstaunt fest. Ihr Puls beruhigte sich, aber ihre Knie zitterten immer noch.

»Siehst du, war gar nicht schwer, oder?«, sagte Fabio dicht an ihrem Ohr. Sie spürte seinen warmen Atem in ihrem Nacken und fühlte den leichten Druck seines Körpers an ihrem. Ein Schauer jagte über ihren Rücken und hinterließ eine prickelnde Gänsehaut. Mit einem Mal war sie sich seiner Nähe bewusst. Rasch trat sie einen Schritt zur Seite, um sich seiner Anziehungskraft zu entziehen. Verlegen zupfte sie sich an der Nasenspitze und wandte sich wieder der Stute zu. Zärtlich streichelte sie die Blesse.

»Na, meine Hübsche«, flüsterte sie. Stella gab ein leises, kehliges Wiehern von sich, als habe sie verstanden.

Lina lächelte. Jegliche Scheu war wie weggeblasen. Sie fühlte sich frei und beschwingt. Es war wunderbar.

Fabio strich sich mit der Faust über die Stirn, als wolle er einen bösen Zauber verscheuchen. Diese Umarmung war in ihrer Unschuld verstörend intim gewesen. Als er Lina an das Pferd herangeführt hatte, hatte er ihr lediglich die Angst vor dem großen Tier nehmen wollen. Und er hatte sie provozieren wollen, natürlich. Aber als er ihre zarte Haut unter seiner Hand gespürt hatte, ihren zierlichen Körper an seinem: In diesem Augenblick hätte er sie am liebsten an sich gezogen und geküsst. Sein ganzer Körper bebte. Er hatte immer noch ihren frischen Duft in der Nase und konnte ihre weichen Haare an seiner Wange fühlen. *Müdigkeit, Hunger und ein Monat ohne Sex: eine explosive Mischung,* dachte Fabio bissig. Er musste hier raus. Und zwar schnell.

»Mal sehen, was der Kuchen macht.« Abrupt drehte er sich um und verließ fluchtartig den Stall. Ohne auf Lina zu warten, eilte er auf das Haupthaus zu. Er hatte den Hof gerade zur Hälfte überquert, da brauste ein dunkelblauer Porsche Panamera durch die Einfahrt und schnitt ihm mit quietschenden Reifen den Weg ab.

»Fuck«, knirschte Fabio und ging zögernd auf das Auto zu. Aus dem Augenwinkel sah er, dass Lina einige Meter entfernt stehen geblieben war.

»Bruderherz, was für eine Freude, dich hier zu treffen.« Julian stieg aus dem Sportwagen. Wie immer perfekt gestylt. Heute trug er eine hellbraune Stoffhose und ein weißes Hemd. Lässig schob er sich die Sonnenbrille auf den Kopf. Seine ganze Erscheinung strahlte Überlegenheit aus.

»Herzliches Beileid wäre mir lieber«, zischte Fabio.

»Wie auch immer.« Sein Bruder lächelte den Kommentar einfach weg. »Ich bin hier, um eine Kiste von Heikes Apfelwein zu holen. Für die Soiree nachher. Am besten, du kommst gleich mit. So wie du aussiehst, wirst du einige Zeit brauchen, um wieder gesellschaftsfähig zu werden.« Er musterte Fabio von oben bis unten und zog die Mundwinkel missbilligend herab.

»Ich komme nicht mit, Julian.« Fabio verschränkte die Arme vor der Brust und blickte seinen Bruder finster an. Bis auf die braunen Augen, die Julian von ihrer Mutter geerbt hatte, sahen sie sich sehr ähnlich. Und doch waren sie so verschieden. Während Fabio sich für die kleinen und großen, die grauen und bunten, die normalen und verrückten Dinge des Lebens begeistern konnte, zählte für Julian nur der Erfolg. So wie es sich für einen Sprössling der Dankert-Dynastie gehörte. In dieser Familie gab es keine Versager. Alle, bis hin zum entferntesten Großcousin, spielten in der Oberliga von Politik und Wirtschaft. Nur Heike und ihre Tochter Karoline erfüllten nicht ganz die an sie gestellten Erwartungen, so wie er selbst.

Fabio erinnerte sich noch genau daran, dass Julian als kleiner Junge unbedingt Archäologe hatte werden wollen. Stundenlang hatten sie Dinosaurierskelette ausgegraben und die versunkene Stadt Atlantis gesucht. Bis ihr Vater ihm erklärt hatte, dass er damit keinen Cent verdienen würde. Julian hatte schnell umgesattelt und studierte nun brav jeden Morgen die Börsennachrichten, besaß eine kleine Villa am Stadtrand, in der er sich nur selten aufhielt, und fand es höchst erstrebenswert, dass die Flugbegleiter ihn beim Namen kannten. Nur ein Privatleben, das hatte er nicht. Selbst das Golfspielen am Sonntag diente dem Knüpfen und Festigen geschäftlicher Beziehungen.

»Werd endlich erwachsen«, blaffte Julian, der es gewohnt war, dass andere widerspruchslos taten, was er von ihnen erwartete. »Heute Abend kommt Dr. Nikolaus Roland.« Er betonte den Namen, als hätte er einen Joker ausgespielt.

Fabio zog eine Augenbraue hoch. »Und?«

»Er ist der Chefredakteur der Pressestelle des Senats«, knurrte Julian gereizt.

»Ich weiß.«

Julian runzelte die Stirn, als versuche er, der Antwort seines Bruders eine Bedeutung zu entlocken.

»Ja, ich kenne ihn, und ja, es ist mir egal, ob er auf unserer Terrasse Kanapees nascht oder an den Rhododendron pinkelt«, beantwortete Fabio die unausgesprochene Frage seines Bruders. »Dachtest du, dass ich vor Freude einen dreifachen Rittberger mache und sofort in diese unsägliche Protzschüssel springe?«

Julian schien sich wieder gefasst zu haben. Er tippte sich mit dem Zeigefinger an die Lippen und ging vor Fabio auf und ab. »Fassen wir mal die Fakten zusammen. Du hast dein Studium in der Tasche. Herzlichen Glückwunsch, auch wenn man mit Journalistik oder wie du deine Tintenkleckserei nennen magst, wohl wenig anfangen kann. Die Masterarbeit ist durch: wenigstens etwas. Aber von einem Job-Offer habe ich noch nichts gehört.« Ein boshaftes Lächeln umspielte seine Lippen. »Oder irre ich mich da?« Er fixierte Fabio mit einem durchdringenden Blick.

Fabio spürte, wie sich sein Magen verkrampfte. Sein

Bruder hatte es mal wieder geschafft, den Finger tief in die Wunde zu legen. »Korrekt, so weit«, sagte er knapp und biss die Zähne zusammen.

»Nun organisiert unser Vater eine Party, auf der sich die Elite der Medienwirtschaft trifft«, fuhr Julian ungerührt fort. »Er reißt sich ein Bein aus, damit der Chief Product Officer von *Paulsen und Henning* zu uns kommt. Alles nur für dich. Und was machst du?« Er blieb stehen und wandte sich Fabio frontal zu. »Nicht nur, dass du dir die Chance auf wertvolle berufliche Kontakte vergibst. Du bringst auch unseren Vater in Verlegenheit, wenn er die Abwesenheit seines jüngsten Sohnes erklären muss. *Mal wieder.*«

Jetzt hatte Fabio endgültig genug. Glaubte sein Bruder etwa, dass er ohne ihre Hilfe keinen Job bekam? Zwar wusste er die Bemühungen seines Vaters zu schätzen, aber diese Verkupplungsaktionen hatten etwas zutiefst Demütigendes. Er wollte mit seinen Leistungen überzeugen, Erfolge aus eigener Kraft erzielen, statt seine Karriere auf Klüngel und Beziehungen zu begründen. Warum verstanden sie das nicht? Und warum, verdammt, trauten sie ihm nichts zu?

»Es tut mir aufrichtig leid, dass ich euren Maßstäben nicht gerecht werde, aber ich habe vor, meinen eigenen Weg zu gehen. Richte unserem Vater meinen herzlichsten Dank und mein Bedauern aus, dass ich an dieser exquisiten Veranstaltung nicht teilnehmen kann«, sagte Fabio kühl.

»Du bist undankbar. Und dumm. Was meinst du, wie viele Absolventen sich ein Bein abhacken würden, um auf diese Party gehen zu dürfen?«

»Ich bin verhindert.«

»Pah«, machte Julian. »Der Termin steht seit Wochen

fest. Erklär mir doch nicht, dass …« Er stockte. Sein Blick fiel auf Lina, die die Debatte schweigend verfolgt hatte. »Sag jetzt bitte nicht, dass *sie* der Grund ist.« Er betrachtete sie, als wäre sie ein besonders abscheuliches Insekt. »Dein Niveau sinkt beständig.« Er schüttelte entsetzt den Kopf. »Ist sie denn überhaupt volljährig?«

Fabio ballte die Hände zu Fäusten. *Jetzt nur nicht ausflippen …*

»Hi, ich bin Lennard.« Eine junge Männerstimme lenkte Linas Aufmerksamkeit von Fabio ab. »Schönwetterradfahrer, Postkartensammler, eins fünfundachtzig, verrückt nach Nussmüsli und auf Heikes Apfelfarm Mädchen für alles, wenn ich mich nicht gerade in Vorlesungen und Seminaren langweile.«

»Ähm«, machte Lina, verwirrt von dem Personalsteckbrief in Rekordgeschwindigkeit. Ein blonder Schopf schob sich in ihr Gesichtsfeld, sodass sie dem Disput der beiden Brüder nun definitiv nicht mehr folgen konnte. Auf der einen Seite war sie darüber erleichtert. Sie hatte sich wie ein Voyeur gefühlt, der unbefugt in Fabios Privatsphäre schnüffelte. Allerdings musste sie zugeben, dass sie gern mehr über ihn erfahren hätte. Selbst wenn es auf eine derart unangenehme Weise war.

»Ich bin Lina«, stellte sie sich vor und zwang ihre Konzentration auf den Jungen vor ihr.

»Bist du die Neue für den Hofladen?« Lennard zog sie mit einem sympathischen Lächeln in seinen Bann.

Lina räusperte sich und sah zu ihm auf. Sein Blick kitzelte in ihrem Bauchnabel. Ein weißes T-Shirt mit dem Aufdruck *natural product, 100 % organic* hing lose über seiner ausgewaschenen Jeans.

»Ich bin mit Fabio hier. Er hat mir gerade die Plantagen gezeigt«, erwiderte sie mit einer Geste in die Richtung, in der Fabio immer noch mit seinem Bruder stritt.

»Dann bist du seine Freundin?«

Lina schoss das Blut in den Kopf. »Nein, nein«, klärte sie ihn auf. »Wir sind …« Ja, was waren sie eigentlich? Ihr seltsames Arrangement konnte mit keinem der gängigen Begriffe beschrieben werden. »… uns zufällig über den Weg gelaufen«, entschied sie sich.

»Hätte mich auch gewundert. Du bist so gar nicht sein Typ.«

Lina wusste nichts darauf zu antworten. Im Grunde war sie sich dessen bewusst, dass sie weit außerhalb von Fabios Beuteschema lag. Aber trotzdem tat ihr Lennards Bemerkung weh. Beschämt zupfte sie an ihrem kurzen Pony.

»Um mit dir auszugehen, müsste er Geschmack haben«, vervollständigte Lennard seinen Satz und zwinkerte ihr zu. »Glück für mich, würde ich sagen.« Er klatschte in die Hände.

Lina blickte überrascht auf. Hatte sie sich gerade verhört, oder flirtete er mit ihr?

»Komm, lassen wir die Kampfhähne allein und gehen ein Stück. Ich zeige dir, wo die beste Bachminze wächst, die du je gesehen hast. Vielleicht trinkst du einen Tee mit mir?« Bevor sie widersprechen konnte, hakte er sich bei ihr unter und zog sie über den Hof zur Koppel. Lina musste unwillkürlich lachen. *Was für ein verrückter Tag.*

Fabio stapfte aufgebracht über die nasse Weide. Wie immer war das Gespräch mit seinem Bruder alles andere als erfreulich verlaufen. Aber dass Lennard einfach mit Lina im Schlepptau verschwunden war, gab ihm den Rest. Was sollte das denn, bitte schön?

Er kannte Lennard seit drei Jahren. Damals hatte er ihm den Job bei seiner Tante vermittelt, nachdem sie eine Nacht gemeinsam durchgefeiert hatten. Seitdem trafen sie sich immer mal wieder auf Partys oder auf dem Hof. Sie misteten Seite an Seite den Stall aus oder pflückten Äpfel. Lennard war ein guter Kumpel, und Fabio mochte ihn wegen seiner natürlichen und witzigen Art. Aber ihm seine Freundin wegschnappen? Da hörte der Spaß auf.

Freundin? Fabio stolperte über seinen Gedanken. Missmutig schüttelte er den Kopf. Wie auch immer, Lennard sollte sich warm anziehen. Seit einer Viertelstunde suchte er nun schon das Gelände ab. Ohne Erfolg. Jetzt blieb nur noch die alte Eiche am Schafsbach. In dem knorrigen Baum hatte er mit seiner Cousine oft stundenlang gesessen. Er hatte sich Geschichten ausgedacht, und sie hatte dazu Bilder gemalt.

»Wir werden berühmte Comic-Autoren«, hatte Karoline gestrahlt und ihm ihre Bleistiftzeichnungen gezeigt. Was war das für eine schöne Zeit gewesen, als die Welt noch groß und verheißungsvoll erschien.

Und jetzt? Zu Hause wechselte er kaum ein freundliches Wort mit seinen Eltern. Jedes Mal, wenn er mit seinem Vater oder seinem Bruder aufeinandertraf, krachte es. In deren Augen machte er absolut alles falsch. Selbst der Rost an seinem Fahrrad, original Olympia Baujahr 1952, führte regelmäßig zu Diskussionen. Fabio spürte den Druck nahezu körperlich auf seinen Schultern lasten. Der Sommer war fast vorbei. Wenn sich nicht bald eine Tür öffnete, würde er sich nach einem Übergangsjob umsehen müssen. Lieber stand er jede Nacht hinter der Theke oder fuhr Taxi, als weiterhin von seinem Vater Almosen zu bekommen. Er knirschte mit den Zähnen. Und als wäre das nicht genug, rannte er wie ein Volltrottel über Felder und Wiesen, um nach einem Mädchen zu suchen, von dem er nicht viel mehr als den Namen kannte und das glaubte, er wäre todkrank.

Was für ein Scheißtag. Am liebsten hätte er einen Stapel Holz gehackt. Das hatte ihm in der Vergangenheit oft geholfen. Wie damals, als seine erste und einzige feste Freundin mit dem israelischen Kunststudenten abgehauen war. Einen Augenblick lang erwog er, umzukehren und die Axt aus dem Schuppen zu holen.

Aber dann sah er sie. Sie saßen auf dem alten Weidezaun. Lennard erzählte etwas und gestikulierte dabei so wild, dass er fast hintenüberkippte. Lina lachte. Sie wirkte fröhlich, fast ein wenig albern. Fabio beobachtete sie einen Moment. Die beiden waren so in ihr Gespräch vertieft, dass sie ihn nicht wahrnahmen. Lennard schenkte Lina ein entwaffnendes Lächeln, das Fabio nur zu gut kannte. Es kam immer dann zum Einsatz, wenn sein Freund sich ernsthaft für ein Mädchen interessierte. Und es verfehlte seine Wirkung nur selten. Mit einem Mal brannte heißer Zorn in seinem Bauch. Es schien, als hätte sich die ganze Welt gegen ihn verschworen.

»Lina. Ich suche dich schon überall«, blaffte er und lief auf die beiden zu.

»Lennard hat mir die Bachminze ge…« Lina hielt mitten im Wort inne, als sie Fabios finsteren Gesichtsausdruck sah.

»Hey, lange nicht gesehen«, begrüßte Lennard ihn.

»Tut mir leid, dass ich dir deine hübsche Begleitung entführt habe, aber ich konnte einfach nicht widerstehen.« Während er das sagte, lächelte er Lina verschmitzt an und half ihr galant vom Zaun herunter.

»Musst du nicht arbeiten?«, fuhr Fabio ihn an. »Heike bezahlt dich nicht dafür, dass du rumsitzt und dummes Zeug quatschst.«

Lennard zog nur eine Augenbraue hoch und wandte sich dann an Lina. »War schön, dich kennengelernt zu haben. Wir bleiben in Kontakt, okay?« Er küsste sie auf die rechte und linke Wange.

»Schreib mir einfach über LinkedIn«, sagte Lina und versuchte, dabei locker zu klingen. Lennards Küsse prickelten immer noch auf ihrer Haut.

»Rabotti, Rabotti«, mischte Fabio sich ein.

»Ich habe seit einer halben Stunde Feierabend, du Sklaventreiber«, lachte Lennard und zwinkerte Lina ein letztes Mal zu, bevor er pfeifend zurück zum Haus marschierte.

Lina sah ihm wehmütig nach. Lennard war charmant, witzig und intelligent. Dazu kam, dass er mit seinen hellblonden Strubbelhaaren und den dunkelblauen Augen unglaublich gut aussah. Sie mochte ihn auf Anhieb und bedauerte, dass er jetzt schon ging. In seiner Gegenwart hatte sie sich unbefangen gefühlt. Sie liebte seinen feinsinnigen Humor, und seine versteckten Komplimente schmeichelten ihr. Für ihn schien sie nicht nur eine zeitlich befristete Ablenkung zu sein. Vielleicht sollten sie sich tatsächlich wiedersehen …

»Was war das denn?«, fragte Fabio mürrisch.

»Er wollte nur nett sein«, verteidigte Lina ihn. »Und er hat mir richtig tolle Bachminze gezeigt. Total aromatisch.

Riech mal.« Sie hielt ihm ein Blättchen unter die Nase. »Wusstest du, dass Minze bei Verdauungsbeschwerden hilft? Sie wirkt krampflindernd und schmerzstillend. Außerdem hat sie eine anregende Wirkung auf die Gallenproduktion.«

»Ach, darüber habt ihr euch unterhalten?« Fabio warf kleine Steine in den Bach, der in einem schmalen Rinnsal vor sich hin plätscherte.

»Lennard weiß eine Menge über Heilpflanzen. Er studiert Biologie und wird in diesem Semester fertig.«

»Weiß ich«, giftete Fabio.

Lina schnippte das Minzeblättchen weg und musterte ihn mit gerunzelter Stirn.

»Entschuldige, ich hatte dich unterbrochen.« Fabio knackte mit den Fingerknöcheln.

»Lennards Traum ist es, nach pflanzlichen Wirkstoffen zu suchen, die als Grundlage für Arzneimittel dienen könnten. Ist das nicht großartig?« Ihre Augen leuchteten. »Vielleicht können wir eine fachübergreifende Arbeitsgruppe gründen. Er kennt ein paar Humanmediziner, und ich könnte …«

»Heike wartet sicher schon mit dem Kuchen«, unterbrach Fabio sie unwirsch, warf den letzten Kiesel achtlos ins Gras und wandte sich zum Gehen.

Lina sah ihm einen Augenblick lang nach, bevor sie sich selbst in Bewegung setzte.

Hatte sie irgendetwas falsch gemacht? Vielleicht hätte sie nicht mit Lennard mitgehen sollen.

Quatsch. Lina strich sich über die Stirn, wollte Fabios miese Laune wegfegen, eine Grenze bauen zwischen seinen und ihren Gefühlen. Aber es wollte ihr nicht gelingen.

»Mensch, Lina«, knurrte sie sich selbst an, während sie über einen Maulwurfshügel stolperte. Normalerweise scheuchte sie schiefe Blicke oder gereiztes Brummen rigoros aus ihrem Tag. Das hatte sie sich vor einigen Jahren angewöhnt, nachdem das permanente Grübeln über jeden Zwischenton sie fast wahnsinnig gemacht hatte. Heute jedoch alarmierten sie bereits Kieselsteine, die aufgebracht in ein Bächlein patschten.

»Ja, heute«, seufzte sie lautlos, heute war nicht normalerweise, heute war alles anders.

»Möchtest du noch ein Stück?« Heike reichte Lina den Teller, auf dem sich der beste Apfelkuchen türmte, den sie je gegessen hatte. Feine, zartschmelzende Apfelscheiben unter einer Butter-Zucker-Mandelkruste auf einem himmlisch leichten Teig. Lina pickte die Reste ihres zweiten Stücks vom Teller. Wenn sie auch nur einen weiteren Happen äße, würde sie platzen.

»Danke, Heike. Der Kuchen ist köstlich, aber ich bin pappsatt«, entschuldigte sie sich.

Fabio saß ihr gegenüber und stopfte sich schweigend ein viertes Stück in den Mund. Lina beobachtete ihn über den Rand ihrer Tasse hinweg. Fabio war immer noch verschlossen, gereizt, einfach unerträglich. Und zwar seit dem Aufeinandertreffen mit seinem Bruder. Das hatte Lina in der letzten Viertelstunde analysiert und als Grund für Fabios Stimmungstief festgelegt.

Ich kann ihn verstehen, dachte sie und hatte plötzlich Mitleid mit ihm. Sie nahm einen Schluck Tee, um das unangenehme Drücken in ihrem Hals loszuwerden. Fabios Schicksal berührte sie immer tiefer. Dass er seinem Bruder nichts von der bevorstehenden Operation erzählt hatte, war ihr nach der kurzen Begegnung mit ihm klar. So anmaßend und herrisch der sich verhalten hatte – *unfassbar*. Gedankenversunken rührte sie in ihrer blau geblümten Tasse.

»Nimm es ihm nicht übel«, sagte Heike und nahm einen Klecks Sahne. »Dein Bruder liebt dich, und dein Vater auch. Sie würden dich eben gern an ihrer Seite wissen.«

»Sie müssen lernen, meine Entscheidungen zu respektieren«, fauchte Fabio.

»Sie machen sich Gedanken um deine Zukunft«, versuchte Heike ihn zu besänftigen.

»Sie maßen sich an zu wissen, was richtig für mich ist.« Fabio schob seinen Teller so heftig von sich, dass er scheppernd über den Tisch rutschte.

Lina blickte besorgt von Heike zu Fabio und zurück. Wenn sie die Bruchstücke aus den Gesprächen zusammenfügte, ging es in dem Streit offenbar um Fabios Karriere.

Wie unwichtig angesichts seiner Erkrankung, dachte sie halb betrübt, halb zornig. Zu gern hätte sie seine Hand genommen, ihm gesagt, er solle sich nicht darum kümmern, nicht heute. Aber bis auf ein paar Wortfetzen und eine mehr oder weniger fundierte Ahnung wusste sie nicht, was wirklich los war. Ihr wurde in aller Deutlichkeit klar, dass sie Fabio kaum kannte. Und obgleich der Wunsch in ihr wuchs, ihn besser zu verstehen, scheute sie sich, ihm persönliche Fragen zu stellen. Stand ihr das überhaupt zu? Sicher wollte er nicht, dass sie mehr von ihm erfuhr, dass sie seine Sorgen teilte. Das war nicht Teil der Abmachung. Oder?

Das Telefon schrillte und unterbrach die unangenehme Stille, die sich am Tisch breitgemacht hatte.

»Karo, mein Schatz. Wie geht es dir?« Heike strahlte, während sie in den grasgrünen Hörer lauschte. »Ein Vorstellungsgespräch? Herzlichen Glückwunsch.« Wieder gespanntes Schweigen. »Heute um halb fünf?« Heike war aufgestanden und fuhr sich aufgeregt durch die halblangen Haare. »Das geht nicht. Ich habe niemanden, der auf Stella aufpasst. Und sie kann doch jeden Moment …« Sie verzog das Gesicht. »Es tut mir leid, Schätzchen. Und was ist mit Michelle?«

Fabio wippte ein paar Mandelsplitter mit einem Löffel auf und nieder. Lina wollte ihm aufmunternd zulächeln, aber er mied ihren Blick.

»Oh, verstehe.« Heike nickte. »Natürlich weiß ich, wie wichtig das für dich ist.« Sie hatte die Stirn in Falten gelegt und ging auf und ab. Abrupt blieb sie hinter Fabio stehen, und ihr Gesicht erhellte sich. »Moment, warte kurz«, sagte sie in das Telefon und legte dann ihre Hand über die Muschel.

»Sagt mal, ihr Süßen: Habt ihr heute noch was vor?«

14:02 Uhr

»Danke, dass du mir beim Babysitten hilfst«, sagte Fabio, während sie mit zwei Zehnerkartons bewaffnet den Hühnerstall betraten. Heike hatte ihnen aufgetragen, frische Eier für ihre Tochter und die Enkelin mitzunehmen.

»Mache ich gern«, erwiderte Lina. »Wozu auch immer du Lust hast, ich bin dabei.«

»Cool«, erwiderte Fabio und kletterte über die Absperrung zu den Hühnern. Noch immer hing ihm das Treffen mit seinem Bruder nach. Aber die Aussicht, ein paar Stunden mit Emilie zu verbringen, hellte seine Stimmung merklich auf. Dass Lina mitkommen wollte, machte ihn seltsam nervös. Doch sosehr er sich bemühte, die Ursache für die wilde Mischung aus Freude und Aufgeregtheit in seinem Bauch zu ergründen, es wollte ihm nicht gelingen.

»Hoffentlich ist es für deine Cousine und Emilie okay, dass du mich mitbringst«, sagte Lina und stand abwartend im Mittelgang.

»Karo ist total locker, und Emilie wird dich lieben«, beruhigte Fabio sie. Seine Cousine brauchte dringend einen Babysitter für ihre vierjährige Tochter. Eine Werbeagentur hatte sie kurzfristig zu einem Vorstellungsgespräch eingeladen. Und da Heike wegen der trächtigen

Stute nicht wegkonnte, hatte sie Fabio um Hilfe gebeten. Dafür hatte sie fünfzig Euro in seinen Arme-Studenten-Fonds eingezahlt. Das stopfte zwar weder sein Finanzloch, noch passte es in seine Pläne. Aber Karo brauchte ihn nur bis etwa achtzehn Uhr, da blieb genug Zeit bis zum Slam. Außerdem lief heute sowieso alles schief und chaotisch. Also beschloss Fabio kurzerhand, sich treiben zu lassen. Etwas, das er sich schon lange nicht mehr erlaubt hatte. Der Tag mit Lina entpuppte sich als wahre Überraschungskiste. Und er war gespannt, was wohl noch kommen mochte. Bei dem Gedanken daran, dass alles offen und möglich war, überkam ihn eine Hochstimmung, die er zuletzt kurz vor dem Abitur gespürt hatte.

»Soll ich dir helfen?«, fragte Lina zögerlich.

Hühner sind ihr wohl auch nicht geheuer, dachte Fabio belustigt. *Wir sollten öfter hierherkommen*. Fabio erstarrte, seine Hand schwebte über einem Ei. Irgendetwas in seinem Kopf verknüpfte Lina bereits mit seiner Zukunft. Ertappt sah er sich zu ihr um. Das schlechte Gewissen nagte jetzt so laut an ihm, dass er Angst bekam, man könnte es von außen hören. *Ich werde es ihr sagen müssen. Später.* Hastig schob er das verworrene Knäuel aus Scham, lahmen Entschuldigungen und Furcht weg und suchte die Nester nach Eiern ab.

»Bin gleich fertig«, presste er mühsam hervor. Sein Herz pumpte mit einem Mal, als hätte er einen Hundert-Meter-Sprint hingelegt. Er steckte tief im Lügensumpf. Wie sollte er da nur wieder herauskommen?

Lina war froh, dass sie nicht zu den empört gackernden Vögeln musste, die immer wieder kreischend aufflogen. Allein der Gedanke an ihre spitzen Schnäbel ließ sie erschaudern. Während sie auf Fabio wartete, betrachtete sie das kleine Schwein, das im Stroh herumwuselte.

»Darf ich das Ferkel füttern?«, fragte sie Fabio.

»Klar, Mette liebt Äpfel. Besonders die überreifen. Danach ist sie ganz verrückt. Größer wird sie allerdings nicht mehr. Sie ist schon ausgewachsen.«

Lina griff sich einen Apfel aus dem Eimer, der noch im Stall stand. Zaghaft hielt sie ihn der Mini-Sau hin. Als diese die Köstlichkeit bemerkte, lief sie zu ihr und schnupperte daran, bevor sie sich den Apfel schnappte und ihn herunterschlang. Dabei wippte ihr Ringelschwänzchen fröhlich von rechts nach links.

»Ihre Borsten kitzeln«, kicherte Lina.

Mette stellte sich mit den Vorderpfoten auf das Gitter und bettelte schmatzend um den nächsten Apfel. Lina kraulte das Schwein hinter den Ohren. *Wie niedlich*. Nicht im Traum hätte sie geglaubt, dass sie einmal ein lebendes, dreckiges, grunzendes Tier ohne Scheu streicheln würde. Übermütig stupste sie Mette gegen die feuchte Nase.

»Gib ihr ordentlich zu fressen. Heike wünscht sich ein dickes, fettes Spanferkel für das Erntefest«, hörte sie Fabio hinter sich sagen.

Lina hielt mitten in der Bewegung inne. Mette sollte gegrillt werden? Das durfte nicht sein. Tränen stiegen ihr in die Augen. Sie wollte protestieren, aber sie bekam kein Wort heraus.

»So, mehr sind nicht da«, stellte Fabio fest und klappte die zweite Eierbox zu.

Lina stand immer noch wie angewurzelt vor Mette, die in dem goldgelben Stroh nach Apfelresten suchte.

»Kommst du?«, fragte Fabio über die Schulter.

»Ja«, sagte Lina mechanisch. Und dann tat sie etwas, das sie nie für möglich gehalten hätte.

»Ich bringe Lennard um. Diese Pfeife! Lässt einfach den Stall offen«, brüllte Fabio, während er Mette hinterherjagte. »Der soll seine Arbeit machen, anstatt zu flirten.«

»Lennard ist unschuldig«, verteidigte Lina ihn schuldbewusst. Aber Fabio hörte sie nicht. Mühsam kämpfte sie sich hinter ihm durch das nasse kniehohe Gras. Jeder Schritt quietschte unter den Gummistiefeln, und sie hatte Angst, mit den losen Dingern irgendwo stecken zu bleiben.

»Emilie erwürgt mich, wenn ihr Lieblingshaustier weg ist.«

»Haustier?«, keuchte Lina entsetzt. »Ich dachte, es soll geschlachtet werden!«

»Das war doch bloß ein Witz. Mette ist *everybody's darling*. Die ist nur zum Streicheln da.«

»O Gott.« Mit einem Mal verließen Lina alle Kräfte. *Was habe ich getan?*

Etwa zehn Meter vor ihnen rannte Mette im Schweinsgalopp über die Wiese. Fabio sprintete hinter der Sau her, immer noch heftig fluchend. Jetzt kam Mette an den Schafsbach. Unentschlossen lief sie am Ufer auf und ab. Offensichtlich traute sie sich nicht, über den Graben zu springen. Fabio nutzte den Moment und hechtete sich auf das Schwein. Mette schüttelte ihn in einer eleganten Bewegung ab und setzte ihren Spurt in die entgegengesetzte Richtung fort. Jetzt rannte sie direkt auf Lina zu. Lina brachte sich in Position. Sobald die Sau an ihr vorbeizischte, warf sie sich auf das Tier, das trotz der geringen Größe über enorme Kräfte verfügte. Lina versuchte, sich in dem glatten, schwarz gefleckten Fell festzukrallen, aber Mette war nicht aufzuhalten und schleifte sie einfach mit. Schlamm spritzte Lina ins Gesicht, als Mette durch eine Pfütze preschte.

»Uuiik.« Das Schwein rutschte im Matsch aus und riss Lina auf die Seite. Mittlerweile hatte Fabio sie erreicht. Er wollte die heftig strampelnde Mini-Sau packen, kam aber auf dem glitschigen Untergrund aus dem Gleichgewicht und fiel der Länge nach hin. Mette hatte indes wieder festen Boden unter den Hufen und flitzte davon.

»Sie läuft in den Stall«, rief Fabio atemlos und stürmte hinter Mette her.

Lina rappelte sich langsam auf. Hose, Jacke, Bluse: Alles war bis auf die Unterwäsche durchnässt und mit Dreck beschmiert. Mit spitzen Fingern zupfte sie an ihrer Kleidung, die unangenehm feucht an ihrer Haut klebte. *Auch das noch!*

Zögernd tapste sie auf den Stall zu. Am liebsten wäre sie im Boden versunken. Nicht nur, dass sie vollkommen verdreckt war, sie hatte auch keine Ahnung, wie sie Fabio ihr idiotisches Verhalten erklären sollte. Er würde sie grillen, wenn er erfuhr, dass sie es gewesen war, die die Stalltür geöffnet hatte.

Fabio kam ihr mit einem triumphierenden Lächeln entgegen. »High Five, Lina. Mette ist heimgekehrt.«

»Es war meine Schuld.« Lina bohrte ihre Gummistiefelspitze in den Schlamm.

»Erwartet doch keiner von dir, dass du Meister im Schweineeinfangen bist. Du hast dich gut geschlagen. Aber Lennard reiße ich den Arsch auf, wenn ich ihn das nächste Mal sehe.«

»*Ich* habe Mette freigelassen.«

»Was?« Fabio sah sie verstört an.

»Ich wollte nicht, dass sie gebraten wird.« Sie verbarg ihr Gesicht hinter den Händen und beobachtete über die Fingerspitzen hinweg Fabios Reaktion. »Es tut mir so leid.«

Fabio schnappte nach Luft. Dann lachte er schallend los. »Du hast sie freigelassen, weil du nicht wolltest, dass sie geschlachtet wird?« Er hielt sich den Bauch. »Unglaublich.«

»Du bist nicht sauer?« Sie hoffte inständig, dass die dicke Schlammschicht ihre feuerroten Wangen verbarg.

»Einfach göttlich.« Fabio gluckste immer noch und setzte sich auf die glatten Pflastersteine. Lina ließ sich neben ihm nieder. Mit einem schmatzenden Geräusch zog sie die Gummistiefel aus. Zäher Schlamm tropfte auf den Boden.

»Ich fürchte, da hilft nur eins: Zieh dich aus, ich hole den Kärcher«, grinste Fabio und wackelte anzüglich mit den Augenbrauen.

»Was? Nein. Also, auf gar keinen Fall.«

»Himmel, wie seht ihr denn aus?«, unterbrach sie Heike, die in diesem Moment vor die Haustür trat.

Fabio lehnte sich dicht zu Lina herüber. »Was bekomme ich, wenn ich dich nicht verrate?«, flüsterte er gegen ihr Ohr.

Linas Herz holperte wie ein Oldtimer mit Startschwierigkeiten. Ihr Kopf war plötzlich wie leergefegt.

»Mette ist ausgebüxt.« Fabio richtete sich wieder auf. Die Hitze, die von seiner Nähe ausgegangen war, verlosch. Lina atmete tief durch, einmal und noch einmal, aber ihr Puls wollte sich einfach nicht beruhigen.

»Wie konnte das denn passieren?«, wunderte sich Heike.

»Keine Ahnung.« Fabio zuckte mit den Schultern. »Lina hat sich jedenfalls heldenhaft auf sie gestürzt. Mette hatte wohl Angst, in Linas Forschungslabor zu landen, da ist sie freiwillig in den sicheren Stall zurückgerannt.«

Lina fehlten immer noch die Worte. Stattdessen boxte sie Fabio gegen den Oberschenkel.

»Aua«, lachte Fabio lautlos und sackte getroffen zur Seite.

»Und du? Warum siehst du so aus, als hättest du dich im Schlamm gesuhlt?«, neckte Heike ihn und stemmte die Arme in die Hüften.

»Das ist Wellness. Verfeinert die Haut und lässt sie strahlen. Solltest du auch mal probieren«, erklärte Fabio und lehnte sich entspannt in die Sonne.

»Scher dich unter die Dusche, du Frechdachs.« Heike griff nach dem Gartenschlauch und richtete die Spritzpistole auf Fabio. Der schlüpfte schnell aus seinen Gummistiefeln und versteckte sich hinter Lina.

»Sie zuerst.«

»Macht das unter euch aus. Von mir aus könnt ihr auch zusammen duschen. Aber bitte keine Überschwemmung«, sagte Heike und wusch die Gummistiefel ab.

Fabio nahm Linas Hand und wollte mit ihr ins Haus laufen, als Heike ihn zurückpfiff. »Moment! Die Drecksachen kommen mir nicht rein.« Sie machte eine energische Geste, die unmissverständlich klarstellte, dass die Klamotten auf dem Fußabtreter bleiben sollten. »Am besten, ich entsorge diesen Matschhaufen gleich im Müll, die Flecken bekommt ihr sowieso nie wieder raus.«

»Yeah, FKK in der S-Bahn.« Fabio riss die Arme hoch und wackelte mit dem Po.

»Ordnungswidrigkeit nach § 118 OwiG, Belästigung

der Allgemeinheit. Geldstrafe bis zu tausend Euro«, wies Heike ihren Neffen auf die rechtlichen Konsequenzen eines entblößten Hinterteils in der Öffentlichkeit hin.

Lina hatte den Dialog der beiden in starrem Entsetzen verfolgt. Ausziehen? Hier, jetzt, vor ihm? Sie schüttelte den Kopf. Das ging nicht, das konnte man nicht von ihr verlangen.

»Ich schaue nicht hin«, flüsterte Fabio. »Versprochen.« Er hob die rechte Hand zum Schwur und kreuzte die Finger der linken hinter seinem Rücken. So, dass Lina es sehen konnte.

»Pff.« Sie kaute auf ihrer Unterlippe. Was tun? So schmutzig, wie sie war, konnte sie nicht in die S-Bahn. Aber die Alternative war keine Alternative. *Definitiv nicht!*

»Ich suche euch gleich ein paar Sachen raus«, hörte sie Heike über das Spritzen des Wassers rufen.

»Danke.« Fabio schien vollkommen unbeeindruckt von der pikanten Lage, in der sie sich befanden. Ohne Scheu zog er sein T-Shirt über den Kopf. Lina hielt den Atem an. Sein nackter Oberkörper war nur eine Armlänge von ihr entfernt. Seine Haut war glatt und spannte sich über schlanke Muskeln. Auf seiner Brust kräuselten sich ein paar Löckchen, die die gleiche hellbraune Farbe hatten wie seine Haare. Als sie bemerkte, dass Fabio sie amüsiert betrachtete, wandte sie rasch den Blick ab. Aus dem Augenwinkel sah sie, wie er aus seiner Jeans schlüpfte.

»Jetzt du«, forderte er sie auf, nur noch mit blau karierten Boxershorts bekleidet.

»Würdest du dich umdrehen?« Ihre Stimme klang eine Oktave höher als sonst. »Bitte!«

»Was, wenn ich Nein sage?«, provozierte er sie.

»Dann … ich …«, stotterte Lina und ballte die Fäuste. »Du bist unverschämt.«

»Hast du etwas zu verbergen? Du machst mich neugierig.« Fabio lachte und wandte sich von ihr ab.

Lina beäugte ihn misstrauisch, aber er machte keine Anstalten, über die Schulter zu spähen. Verstohlen betrachtete sie seine schmalen Hüften und seinen muskulösen Rücken.

»Nicht spannen«, ermahnte Fabio sie, als hätte er ihren Blick gespürt. »Wenn ich nicht gucken darf, dann erbitte ich mir höflichst, auch nicht begafft zu werden.«

Lina schoss das Blut in den Kopf. Rasch glitt sie aus ihrer Hose. »Gibst du mir einen Vorsprung?«, fragte sie, während sie die Strickjacke ablegte.

»Nein.«

Grrr. Mit klammen Fingern pfriemelte sie an der Knopfleiste ihrer Bluse.

»Ich zähle bis drei.« Fabio gluckste.

Die letzte Schlaufe hakte, sie verhedderte sich in ihrem Ärmel.

»Eins, zwei …«

Gehetzt schleuderte Lina das verdreckte Kleidungsstück zu Boden und sprintete los.

Das Wasser prasselte heiß auf ihren Rücken. Schon zum dritten Mal wusch Lina sich ihre Haare, und noch immer rann schwarze Brühe über die weiße Keramik in den Ausguss. Gedankenversunken malte sie wirre Muster auf die beschlagene Scheibe. Fabios Gegenwart brachte sie zunehmend durcheinander. Erst war er fast aufdringlich freundlich gewesen, dann wieder übellaunig, dazwischen ungezwungen und zum Verlieben süß – und jetzt die kleinen Neckereien. Was bedeutete das? Spielte er mit ihr, oder mochte er sie gar?

Es ist sowieso nur für einen Tag, rief ihr die Vernunft zu.

Ist es das?, zweifelte ihr Herz.

Mit einem Seufzer stieg sie aus der Dusche und schlang sich das Handtuch um den Körper. Sie sollte nicht allzu viel darüber nachgrübeln. Morgen schon war alles anders, und niemand wusste, wie.

Triff dich mit Lennard!, zwitscherte eine fröhliche Stimme in ihrem Hinterkopf. Sie nickte. Ja, Lennard war toll. Sie fand ihn toll. Und noch viel besser: Er fand sie toll, vermutlich, ziemlich sicher. Sie grinste bei dem Gedanken an seinen blöden Gurkenwitz. Weltklasse!

Jetzt musste sie nur noch diese merkwürdige Verbundenheit, die sie Fabio gegenüber verspürte, auflösen. Oder sie löste sich von allein, bald, in wenigen Stunden.

»Ich habe etwas zum Anziehen für dich.« Heikes Stimme drang gedämpft durch die weiße Holztür. Lina öffnete sie einen Spaltbreit und griff nach dem Kleiderstapel, den Heike ihr reichte. »Die sind von Karo. Du kannst sie behalten. Die waren ihr sowieso immer etwas zu eng.«

»Beeil dich, Prinzessin, Karo wartet auf uns«, hörte sie Fabio aus der Küche rufen.

»Danke«, sagte Lina und schloss hastig die Tür.

Erwartungsvoll faltete sie die Sachen auseinander: ein rosafarbener Slip mit Hello-Kitty-Print. Lina musste schmunzeln. Entweder hatte Heike Humor, oder Fabio hatte seine Hände im Spiel. Sie errötete und hoffte auf Ersteres. Nachdem sie alles ausgebreitet hatte, sah sie ratlos auf das Häufchen Stoff, das vor ihr lag. Ultrakurze Jeansshorts und ein enges schwarzes Top. *Puh!*

Fabio klopfte ungehalten an die Badtür. »Lina, bitte. Lass mich unter die Dusche. Du musst nicht zum Schönheitswettbewerb, der Titel Miss Piggy ist schon vergeben. Auch wenn du ihn dir heute verdient hättest.« Sie hörte ihn leise kichern.

Lina rollte mit den Augen und schlüpfte in die Shorts und das Top. Der schmale Jeansstreifen hing ihr locker auf der Hüfte, und das seidig glänzende Oberteil schmiegte sich angenehm an ihren Körper. Sie betrachtete sich im Spiegel. Und es gefiel ihr, was sie sah.

Als Lina wie der Blitz im Haus verschwunden war, hatte Fabio sich die Chance nicht entgehen lassen, einen Blick auf ihren Hintern zu werfen. Und er war nicht enttäuscht worden. Er lächelte bei dem Gedanken an ihren knackigen Po, der sich mit jedem Schritt einladend unter dem schlichten weißen Slip gewölbt hatte. Er überlegte, wie sich ihre perfekten Rundungen wohl anfühlten, während er darauf wartete, dass sie endlich das Bad freigab. Der Schlüssel drehte sich im Schloss, und Fabio platzierte sich dicht vor der Tür.

»Wuauow!«, kreischte Lina, als sie in ihn reinrannte. Schon zum zweiten Mal an diesem Tag.

Sie prallte an seiner Brust ab und klammerte sich an seinen Armen fest, um nicht rücklings hinzufallen. Fabio hielt sie an sich gedrückt. Einen Atemzug, zwei. Lina räusperte sich und wich zurück.

»Ich wusste, dass du auf meinen Schlammlook stehst, kleine Schweinefee.« Fabio grinste sie frech an. Seine grauen Augen glitten an ihr herab. Die blonden Haare standen strubbelig von ihrem Kopf ab. Das enge Shirt betonte ihren schlanken, zierlichen Körper. Jetzt konnte er ihre kleinen, wohlgeformten Brüste erkennen und ihre Beine … Fabio bekam einen trockenen Hals.

Lina zupfte verlegen an den knappen Shorts. »Darf ich?« Sie deutete mit dem Kinn auf die schmale Lücke zwischen Türrahmen und seiner Schulter.

»Klar«, murmelte er und glitt flink an ihr vorbei ins Bad, bevor das Testosteron vollkommen die Kontrolle übernahm.

15:32 Uhr

»Genieße die Ruhe vor dem Sturm«, murmelte Fabio neben ihr und lehnte sich gegen die Bootswand. Er hatte vorgeschlagen, mit der Elbfähre zurück in die Hansestadt zu schippern.

Lina blinzelte in den strahlend blauen Himmel. »Ich glaube nicht, dass es heute noch ein Unwetter geben wird.« Die Sonne schien angenehm warm, und der laue Wind strich sanft über ihre nackten Oberarme.

Fabio lachte leise. »Das war keine Wettervorhersage. Ich meinte Emilie. Sie ist zwar erst vier, aber stärker als jeder Orkan.«

»Oh.« Redewendungen waren nicht gerade ihr Spezialgebiet. Vermutlich eine Nebenwirkung der vier verschiedenen Sprachen, die sie in ihrer Jugend abwechselnd und durcheinander hatte sprechen müssen.

Unauffällig warf sie einen Seitenblick auf Fabio. Er hatte geflucht, als Heike ihm das hellrosa Kapuzenshirt mit dem goldenen Puma ins Bad gebracht hatte, aber wie Lina hatte auch er keine Wahl gehabt. Zunächst hatte Heike ihm dazu eine Yogahose mit dreiviertellangen Beinen gegeben. Fabio war in dem hautengen Höschen auf Zehenspitzen durch die Küche getippelt und hatte gedroht, dass er den restlichen Tag Ballett durch Hamburg tanzen würde, statt auf Emilie aufzupassen. Nachdem

Heike sich von ihrem Lachanfall erholt hatte, hatte sie sich erbarmt und Fabio eine Boyfriend-Jeans seiner Cousine gegeben.

Karoline. Linas Gedanken wanderten zu der jungen Frau, deren Unterwäsche sie trug, obwohl sie sie noch nie gesehen hatte. Karo war kaum älter als sie und hatte bereits die Verantwortung für ein kleines Kind. Lina hatte höchsten Respekt davor, dass sie ihre Tochter allein großzog und gleichzeitig ihr Studium gemeistert hatte. Von Fabio wusste sie, dass Emilie keinen offiziellen Vater hatte. Karo hatte in der Zeit vor ihrem Baby keine Party ausgelassen, sodass wohl mehrere Kandidaten infrage kamen, die sie aber alle für Schwachköpfe hielt. Also hatte sie Schwangerschaft und Studium allein durchgezogen. Heute stand sie kurz vor einem lukrativen Jobangebot in einer angesagten Werbeagentur.

Unbewusst kreuzte Lina ihre Finger: für Karoline und für sich selbst. Hoffentlich mochten Karo und Emilie sie. Aus irgendeinem Grund war ihr das auf einmal wichtig. Unaufhörlich drehte sie den schmalen Silberring an ihrem Mittelfinger. So wie immer, wenn sie Lampenfieber hatte.

Neben ihr war Fabio tief und fest eingeschlafen. Er sackte gegen ihre Schulter und grunzte leise. Lina lehnte sich fast unmerklich zu ihm und schnupperte an seinen frisch gewaschenen Haaren. Der Wind wuselte durch die karamellbraunen Locken, und sie widerstand nur mühsam dem Impuls, ihre Hand darin zu vergraben. Die Wellen glitzerten in der goldenen Augustsonne. Möwen umkreisten den schweren Stahlkoloss, der sich durch die trüben Wasser der Elbe pflügte. Die Luft roch nach Freiheit und Diesel.

Der Motor der Fähre heulte auf, als sie am Museumshafen für einen weiteren Zwischenstopp anlegte. Lautes Grölen übertönte das Brummen der schweren Maschinen. Lina suchte nach der Quelle des Lärms. Am Steg standen sechs junge Männer, die bewaffnet mit Bier und Strohhut *Hamburg, meine Perle* sangen.

Lina rümpfte die Nase. Der falsch intonierte Song kam immer näher. Einer der Sänger bog um die Ecke. Er steckte in einem flauschigen Froschkostüm. Direkt hinter ihm stolperten seine Freunde auf das Oberdeck.

Fabio räkelte sich an Linas Schulter. Das ungebetene Konzert hatte ihn geweckt. Ein leuchtend rotes T-Shirt mit der Aufschrift »Buy him a beer, his wedding is near« schob sich in sein Gesichtsfeld.

»Au, Mann«, stöhnte er und setzte sich auf. Diese Junggesellen-Partys waren echt das Letzte.

»Tommy, eine Cinderella für dich!«, kreischte einer der Typen. Seine Augen wurden von einer gelb umrandeten Sonnenbrille verdeckt.

»Küssen, küssen, küssen«, brüllten die anderen sofort los. Wie ein Wolfsrudel auf Beutejagd umzingelten sie Lina. Der Frosch trat einen Schritt vor und reckte die Arme in die Luft. Dabei drehte er sich um die eigene Achse, angestachelt von den Rufen seiner Fans. Fabio ballte seine rechte Hand zur Faust. Wenn die Kröte Lina zu nahe kam, würde er sie zurück in ihren Brunnen schicken.

»Ich bin ein verwunschener Prinz. Bitte küss mich«, quakte das grüne Plüschmonster und ging vor Lina auf die Knie.

Lina zog die Beine an und schlang schützend ihre Arme darum. »Nein, danke.«

»Ach, komm schon. Das ist sein letzter Tag in Freiheit«, rief einer seiner Kumpels, dessen Nasenrücken genauso rot wie sein T-Shirt war.

Lina schüttelte den Kopf.

»Alter, ist die verklemmt«, motzte die Rotnase.

»Vielleicht eine Fußmassage?«, bot der Frosch an. Vermutlich hatte er eine Aufgabenliste abzuarbeiten.

»Nein«, wehrte Lina ab.

»Trink wenigstens einen Schnaps mit ihm«, forderte die gelbe Sonnenbrille sie auf und bot ihr eine Flasche mit blauer Flüssigkeit an.

»Verschwindet, ihr Pappnasen!« Fabio legte den Arm um Linas Schultern und zog sie fest an sich. Seiner Meinung nach gehörten diese Junggesellenabschiede verboten. Nur weil man ein albernes Kostüm trug, konnte man doch nicht tun und lassen, was man wollte.

»Alter, ist die gaga oder was?«, nuschelte die Rotnase in seine Bierflasche.

»Sie ist die Heilige des indischen Hatschi-Kultes und hat einen höheren IQ als ihr alle zusammen«, blaffte Fabio ihn an.

»Lasst uns abhauen. Das ist mir zu crazy«, beschied die Kröte und stand auf. »Da knutsche ich lieber 'ne Fliege als 'ne Frigide«, reimte er im Weggehen, was von wieherndem Gelächter seiner Freunde beantwortet wurde.

Lina atmete geräuschvoll aus. »Danke«, wisperte sie.

»Hey, du warst fantastisch. Nicht jede Frau hätte einem Prinzen eine Abfuhr erteilt«, grinste Fabio. Noch immer hatte sie sich eng an ihn geschmiegt. Sein Herz schlug auf einmal zwei Takte schneller, als würde es sich dieser Nähe erst jetzt bewusst. Zu gern hätte er mit den Fingerspitzen über die zarte Haut ihrer Schulter gestrichen, aber er wagte es nicht, sich zu bewegen. Wie einen Schmetterling, der jederzeit davonflattern könnte, hielt er sie sanft umschlungen.

»Für eine Heilige des Hatschi-Kultes gehört es sich nicht, Amphibien oder Zauberwesen zu küssen«, sagte Lina betont ernst. Sie lächelte ihn verschwörerisch an.

Diese Grübchen! Sie war unfassbar süß. Und sexy.

»Und was ist mit Normalsterblichen?«, fragte Fabio leise und wandte sich ihr zu. Sein Gesicht war nur eine Handbreit von ihrem entfernt. Fasziniert betrachtete er Linas tiefbraune Iris: ein unergründlicher, dunkler Strudel, der ihn hypnotisch anzog. Näher, immer näher. Ihre Augen weiteten sich. Auf ihrer Stupsnase kräuselten sich winzige Falten.

»Haa-tschi!«

Ihre Köpfe prallten unsanft gegeneinander, als sie niesen musste. Fabio rieb sich die schmerzende Stirn. Das konnte doch nicht wahr sein!

16:01 Uhr

»Mensch, Fabio. Ich sitze hier wie auf Kohlen.« Karoline wühlte ohne aufzusehen in einer unförmigen hellbraunen Wildledertasche.

»Relax, Baby. Du hast noch 'ne halbe Stunde«, beruhigte Fabio sie und trat in den violett gestrichenen Flur.

»Und was ist, wenn ich unterwegs einen Menschen wiederbeleben, mich durch einen Blizzard kämpfen oder eine Katze vom Baum retten muss? Hast du schon mal daran gedacht?« Sie stemmte die Arme in die Hüften und grinste ihn breit an. »Außerdem muss ich mir auf den Schreck noch einen Cappuccino holen, sonst stehe ich das Gespräch nicht durch.«

»Du packst das, jede Wette.« Fabio umarmte sie.

»Vorsichtig, du zerknitterst mir die Bluse«, schimpfte Karo. Sie trug einen dunkelblauen Bleistiftrock und hochhackige Schuhe. Ihre blonden Haare waren zu einem ordentlichen Pferdeschwanz gebunden.

»Das sieht sowieso viel zu geschäftsmäßig aus. Man könnte meinen, du willst in einer Kanzlei anfangen und nicht in einer Kreativ-Butze«, neckte Fabio sie und machte Anstalten, ihre sorgsam frisierten Haare durchzuwuscheln.

»Lass das«, fauchte Karo und klatschte ihm auf die Finger. »*Red Moon* ist keine Butze, sondern eine der führenden Werbeagenturen weltweit. Außerdem solltest du dich mit Styling-Tipps zurückhalten. Bei dem Outfit!« Sie zupfte an dem goldenen Puma auf Fabios Brust. »Sag mal, das ist doch mein Sweat…«

»Fabiiii«, quiekte ein hohes Stimmchen, und im nächsten Moment wirbelte ein rosa Tutu um seine Beine.

Fabio bückte sich und hob Emilie hoch. »Hi, Süße.« Er kniff ihr spielerisch in die Nase. Emilie kreischte vergnügt.

»Ich will eine Rolle machen«, forderte sie und zappelte ungestüm, um runtergelassen zu werden.

»Uiuiui, du bist aber schwer.« Emilie griff bereits Fabios Hände und kletterte an ihm hoch.

»Ich muss los. Ruf mich nicht an, und setz die Wohnung nicht unter Wasser oder in Brand«, instruierte Karo ihn und drängte sich an den beiden vorbei.

»Werden wir nicht. Jedenfalls nicht in der Reihenfolge«, versicherte Fabio. Emilie hing kopfüber an seinen Armen, jetzt stieß sie sich in seiner Magenkuhle ab und überschlug sich rückwärts. »Arrgh.« Fabio rieb sich den Bauch.

»Oh, hallo«, hallte es aus dem Treppenhaus.

»Hi, ich bin Lina«, hörte Fabio die Antwort und schalt sich, dass er in dem Trubel vergessen hatte, Lina vorzustellen. Sie hatte hinter ihm im Türrahmen gestanden und gewartet, dass sich das Menschenknäuel in der winzigen Diele auflöste.

»Tut mir wahnsinnig leid, dass ich so unaufmerksam war«, entschuldigte sich Karoline. »Aber ich bin furchtbar aufgeregt.«

»Macht doch nichts«, beschwichtigte sie Lina. »Viel Erfolg.«

»Danke.« Karoline drehte sich zu Fabio um. »Süß, deine Freundin«, raunte sie ihm zu.

»Ähm, also …« Fabio kratzte sich verlegen im Nacken.

»Ich bin nicht seine Freundin«, half Lina ihm aus.

Fabio schluckte. Ihre Worte entsprachen der Wahrheit. Aber warum fühlten sie sich falsch an?

»Schade«, sagte Karo leichthin und stürmte die Treppe hinunter.

»Tschüssi, Mami«, grölte Emilie ihr hinterher.

»Ich will aber Barbie spielen!«

»Und was ist mit Pirat oder Schatzsucher?«, versuchte Fabio zu verhandeln.

»Das ist langweilig.« Emilie rümpfte die winzige Nase.

»Autowerkstatt, Baustelle, Star Wars?« Fabio gab noch nicht auf.

Lina hatte sich auf einen winzigen Stuhl gekauert und verfolgte das Schauspiel aus sicherer Entfernung. Mit Kindern kannte sie sich nicht aus. Da ließ sie Fabio lieber den Vortritt.

»Wenn ich jetzt nachgebe, werden wir mit Glitzerschminke und rosa Schleifen im Haar das Haus verlassen«, raunte er Lina hinter vorgehaltener Hand zu.

»Barbie!« Emilie stampfte mit dem Fuß auf und wedelte mit zwei blonden Plastikpuppen vor seiner Nase herum.

»Aber …«

»Nie spielen wir, was ich will«, heulte Emilie plötzlich los. Ihre großen runden Augen füllten sich mit Tränen, und ihr Kinn zitterte verdächtig.

»Okay. Barbie. Gerne«, lenkte Fabio blitzschnell ein und schnappte sich eine der Puppen.

»Da bist du aber hart geblieben«, wisperte Lina gerade laut genug, damit Fabio es hören konnte. Mühsam unterdrückte sie ein Kichern, was in einem merkwürdig röchelnden Geräusch mündete.

»Hmpf«, grummelte Fabio und streckte ihr die Zunge raus. Lina hob unschuldig die Hände in die Luft und biss sich auf die Wange, um nicht schallend loszulachen.

Ein lautes Scheppern lenkte sie ab. Emilie hatte eine Blechdose mit Murmeln heruntergeschmissen. Lina bückte sich, um die bunten Glaskugeln wieder einzusammeln. Das Mädchen mit den blonden Engelslöckchen schien von alledem nichts bemerkt zu haben. Sie suchte weiter irgendetwas im Regal und stellte sich dabei wie eine kleine Ballerina auf die Zehenspitzen.

Lina betrachtete das kleine, selbstbewusste Mädchen. Emilie wusste genau, wie sie von Fabio bekam, was sie wollte. Schade, dass sie selbst keine Ahnung hatte, welche Knöpfe sie bei ihm drücken musste.

Aber was will ich überhaupt von ihm? Lina sah Fabio versonnen an: wie er im Schneidersitz auf dem rosafarbenen Teppich saß und unbeholfen die Barbiepuppe in den Händen drehte. Zum Dahinschmelzen. Doch, sie wusste, was sie von ihm wollte. Aber durfte sie sich das überhaupt wünschen?

»Nein, du spielst den Ken«, bestimmte Emilie. Sie riss Fabio die Barbie aus der Hand und gab sie Lina. »Und du nimmst Lala Blu.«

Lina begutachtete die nackte Mini-Frau. Unwillkürlich schürzte sie die Lippen: dämliches Dauergrinsen und Körpermaße wider die Natur. Und wieso brauchte eine Kinderpuppe Brüste? Jetzt war es Fabio, der hinter seiner Ken-Puppe losprustete.

Emilie kramte geschäftig in einer großen Holzkiste. »Ah!« Sie gluckste verzückt und stattete ihre Barbie mit zwei Flügeln und einem Zauberstab aus. »Also, das Spiel geht so: Ich bin die gute Fee und erfülle euch Wünsche. Ken ist ein Prinz und Lala Blu eine Prinzessin«, erklärte sie und zog ein rosa Plastikschloss unter ihrem Hochbett hervor.

Lina sog scharf Luft ein. Lieber würde sie am Ultramikrotom zweihundert Dünnschnitte anfertigen, das schien ihr weitaus einfacher. Ihr Blick streifte Fabio, dessen Augen geweitet waren. Zum Glück war sie in ihrem Entsetzen nicht allein.

»Bereit, Lala Blu? Jetzt lernen wir den Prinzen kennen«, wisperte Lina und setzte sich neben Emilie, die mit ihrer Puppe selig um das Schloss flog. »Hallo, liebe Fee. Ich wünsche mir eine Hose und einen Pullover«, sagte sie und trippelte mit der nackten Barbie über den Boden.

»Nein, nein. So geht das nicht.« Emilie verzog tadelnd den Mund. »Du hast eine Verabredung mit Ken. Da musst du dich doch hübsch machen. Du brauchst ein Kleid!«

Lina starrte sie verdattert an. »Heutzutage braucht man als Frau kein Kleid, wenn man ein Date hat«, klärte sie die Kleine auf.

»Stimmt«, fiel ihr Fabio ins Wort. »Kurze Hose geht auch.« Er zwinkerte Lina zu und ließ den Blick über ihre nackten Schenkel gleiten.

»Lala Blu soll aber ein Kleid anziehen!«, beharrte Emilie und zauberte mit ihrem Stab ein rosafarbenes Ballkleid aus der Kiste.

Lina klappte geschlagen den Mund zu und nahm das paillettenbesetzte Polyestermonstrum in Empfang.

Fabio hopste derweil mit seinem Ken um Linas Puppe herum. »Von mir aus braucht die Hübsche gar keine Klamotten«, raunte er Lina ins Ohr und schnalzte anzüglich mit der Zunge. »Bei *der* Grundausstattung.«

Lina gab Ken mit ihrer Puppe eine Ohrfeige. »Ich wünsche mir für Ken ein Gehirn«, bestellte sie an die Fee gewandt.

»Für Lala Blu bitte keins«, konterte Fabio.

Emilie sah verständnislos von Fabio zu Lina. »Das ist kein richtiger Wunsch«, bemängelte sie und zog die Augenbrauen zusammen.

»Gut, hmm«, machte Fabio und massierte sich nachdenklich das Kinn. »Prinz Ken wünscht sich eine Spielekonsole, Chips, Bier und eine hübsche Brünette. Die blonde Barbie nervt ihn.« Er lupfte provozierend eine Augenbraue.

»Schwirr ab, du frauenfeindlicher Plastikhohlkopf«, konterte Lina hinter einem besonders breiten Lächeln, das dem von Lala Blu in nichts nachstand.

»Wer hat erlaubt, dass Barbie sich emanzipiert?«, entrüstete sich Ken.

»Ahrrg«, stöhnte Lina, und ihr Lächeln sackte in sich zusammen. »Hilfe, ich habe einen Grinsmuskelkrampf.« Sie rieb sich die Wange. »Arme Barbie, Tag und Nacht muss sie die hübsche, gut gelaunte Fassade aufrechterhalten. Nicht mal schmollen kann sie!«

»Super Idee, Lina: Wir erfinden die Pöbel-Barbie, mit Stinkefinger und Schimpfwortgenerator.«

Lina streckte ihm die Zunge raus.

»Hey, so was macht man nicht« tadelte Fabio, grinste sie frech an und streckte ebenfalls die Zunge raus.

Emilie setzte einen finsteren Blick auf. »So macht das

keinen Spaß«, schmollte sie und ließ sich auf ihren Sitzsack fallen.

Lina sah alarmiert zu Fabio. »Tu was!«, zischte sie lautlos. Fabio knirschte demonstrativ mit den Zähnen, bevor er Ken auf das mit Blumen bestickte Riesenkissen klettern ließ. Freundschaftlich stupste der Plastikmann Emilie in die Seite.

»Liebe Fee, ich wünsche mir eine hübsche Bank, auf der ich mit Lala Blu sitzen und die Schwäne im Park beobachten kann«, formulierte er reuig.

Emilies Miene erhellte sich augenblicklich. Die Fee flatterte aufgeregt zum Schloss. »Ene, mene, mecke, dreimal um die Ecke, viermal allerlei: Ich zaub're eine Bank herbei«, trällerte sie und schwang dabei ihren Zauberstab. Mit einem triumphierenden Lächeln holte sie ein lilafarbenes Sofa hinter einem der Plastiktürme hervor.

»Wie schön«, sagte Lina mit piepsiger Stimme, während sie sich immer noch abmühte, ihre Barbie in das Ballkleid zu zwängen.

»Und was sollen wir jetzt machen?«, erkundigte Fabio sich, während er Ken ratlos um die Bank hoppeln ließ.

»Tanzen«, rief Emilie vergnügt, sprang auf und drehte sich in ihrem Tutu um die eigene Achse.

»Puh«, machte Lina und fuhr sich durch die Haare. Endlich hatte sie es geschafft, und Lala Blu schwebte in einem Traum aus Rosa über den gepunkteten Teppich.

»Du bist wunderschön«, flüsterte Fabio gegen ihren Nacken. Er hockte dicht an ihrer Seite und schmiegte seinen Ken unanständig eng an Barbie heran. Lina fuhr ein Schauer über den Rücken.

»Danke, Prinz Ken«, erwiderte sie förmlich und ließ Lala Blu möglichst grazil eine Pirouette hüpfen.

»Und jetzt müsst ihr euch küssen«, sagte Emilie und klatschte begeistert in die Hände.

»Nein, also Emilie …«, stammelte Lina. Sie wandte sich zu Fabio, der ihr immer noch so nah war, dass ihre Nase dabei seine Wange berührte. Linas Herz rumpelte mit einem Mal wie ein Presslufthammer in ihrem Brustkorb.

»Sie meint die Puppen.« Seine Lippen berührten ihr Ohrläppchen, und Lina vergaß einen Moment zu atmen.

»Natürlich«, sagte sie mit rauer Stimme. Ihre Wangen glühten. Konzentriert betrachtete sie ihre Puppe, die von Ken erst sacht und dann heiß und innig geküsst wurde.

»Ich bin die Köchin, und du bist der Gast.« Emilie schob Lina einen Kinderstuhl hin und forderte sie resolut auf, sich zu setzen.

Widerstrebend quetschte Lina die Beine unter den niedrigen Tisch und schielte verstohlen auf ihre Uhr. Wie viele Spiele passten wohl noch in die verbleibende Stunde? Emilie war zwar entzückend und in ihrer kindlichen Naivität ungewollt komisch. Aber die Nähe zu Fabio, der sie in dem engen Raum unweigerlich immer wieder leicht berührte, brachte sie vollkommen aus dem Konzept. Glücklicherweise hatte Emilie genug von Barbie und Ken. Noch mehr Puppenromantik hätte Lina keinesfalls ertragen. Doch sie konnte kaum noch einen klaren Gedanken fassen und hatte beim Memory-Spiel haushoch verloren.

»Und wer bin ich?« Fabio jonglierte mit einer Banane und zwei Orangen aus Emilies Kaufmannsladen.

»Du bist mein Hund«, bestimmte Emilie und wies mit dem Zeigefinger auf einen Platz neben ihrer Kinderküche.

»Dein Hund?« Die Holzfrüchte plumpsten zu Boden.

Lina kippte vor Lachen fast von dem Mini-Stuhl. Fabios entgeisterter Gesichtsausdruck war einfach zu köstlich. »Und wenn du statt eines Restaurants eine Apotheke hättest? Du könntest Medikamente herstellen und kranken Menschen helfen«, schlug Lina vor und massierte ihre Waden, die unangenehm kribbelten. »Alternativ plädiere ich für einen Schnellimbiss, am besten mit Stehtischen.« Lange konnte man auf diesen Foltermöbeln jedenfalls nicht sitzen, ohne orthopädische Schäden davonzutragen.

»Apotheke, Apotheke«, jubelte Emilie begeistert.

Fabio ließ sich in der Hoffnung auf eine Auszeit mit einem wohligen Seufzer in den Sitzsack fallen.

»Komm, Fabio! Du bist immer noch mein Hund.« Emilie klatschte auffordernd gegen ihren Oberschenkel.

»Du weißt, dass Hunde mehr als vierzehn Stunden Schlaf am Tag brauchen«, murrte Fabio und ließ sich auf alle viere fallen. Hechelnd robbte er zu Lina und legte seinen Kopf auf ihren Schoß.

»Ähm …«, Lina rutschte unbehaglich auf dem winzigen Stuhl herum. Fabios Kinn lag warm und schwer auf ihren Schenkeln. Er stupste sie spielerisch mit seiner Nase an. Seine karamellbraunen Locken kitzelten auf ihrer nackten Haut. Plötzlich war es in dem Raum viel zu heiß.

»Er will gestreichelt werden«, verriet ihr Emilie und grabschte in Fabios Haare. Zu gern hätte Lina ihre Finger in seinen weichen Locken versenkt, aber ihr fehlte der Mut.

»Mach Platz, Wuffi. Frauchen muss jetzt Medizin herstellen«, erklärte die Kleine und zog Fabio von Lina weg.

»Ich will einen vernünftigen Hundenamen«, knurrte Fabio und leckte sich die Pfote.

»Wie wäre es mit Snoopy?«, schlug Lina vor.

»Was immer du dir wünschst, süße Kitty.« Fabio schnupperte an ihrem Fuß.

»Lass das«, kicherte Lina.

»Wie machen wir die Salbe?«, fragte Emilie dazwischen. Sie hatte bereits Puppenteller und Töpfe in einer ordentlichen Reihe aufgestellt.

»Hm.« Lina zupfte an ihrem Shirt. Da, wo Fabios Kopf gelegen hatte, prickelte ihre Haut immer noch. Sie wischte die feuchten Finger an den Shorts ab und ließ den Blick durch das Kinderzimmer schweifen. Auf dem obersten Regalbrett wurde sie fündig: *FINGERFARBEN* stand in großen Lettern auf dem Karton.

»Snoopy zuerst«, bestimmte Emilie und rührte hingebungsvoll die Heilsalbe – eine widerlich grüne Pampe aus einer Dose Nivea Creme, einem halben Töpfchen Gelb und zwei Teelöffeln Blau.

Fabio winselte.

»Ich mag Tierversuche zwar nicht, aber wie sollen wir sonst die Wirkung testen?«, überlegte Lina laut. Als sie Fabios panischem Hundeblick begegnete, konnte sie sich ein Schmunzeln nicht verkneifen. Am liebsten hätte sie ihn geknuddelt und geherzt wie einen flauschigen, tapsigen Welpen.

»Ich mache uns was zu trinken!« Fabio sprang auf und floh in die Küche.

Lina lugte in die weiße Schüssel und rümpfte angewidert die Nase: Die Paste hatte Farbe und Konsistenz von irgendetwas zwischen Spinat und schlimmem Schnupfen.

»Augen zu«, zwitscherte Emilie.

Lina schwante nichts Gutes. Rasch nahm sie ihre Brille ab. Gerade rechtzeitig, bevor Emilies Patschehändchen auf ihren Wangen landeten. Die Kleine summte »Dornröschen war ein schönes Kind«, während sie sorgsam die Creme auf Linas Stirn und Nase verteilte. »Eine tolle Zaubercreme. Mama muss sie unbedingt probieren.«

Lina traute sich nicht, die Augen zu öffnen. Wenn sie ihrem Tast- und Berührungssinn Glauben schenken konnte, war sie von einem Ohr zum anderen, vom Haaransatz bis zum Kinn grün. Noch während sie ihre Fluchtmöglichkeiten analysierte, hörte sie ein seltsames Biep-Biep-Krrr.

»Ich bin Zeppi. Biep, biep. Ich komme vom Mars und bringe Getränke. Biep, biep.« Das Marsmännchen unterbrach seine intergalaktische Kontaktaufnahme. »Ach du grüne Neune«, keuchte es, gefolgt von einem schallenden Lachen.

Na toll. Lina setzte ihre Brille wieder auf und hob todesmutig den Kopf. Fabio stand mit zwei kunstvoll geschichteten Kirsch-Bananen-Säften vor ihr, die er unter Kontrolle zu halten versuchte, während er von einem Lachanfall geschüttelt wurde. Auf seinem Kopf saß eine silberne Kappe aus Alufolie, in die er zwei Strohhalme als Antennen gesteckt hatte. Jetzt musste auch Lina lachen. Sie sah sich zu Emilie um, die nicht nur ihr Gesicht, sondern auch die nackten Arme und Beine mit der grünen Masse eingeschmiert hatte. Sie grinste Lina fröhlich an.

»Ein Marsmensch, cool«, jauchzte sie und schnappte sich eines der Saftgläser. Fabio wischte sich eine Träne aus dem Augenwinkel.

»Biep, biep. Ein Drink für Sie, meine zauberhafte Marsfrau?« Er watschelte mit kleinen Schritten auf Lina zu und überreichte ihr das Glas.

»Vielen Dank, Zeppi«, sagte Lina betont höflich und nippte an dem Saft.

»Wenn ich den Damen ein Kompliment machen dürfte, biep, biep: Sie sehen elefantastisch aus, krrr.« Fabio rollte wild mit den Augen. Emilie prustete den Saft in einer unschönen Fontäne zurück in ihr Glas. »Möchten Sie mich auf einen Kurzurlaub in die dritte Galaxie begleiten?«

»Nein, danke. Wir haben viel zu tun«, lehnte Lina freundlich ab.

»Schade, biep, biep«, erwiderte der Marsmensch und trippelte auf Lina zu. »Dann muss ich Sie eben entführen.«

»Nein. Hilfe!«

Fabio packte sie an der Taille.

»Ich rette dich!«, quiekte Emilie und prallte in Fabios Kniekehle. Der geriet ins Straucheln, verfing sich in Emilies Hängematte und landete im Bücherregal. Das Möbelstück schwankte bedrohlich, spuckte aber lediglich ein paar Märchenbücher aus, die knapp an Fabios Kopf vorbeiflogen.

»Ich hab ihn«, brüllte Emilie und schmiss sich auf ihn.

»Stopp, stoooopp!« Fabio schob die Kleine zur Seite und rappelte sich auf. »Alles okay?«, fragte er Lina, die mit verdrehten Gliedmaßen halb unter ihm lag.

»Glaube schon«, ächzte sie und tastete behutsam ihren Kopf ab. »Nur eine Beule.«

»Ich hol meinen Arztkoffer«, rief Emilie und stürmte aus dem Zimmer.

»Tut mir leid.« Er musterte sie besorgt.

»Ist ja nichts passiert.«

»Hinlegen!« Emilie kam mit einem Stethoskop um den Hals wieder. »Ich bin der Doktor und muss euch untersuchen.«

»Mir geht es gut«, beeilte sich Lina die kleine Ärztin zu beruhigen.

»Aber Fabio ist krank.« Emilie steckte sich das Stethoskop in die Ohren.

»Raaaa – puuuu«, machte Fabio beim Ein- und Ausatmen.

Emilie kicherte.

»Ich wusste gar nicht, dass du auf Rollenspiele stehst.« Lange schwarze Locken, moosgrüne Augen, gertenschlank, hochgewachsen.

Wo kommt die denn so plötzlich her?

Die junge Frau stand lässig gegen den Türrahmen gelehnt. Ihre vollen Lippen umspielte ein amüsiertes Lächeln. »Wenn ich das gewusst hätte, wären wir vielleicht noch zusammen.«

Lina wich alle Luft aus der Lunge. Fabios Exfreundin! Und sie hockte mit einer giftgrünen Creme im Gesicht auf dem Boden. Nicht gerade ein ausgeglichenes Kräfteverhältnis. Sie biss sich auf die Unterlippe. Diese Frau spielte so oder so in einer ganz anderen Liga.

»Hallo, Michelle«, begrüßte Fabio sie. »Dich habe ich gar nicht erwartet.« Er klang zerknirscht, fast kleinlaut, machte keine Anstalten weiterzusprechen, geschweige denn sie vorzustellen.

Lina runzelte die Stirn. War es ihm unangenehm, dass diese Halbgöttin sie zusammen sah? *Vielleicht bin ich nur gut genug, solange es keiner mitbekommt: im Schweinestall oder im Kinderzimmer.* Wut stieg in ihr auf. *Er* hatte sie angefleht, den Tag mit ihm zu verbringen, und nicht sie ihn. Wenn sie seiner Meinung nach keine standesgemäße Begleitung war, hätte er doch gleich Michelle fragen können.

Fabio sagte immer noch nichts. Hastig stand Lina auf. *Dann lass ich die beiden lieber mal allein.*

Die rassige Schönheit musterte Lina neugierig. »A-ha.« Hochmütig lupfte sie eine ihrer perfekt gezupften Augenbrauen.

»Nein, Li-na.« Lina schob sich an der Fleisch gewordenen Aphrodite vorbei.

»Hast du mir was mitgebracht, Michi?«, durchbrach Emilie den peinlichen Moment. Sie legte die Spritze aus der Hand, mit der sie gerade Fabios Arm malträtiert hatte, und hüpfte auf Michelle zu.

»Igitt, wie siehst du denn aus?«, lachte Fabios Exfreundin und wich vorsichtshalber einen Schritt zurück. Ihr Lachen war dunkel und sinnlich und hallte Lina auf ihrem Weg ins Bad nach.

Gegen eine Liebesgöttin hatte eine Heilige des Hatschi-Kultes keine Chance. So viel stand fest. Lina stützte sich auf dem Waschbeckenrand ab. Warum machte ihr das plötzlich etwas aus? Eifersucht und Neid brannten in ihren Eingeweiden, wollten sie auffressen. Entschlossen drehte Lina das kalte Wasser auf, legte ihre Brille auf den Beckenrand und wusch sich den grünen Kleister aus dem Gesicht. Das kühle Nass erfrischte sie und vertrieb die ungeliebten Gefühle.

»Schalte dein Hirn ein«, befahl sie ihrem Spiegelbild. Fabio sollte morgen operiert werden. Das Letzte, was er heute suchen würde, wäre eine feste Freundin.

»Feste Freundin«, wisperte sie. Das klang schön. Sie schüttelte energisch den Kopf. Selbst wenn Fabio nicht diese verheerende Diagnose hätte, würde er sich bestimmt nicht mit einer wie ihr abgeben.

Energisch rubbelte sie ihr Gesicht trocken und überprüfte im Spiegel, ob alle Farbreste verschwunden waren. Die Lina, die ihr entgegenblickte, sah verändert aus. Ihre Haare standen frech durcheinander vom Kopf ab. Ihre Wangen waren gerötet, und ihre Augen strahlten. Auch wenn ein trauriger Zug um ihre Lippen lag, so sah sie lebendig aus.

Ich schaffe das, sagte sie sich im Stillen. Sie übte sich in einem freundlichen Lächeln. Noch ganz in Gedanken drehte sie den rostigen Schlüssel und öffnete die Badtür. Aus der Küche hörte sie leise Stimmen. Auf dem Weg zurück ins Kinderzimmer erhaschte sie einen Blick auf zwei Personen, die sich angeregt unterhielten. Michelle saß zwischen Obstschale und Herd auf der Arbeitsplatte. Ihre langen Beine hatte sie dekorativ übereinandergeschlagen. Fabio stand direkt vor ihr, sodass ihre Knie seine Hüfte berührten. Gerade hob er eine Hand und strich ihr eine der schweren schwarzen Locken aus dem Gesicht. Lina wandte sich schnell ab und hastete durch den schmalen Flur in Emilies Zimmer. Ein dicker Kloß schnürte ihr den Hals zu.

»Lina?«, klang Fabios Stimme wenig später gedämpft durch die geschlossene Kinderzimmertür. »Lina?« Er stand wohl vor dem Bad.

Sie wollte vernünftig sein. Sie wollte erwachsen sein. Sie wollte ihm antworten. Aber es ging nicht. Der Schmerz und die Enttäuschung nahmen ihr den Atem.

»Guck mal. Das habe ich für dich gemalt.« Lina schrak

zusammen. An Emilie hatte sie gar nicht mehr gedacht. Das kleine Mädchen hielt ihr ein Bild mit einem großen roten Herzen vor die Nase.

»Das ist aber lieb, danke«, sagte sie mit krächzender Stimme und nahm die Zeichnung an sich.

»Hast du Halsweh?«, fragte Emilie und griff nach ihrem Arztkoffer.

»Nein, nein«, beruhigte Lina sie, bevor die kleine Ärztin auf die Idee kam, ihr ein Holzstäbchen in den Mund zu rammen.

Die Kinderzimmertür ging auf. »Ach, da bist du.« Fabio schenkte ihr ein strahlendes Lächeln. Es fühlte sich irgendwie falsch an.

»Ja«, erwiderte Lina matt.

»Michelle passt jetzt auf Emmi auf. Wir können los.«

Lina sah ihn verdattert an. »Los?«, echote sie. Wollte er nicht bei seiner atemberaubenden Freundin bleiben?

»Oder willst du als Mumie verkleidet, als Seeungeheuer aufgespießt oder als Wüstenforscher von fiesen Skorpionen verfolgt werden?«, lachte Fabio.

»Au ja«, freute sich Emilie.

»Nein, danke«, sagte Lina kleinlaut. Sie fühlte sich plötzlich müde und leer.

»Bis bald, Honey«, trällerte Michelle.

»Tschüss.« Fabio versuchte, zwischen Schuhregal und Garderobenständer an ihr vorbeizuschlüpfen, aber Michelle war schneller, schlang kurzerhand die Arme um seinen Hals und drückte ihm einen unüberhörbaren Kuss auf den Mund.

Aus dem Augenwinkel konnte Fabio sehen, wie Lina kaum merklich zusammenzuckte. Der Hieb hatte gesessen. Die zuckersüße Geste zum Abschied hatte nicht ihm gegolten. Nein, so stellte Michelle ihre gekränkte Eitelkeit in Rechnung. Auf Kosten von Lina. Er presste die Kiefer fest aufeinander. Das war nicht fair. Warum, verdammt, hielt Michelle sich nicht an die Regeln?

Hältst du dich denn an die Regeln?

Fabios Backenzähne knirschten. Wenn er ehrlich zu sich war, hatte ihn gerade ihre unkonventionelle Art angezogen. Wie sie ganz bewusst mit einem schiefen Lächeln auf den Lippen geschriebene und ungeschriebene Normen und Gesetze überging. Ohne, wie er selbst, trotz eisenharter Verdrängung mit Moral und Gewissen zu hadern. Michelle nahm sich einfach, was sie wollte. Und vor etwa drei Monaten, da hatte sie ihn gewollt. Erst hatte er sich gegen ihren offensiven Charme gewehrt, schließlich war sie die beste Freundin seiner Cousine und damit Sperrgebiet für jede Art von Abenteuer. Immerhin hatte er drei Wochen oder einundzwanzig lange Tage inklusive der dazugehörigen Nächte standgehalten. Danach folgte der heißeste Juli seines Lebens. Und ein gewaltiges Gewitter Anfang August. Michelle wollte immer mehr, jede freie Minute mit ihm verbringen. Zeit, die er nicht hatte, die er ihr weder schenken konnte noch wollte. Also hatte er ihr immer weniger davon gegeben, bis er irgendwann ganz verschwunden war. Digitale oder analoge Hasstiraden blieben glücklicherweise aus. Was offensichtlich nicht hieß, dass sie nicht wütend auf ihn war. Fabio fuhr sich durch die Locken, während er langsam die Treppe hinunterging, dicht gefolgt von Lina. Fast konnte er ihre Fragen im Nacken spüren, aber sie sagte nichts.

Vielleicht interessierte es sie auch nicht, *weil du sie nicht interessierst.*

Warum sollte sie auch? *Schließlich hast du sie als Vierundzwanzig-Stunden-Pflege eingestellt und nicht als Freundin.*

Fabio widerstand dem Drang, Lina alles zu erklären. Ihr zu sagen, dass er sich gerade eben, in der Küche, bei Michelle entschuldigt hatte. Nicht dafür, dass er gegangen war, sondern für das Wie. Er hatte ihr so einfühlsam, wie es ihm mit Lina im Nebenraum möglich war, seine Gefühle gebeichtet. Oder besser deren Abwesenheit. Keine Floskeln, nichts als die reine Wahrheit. Das tat weh, nicht nur Michelle. Aber während sein Magen krampfte, zog und ziepte, hatten sich ihre Augen lediglich für den Bruchteil einer Sekunde verengt. Dann hatte sie ihre Fassung wiedererlangt, die vollen Lippen zu einem Schmollmund verzogen, ihre Beine aufreizend in Szene gesetzt und sich tief zu ihm herübergebeugt. Aber all das hatte nichts an seiner Entscheidung geändert.

Michelle war eine Hammer-Frau, ohne Frage. Attraktiv, intelligent, stark. Sie harmonierten auf Fotos und im Bett. Aber sooft sie ihn auch anfasste, sie berührte ihn nicht. Das hatte Fabio schnell gemerkt, aber ihre Schönheit, ihren schlanken Körper mit den perfekten Brüsten trotzdem sechs weitere Wochen voll ausgekostet.

Vielleicht hätte er sich früher aus der Affäre ziehen sollen. *Vielleicht, ja.*

Oder er hätte sich der Wucht ihrer Enttäuschung und ihrem verletzten Stolz persönlich stellen sollen, anstatt der Geschichte ein ultrakurzes Ende zu verpassen: drei Worte, elf Zeichen, eine Botschaft – es ist aus. *Ja, vielleicht.*

Fabio warf einen Seitenblick auf Lina, die schweigend neben ihm herging. Sie dachte sicher, dass er und Michelle … Obwohl, Lina war nicht seine … und deshalb war es im Grunde egal, was sie dachte, aber … Er riss im Vorbeigehen eine Hundskamille ab und zerpflückte die unschuldige Pflanze in ihre Einzelteile.

Die Stille zwischen ihnen dehnte sich immer weiter aus, drückte auf Fabios Brust, nahm ihm die Luft zum Atmen. Er ahnte ihre Gedanken, sorgte sich darum, konnte es aber nicht ansprechen. Er riss die letzten zwei Blüten ab und schmiss sie in den Rinnstein. *Sie liebt mich, sie liebt mich n… Fuck*. Es war ihm nicht egal, was sie über ihn dachte, ob sie ihn mochte, seine Witze komisch oder peinlich fand. Die Wahrheit kam plötzlich und überrollte jeden Zweifel: Lina bewegte ihn schon jetzt mehr, als Michelle es jemals gekonnt hatte.

18:37 Uhr

Das graubraune Elbwasser schwappte träge gegen den Sandstrand. Möwen segelten über den breiten Fluss. Ihr Kreischen klang seltsam hohl in Linas Ohren.

Fabio und Michelle. Michelle und Fabio. In einem diabolischen Reigen drehten sich ihre Gedanken, verschwammen, verhedderten sich, um dann einen unordentlichen Haufen zu bilden. Wie eine Marionette lief sie neben Fabio her, nahm kaum wahr, was er sagte oder tat.

»Komm rein. Es ist herrlich.« Fabio hatte die Hosenbeine seiner Jeans hochgekrempelt und platschte mit nackten Füßen in den flachen Wellen.

Lina schüttelte stumm den Kopf und zog mit der Schuhspitze kleine Kreise in den nassen Sand. Warum war sie noch bei ihm? Warum war er noch bei ihr? Tausend Fragen geisterten durch ihren Kopf. Und die Antwort war immer: Nein.

Nein, es war ihr nicht egal, was Fabio mit Michelle machte oder was er für sie empfand. Nein, sie stand nicht darüber. Nein, sie wollte nicht gehen. *Nein, er bedeutet mir nichts,* dachte sie trotzig. *Lügnerin.*

Irgendetwas war mit ihr passiert. Wegen Fabio, durch Fabio, mit Fabio. Immer wieder Fabio. Man konnte es nicht wegdiskutieren. Es gab nur eine richtige Entscheidung: Sie musste raus. Raus aus diesem köstlich-schrägen, liebenswert-verwirrenden Tag. Sonst würde sie zerbrechen.

»Hey, lass das!« Zu spät hatte sie bemerkt, dass Fabio auf sie zugestürmt war. Wie einen Mehlsack hatte er sie über seine Schulter geworfen und stapfte nun schnurstracks auf die Wasserkante zu.

»Erst wenn du mir verrätst, was in deinem hübschen Schädel vor sich geht.«

»Wie, was? Gar nichts.« Sie würde ihm bestimmt nicht erzählen, was sie dachte oder fühlte.

»Ha, ha. Selten so gelacht. Erstens glaube ich nicht, dass dein Hirn jemals Pause macht. Zweitens hast du in der letzten Viertelstunde kein Wort gesagt.«

»Das stimmt gar nicht«, widersprach Lina und strampelte mit den Beinen.

»'tschuldigung. Ich war nicht ganz korrekt. Du hast viermal *Aha*, fünfmal *Hmhm* und zweimal *Ach so* gesagt.« Er setzte sie ab, hielt sie aber weiterhin am Arm fest. »Also: Was ist los?«

Lina wand sich unter seinem forschenden Blick. Da, wo seine Finger ihre Haut berührten, spielten die Tastsensoren verrückt, feuerten unkontrolliert Signale an ihr Glückszentrum und stachelten die Schmetterlinge in ihrem Bauch zu wilden Loopings an.

»Es ist alles in Ordnung«, beteuerte sie und versuchte, seine Hand abzustreifen.

»Lina, bitte. Ist es wegen Michelle?« Er rieb sich den Nacken. »Eigentlich ist sie ganz okay, aber wenn es um die Lie…«

»… Liebe geht, dann fährt sie die Krallen aus?«, bot sie ein Satzende an. Ihre Stimme war nicht mehr als ein Flüstern. Ein Frachter irgendwo flussabwärts kündigte sich mit seinem Signalhorn an. Der tiefe, volle Ton brachte sie in die Wirklichkeit zurück.

Gott, bin ich peinlich.

Verlegen fuhr sie sich durch die Haare. »Sie ist sehr hübsch. Ihr wärt ein tolles Paar.« Lina drehte sich zu ihm um und lächelte tapfer. Fabio hatte eine Traumfrau wie Michelle verdient. Jetzt, da sie es laut aussprach, fand sie ihr Verhalten nur noch lächerlich. Sie würde ihm um Himmels willen keine Szene machen. Dazu hatte sie kein Recht. Sie kannten sich knapp zehn Stunden, wussten weder Geburtstag noch Lieblingsessen des anderen, geschweige denn hatten sie sich geküsst. Und doch schäumte sie vor Eifersucht, weil er einer Freundin die Haare aus dem Gesicht streifte. Einfach nur blamabel.

»Aber ich liebe sie nicht. Und das habe ich ihr heute noch einmal unmissverständlich gesagt.«

»Oh.«

Fabio räusperte sich. »Ähm, na ja. Gaaanz vorsichtig beigebracht oder supersanft erklärt, trifft es wohl eher. Mein Abgang vor ein paar Wochen war zugegebenermaßen nicht sehr heldenhaft.« Er verzog das Gesicht zu einer Grimasse. »Immerhin werde ich ihr in Zukunft zwangsläufig öfter über den Weg laufen.«

»Ach so«, sagte Lina ganz benommen. Die Worte von Fabio drangen nur langsam zu ihr durch.

»Da sie die beste Freundin von Karo ist und auf unbestimmte Zeit bei ihr wohnt«, beeilte er sich hinzuzufügen. »Das macht übrigens dreimal *Ach so.*« Er grinste sie spitzbübisch an.

Lina klappte den Mund auf. Und wieder zu. Und wieder auf. Aber es wollten keine Worte den Weg hinausfinden.

»Lautlose Kommunikation. Wie außergewöhnlich.« Fabio kam einen Schritt näher und betrachtete sie mit leicht geneigtem Kopf wie ein interessantes Exponat im Museum.

Blut schoss ihr in die Wangen. Was sollte sie jetzt sagen? Noch immer wollte ihr keine glaubhafte Ausrede einfallen.

»Bist du etwa …«, griff Fabio das Thema Michelle wieder auf.

»Ich? Nein, nie und nimmer.« *O-o-o-o-oh nein, er hat es gemerkt!*

»Tatsächlich? Und warum …«

»Nur so«, unterbrach sie ihn wieder.

»Nur so, soso.« Er schnalzte mit der Zunge. Aber er lächelte, zufrieden, glücklich.

Warum?

»Ich hoffe, dass dein Freund nicht sauer ist, weil ich dich den ganzen Tag entführt habe«, sagte Fabio. Seine Stimme klang beiläufig, aber seine Augen musterten sie wachsam.

»Nein, keine Sorge.« Lina hustete in ihre Faust, damit er ihre Verlegenheit nicht bemerkte.

»Muss ein netter Typ sein. Und ziemlich tolerant.« Seine zusammengepressten Lippen wollten nicht so recht zu der lässigen Formulierung passen. Machte ihm die Vorstellung, dass sie einen Freund haben könnte, womöglich etwas aus?

»Oh, nein. Da ist niemand, der böse sein könnte«, stellte sie klar. Und bei ihm? Gab es eine Freundin? Fabio machte keine Anstalten, das Thema weiterzuführen. Lina biss sich auf die Innenseite ihrer Wangen. Es wäre indiskret, geradezu taktlos, ihn in seiner jetzigen Situation nach der großen Liebe zu fragen. Ihn daran zu erinnern, was das Leben ihm noch zu bieten hätte, was er verpasste, wenn …

Und vor allem sollte es für mich nicht von Belang sein! Sie straffte sich. Nein, sie würde ihn nicht fragen. Ganz bestimmt nicht.

»Und du? Bist du verliebt, verlobt, verheiratet – ähm, gibt es jemanden in deinem Leben, ich meine, nach Michelle …?« *Hmpf, Lina, sehr konsequent.*

»Nein.«

Gut. Er hatte niemanden, war aber auch nicht verliebt. Weder in Michelle *noch in mich.*

»Okay«, schluchzte sie lautlos. Es war, es musste, es sollte okay sein. War es aber nicht. *Weil ich in ihn verliebt bin.*

Fabio konnte nicht anders, er musste einfach grinsen. So breit, dass es schon fast wehtat. Sie war ungebunden, der Platz an ihrer Seite noch frei. Merkwürdig, wie sehr ihn das freute. War es die Aussicht, doch noch einen Sieg davonzutragen, Nik zu schlagen und den Pokal nach Hause zu holen? Er horchte in sich hinein, aber da war nur diese seltsam glückliche Leere, die bei dem Gedanken an die Wette ängstlich zusammenzuckte. Plötzlich stach es in seinen Fingerspitzen wie tausend Nadeln. Rasch rieb er die Handflächen an seiner Jeans, um das unangenehme Gefühl zu verscheuchen.

Ein voll beladener Frachter pflügte sich flussaufwärts durch die lahme Strömung. Lina stand am Ufer, nur wenige Schritte von ihm entfernt. Er betrachtete sie von hinten, ihre zarten Schultern, die schlanke Taille. Am liebsten hätte er sie umarmt, sein Kinn auf ihre sonnenblonden Haare gelegt und gemeinsam mit ihr das Containerschiff verfolgt, wie es gemächlich auf das Ende des Tages zusteuerte. Aber statt auf sie zuzugehen, stand er wie angewurzelt, die Beine schwer wie Blei. Er wollte etwas sagen, doch jedes Wort klang wie eine Lüge, noch bevor er es aussprach. Fabio krallte die Hände in seinen Haaren fest. Am liebsten hätte er sich selbst geschüttelt: wegen dieses dämlichen Spiels, seiner schamlosen Heuchelei, dafür, dass er Lina manipuliert hatte. Er hatte sich verfahren, steckte fest, kam nicht vor und nicht zurück.

Das Knirschen von Kies unter schnellen Schritten lenkte seine Aufmerksamkeit von der Ausweglosigkeit seiner Lage ab. Eine junge Frau hastete an ihnen vorbei. Ihre schwarzen Locken hatte sie mit einem neongelben Band zurückgebunden. Sie wippten und hüpften bei jeder Bewegung, als wollten sie sich ihrer Fessel entledigen. In der rechten Hand trug sie eine Decke, in der linken einen Bastkorb. Jetzt hielt sie an, zog ihre Sandalen aus und patschte dann zielstrebig am Ufer entlang auf eine kleine Menschenmenge zu, die in der Abendsonne ihr Lager aufgeschlagen hatte. Rhythmische Klänge drangen gedämpft zu ihnen herüber. Die junge Frau hatte die Gruppe erreicht, stellte ihren Korb in den Sand und begrüßte ihre Freunde. Ein Mann nahm sie in den Arm, und dann tanzten sie. Nach und nach gesellten sich die anderen zu ihnen. Eine bunte, fröhliche Ode an den Sommer, die Liebe und die Freiheit.

Fabios Herz schlug schneller, passte sich dem Tempo der Musik an. Von ganz allein löste sich seine Starre, und er überwand die von Scham genährte Distanz, die er gerade noch verspürt hatte. Vielleicht konnte sein Körper Lina sagen, was sein Mund nicht vermochte und sein Kopf noch immer nicht verstand.

»Open-Air-Salsa!« Fabio packte sie an der Hand.

»Ich kann nicht tanzen.«

»Du musst nur mit dem Hintern wackeln.«

»Das kann ich noch viel weniger.«

»Besser, als du vielleicht glaubst.« Er sah sie nicht an, aber seine Lippen umspielte ein Lächeln.

»A… pff.« Wenn das so weiterging, würde sie bis auf ein paar Vokale kein vollständiges Wort mehr artikulieren können, geschweige denn einen ganzen Satz. Zögernd ließ sie sich von Fabio zu der tanzenden Gruppe ziehen.

Als sie dicht genug herangekommen waren, um die akrobatischen Figuren zu erkennen, hörten Linas Beine von ganz allein auf weiterzugehen. Frauen wirbelten um ihre Partner und wurden von kräftigen Armen wieder herangezogen. Kurze Röcke schwangen im Takt der Congas. Bis zu diesem Zeitpunkt hatte Lina sich noch keine Gedanken über Salsa gemacht. Aber was sie da sah, lag definitiv außerhalb ihres Wohlfühlbereichs: zu nah, zu sinnlich, zu sexy. Und das auch noch in der Öffentlichkeit. Innerlich fügte sie alle lateinamerikanischen Tänze zu ihrer No-Go-Liste hinzu. Fabio zerrte an ihrem Arm, aber Lina krallte die Füße fest in den Sand. Ihr wurde schon vom Zusehen heiß. Das war mehr als ein Tanz. Das war Erotik pur.

»Darf ich bitten?« Fabio zog sie sanft, aber bestimmt an sich. Seine rechte Hand legte er knapp unter ihr Schulterblatt. Die leichte Berührung ließ sie wohlig erschaudern. Gänsehaut lief in Wellen über ihre Arme und ihren Rücken. Sein Duft hüllte sie ein. Jeglicher Widerstand zerfiel zu Staub. Zögernd platzierte sie ihre linke Hand auf seinem Oberarm.

»Gern«, hauchte sie und sah zu Boden, um die Schrittfolge zu verstehen.

»Lass dich fallen. Ich führe dich.« Fabio hob ihr Kinn sacht an, sodass sie ihm in die Augen sah. Das helle Grau mit dem magischen Ring war alles, was sie wahrnahm, alles, was zählte. Seine Augen waren das Tor in eine andere Welt, in ein Land jenseits der Zeit. Ihre Hüften und ihre Schultern wiegten sich harmonisch zu der fröhlichen Melodie. Ihre Körper, jede ihrer Bewegungen waren vollkommen im Einklang. Trompeten, Piano und Gesang verkündeten reine Freude. Sie hatte sich geirrt: Salsa war nicht unanständig, Salsa feierte das Leben. Berauscht von dem Moment, vergaß Lina alle Sorgen und Ängste. Promotion, Prüfung, der Ärger um die zerbrochene Brille, die verlorene *Drug Discovery* – das alles schien Lichtjahre entfernt. Ihr Kopf, die Arme und Beine, ihr ganzer Körper fühlte sich leicht und gleichzeitig unbesiegbar stark an. Selbst ihre Gedanken standen still. Als hätten sich all die Daten und Fakten, die sie in den letzten Monaten ununterbrochen durch ihr Hirn gejagt hatte, guten Gewissens zurückgezogen und dem Zauber des Augenblicks die Bühne überlassen.

Nichts zählte mehr. Außer Fabio, hier, bei ihr. Und sie bei ihm.

19:35 Uhr

»Nächster Halt: Stephansplatz«, kündigte eine blecherne Stimme aus dem Lautsprecher an. Schon wieder hatte Lina keine Ahnung, wohin die Reise ging. Aber statt unangenehmer Beklemmungen spürte sie erstaunlicherweise Vorfreude. Und obwohl sie sich sonst nicht als abenteuerlustig beschreiben würde: Heute war sie es.

»Magst du Wortspiele?«, hatte Fabio sie gefragt, als sie gerade eine Merengue tanzten, deren Rhythmus Lina völlig mitriss.

»Wie bitte?« Lina war prompt aus dem Takt gekommen, über Fabios Fuß gestolpert und hatte sich gerade noch fangen können, bevor sie ziemlich unsexy auf dem Hintern gelandet wäre.

»Ach was, wir gehen da einfach hin. Sieh es als Fortbildung. Vielleicht hilft es, deinen Wortschatz um ein paar ganze Verben und Substantive zu erweitern«, hatte Fabio gelacht und sie eng an sich gepresst.

Der Bus öffnete zischend die Türen. Eine ältere Dame stieg ein, zwei junge Mädchen hüpften hinterher. Einem spontanen Impuls folgend, griff Lina Fabios Hand und sprang von ihrem Sitz auf.

»Komm mit. Ich möchte dir etwas zeigen.«

Die Sonne stand tief, als sie Planten un Blomen betraten.

Der würzige Duft satten Grüns, leises Plätschern und zartes Zwitschern entführten die Sinne an einen Ort jenseits der Großstadt. Fabio atmete tief ein und füllte seine Lunge mit der betörenden Mischung exotischer und heimischer Pflanzen.

»Das ist einer meiner Lieblingsplätze«, hatte Lina gesagt, als sie über die Findlinge beim japanischen Teehaus gehüpft waren. Jetzt betraten sie den Apothekergarten, dessen heilende Kräuter im Schutz weißer Mauern wuchsen.

»Und hier, Arnika.« Sie deutete auf ein gelb blühendes Büschel. »Sie hilft bei Prellungen, Blutergüssen, Quetschungen.«

Fabio lief ihr schweigend hinterher. Hier, auf ihrem Terrain, war sie gelöst, selbstsicher, fast ausgelassen.

»Ah, Lavendel.« Lina beugte sich über die leuchtend violetten Blüten und sog ihren Duft ein. »Das ätherische Öl wird zur Behandlung von Unruhezuständen und Schlafstörungen genutzt.«

Fabios Blick haftete an ihren schlanken Beinen, auf die er gerade ungehinderte Sicht hatte.

»Hmm«, machte er versonnen. Kaum zu glauben, dass sie sich noch nicht geküsst hatten. Mit jeder anderen wäre er, gerechnet auf die Zeit, die sie sich kannten, schon längst im Bett gelandet. Jedenfalls, wenn sie sich wie üblich abends auf einer Party begegnet wären.

Lina blickte über die Schulter zu ihm und reichte ihm eine kleine weiße Blüte. Ihre Lippen bewegten sich, aber er hörte kein Wort, sah nur ihren sanft geschwungenen Mund. Waren es die ätherischen Öle, die seine Sinne vernebelten? Poch, pochpoch, poch … pochpochpoch. Sein Herz sendete ihm Morsezeichen. Aber er konnte sie nicht entziffern. Er wollte ihr nahe sein, machte einen

Schritt auf sie zu, noch einen und dann noch einen. Lina blickte an ihm vorbei. Sie strahlte. Die Grübchen in ihren Wangen stichelten sein mitteilungsbedürftiges Herz zu Höchstleistungen an.

»Lennard!«

Lennard? Fabio drehte sich wie in Zeitlupe zu dem Störenfried um.

Lennard kam mit einem breiten Grinsen auf sie zu.

Fabio stöhnte. »Gibt es hier fleischfressende Pflanzen?«

Lina wandte den Blick von Lennard ab und sah Fabio stirnrunzelnd an. »Fleischfressende – ähm, nein.«

»Schade.«

»Du siehst toll aus, Lina.« Lennard hatte zu ihnen aufgeschlossen und küsste Lina auf die Wange.

»Ähm, danke«, sagte Lina und zupfte verlegen an ihrem Ohrläppchen.

Fabios Nasenflügel blähten sich. *Vielleicht kann ich ihn ja in die Brennnesseln schubsen.*

»Was macht ihr denn hier?«, fragte Lennard scheinbar arglos, während er nur Augen für Lina hatte.

»Wir sind zufällig hier vorbeigekommen, da wollte ich Fabio den Apothekergarten zeigen.« Lina errötete und senkte den Blick. »Ich liebe botanische Gärten.«

»Ich auch«, freute sich Lennard. »Wie findest du den Loki-Schmidt-Garten?« Er riss das Gespräch mit einer Leichtigkeit an sich, die Fabio zum Kochen brachte.

»Der ist einmalig.« Linas Begeisterung für das Thema war nicht zu übersehen.

»Finde ich auch.« Lennard kam aus dem Grinsen gar nicht mehr raus.

Fabio stöhnte. Kaum tauchte Lennard auf, schon fand er vermeintliche Gemeinsamkeiten mit Lina. Mit einem

Mal kam er sich völlig überflüssig vor. Er zog die Augenbrauen fest zusammen. So einfach würde er das Feld nicht räumen. Er richtete sich auf und rieb die Handflächen aneinander. Drei waren einer zu viel, und wer das war, das musste er klarstellen. Sofort.

»Hattest du nicht was vor?«, fragte er Lennard mit einem eisigen Lächeln.

»Ich muss mich noch ein wenig vorbereiten. Morgen zeige ich Schülern ein paar Heilpflanzen. Biologieunterricht fünfte Klasse.« Er wedelte mit einem schwarzen Notizheftchen.

»Du unterrichtest Kinder? Gehört das zu deinem Lehrplan?«, fragte Lina und wippte auf den Zehenspitzen.

»Nein, nein. Für dieses Projekt habe ich mich freiwillig gemeldet. Die suchen immer Dozenten für wissbegierige und aufgeweckte Kinder.« Er zuckte mit den Schultern. »Als ich klein war, hätte ich mich über so was gefreut, und mir macht es Spaß.«

»Das ist ja toll.« Lina nickte anerkennend.

Fabio ballte seine Hand zur Faust. »Ja, sa-gen-haft, nahezu epochal.« Er klopfte seinem Kumpel beherzt auf den Rücken, sodass Lennard überrascht aufkeuchte. »Da wollen wir dich nicht weiter abhalten.« Er hakte sich kurzerhand bei Lina unter und zog sie mit sich. Sie waren ohnehin spät dran.

»Ähm, also, bis bald!«, verabschiedete sich Lina von Lennard, der wie begossen zwischen Fenchel und Kamille stand.

»Wir sehen uns«, brüllte er Lina über die Kräuterbeete hinweg zu.

Fabio legte Lina den Arm um die Schulter. *Nicht, wenn ich es verhindern kann.*

20:13 Uhr

Der Saal war bis auf den letzten Platz ausverkauft. Und das an einem Wochentag. Fabio hatte sie zielstrebig in den Backstage-Bereich geführt. Einige Leute hatten ihn im Vorbeigehen gegrüßt, so als wäre er hier zu Hause. Nun saß Lina auf einer verwaisten Lautsprecherbox, die im äußersten, für das Publikum unsichtbaren Zipfel der Bühne stand, und schlürfte eine Cola. Das eiskalte Getränk prickelte süß auf ihrer Zunge. Es war himmlisch. Der ganze Tag schmeckte nach Leben. Auch wenn er unter einem schwarzen Stern stand, schien es, als hätten sie beide das Glück gebucht. Wenn auch nur für wenige Stunden: ein flüchtiger Augenblick und doch ein Stück Unendlichkeit.

Auf einmal hatte die Coke einen schalen Beigeschmack. Schnell schob Lina ihre düsteren Gedanken beiseite und rutschte etwas vor, um durch einen schmalen Spalt zwischen den bordeauxroten Stoffbahnen einen Blick auf die schwatzende Menge zu erhaschen, die wie eine komplex vernetzte Intelligenz den Raum ausfüllte. Noch immer wusste sie nicht, was sie erwartete. »Kampf der Künste«, hatte sie auf einem Plakat gelesen. Als sie Fabio gefragt hatte, was genau das bedeutete, hatte er nur geheimnisvoll gelächelt und war dann verschwunden.

Lina konnte sich an dem Zuschauerraum nicht sattsehen. Er war märchenhaft. Aufwändige Fresken wurden von einem Kronleuchter erhellt. Überall glänzten Stuckarbeiten und florale Ornamente in warmen Goldtönen. Die Decken der Logen ruhten auf barocken Skulpturen. Fast erwartete Lina, dass ein Hofmarschall die Gäste des Prinzenpaares ankündigte.

Eine junge Frau mit glatten rotbraunen Haaren und einem schnurgeraden Pony stürmte an ihr vorbei. Sie warf einen letzten Blick auf einen neongelben Zettel, zerknüllte ihn und schmiss ihn achtlos in eine Ecke. Der schwere Vorhang öffnete sich, und sie betrat unter donnerndem Applaus die Bühne.

»Hallo, Hamburg.«

Lina richtete ihre ganze Aufmerksamkeit auf die Rednerin, die selbstsicher in das Mikro sprach. Dass vor ihr bestimmt mehr als tausend Menschen saßen, schien sie nicht im Geringsten zu beeindrucken. Lina bewunderte diese Gelassenheit, die ihr selbst nicht gegeben war.

Die Moderatorin bat den ersten Künstler auf die Bühne: Phillipp hieß er. Die Menge tobte. *Poetry Slam,* wiederholte Lina leise. Ein Dichterwettstreit also. Sie lehnte sich gespannt vor. Zehn Künstler, jeder fünf Minuten, maximal fünfzig Punkte – vergeben von einer siebenköpfigen Laien-Jury aus dem Publikum.

Phillipp war ein blasser Junge mit strohblonden Haaren. Sein Text galoppierte über elegante Reime, erzählte von gieriger Finanz und Aktiengewinn, von Armut im Alter und dem Lebenssinn. Der letzte Reim verklang. Sieben weiße Zettel blitzten über den dunklen Köpfen der Zuschauer auf: acht, acht, sieben, neun, zehn, neun, zehn. Eine sehr gute Bewertung.

Der nächste Poet füllte seine dreihundert Sekunden mit witzigen Zeilen über Katzenklos und Affenpopos, was ihm eine glatte Vierzig einbrachte. Das schien ihm nicht zu gefallen. Sein Lächeln verschwand, sobald er das Rampenlicht verließ. Zwei weitere Vorträge sangen in rassigen Rhythmen über Dorfcafés und Kleinstadtklischees. Das Publikum lachte, das Publikum klatschte. Lina war hingerissen.

»Wünsch mir Glück«, flüsterte eine Stimme dicht an ihrem Ohr.

Lina zuckte zusammen. »Fabio.« Sie hatte sich schon gewundert, wo er so lange blieb. Sanft hauchte er ihr einen Kuss auf die Wange und rannte auf die Bühne. Die Zuschauer feierten ihn wie einen Popstar. Er war vermutlich nicht zum ersten Mal hier. Lina knabberte an ihrem Zeigefinger. Sie hatte vieles erwartet, sie hatte nichts erwartet. Aber dass er jetzt da vorne stand, war wie Donner und Blitz gleichzeitig. Wer war er? Ein Bild mit tausend Teilen. Fabio war anders als alle, die sie kannte.

Über den Saal senkte sich eine erwartungsvolle Stille. Linas Hände wurden klamm, und ihr Herz jagte das Blut durch ihre Adern, als stünde sie selbst in dem gleißenden Rampenlicht.

»Hey ihr, geht es euch auch so?
In der U-Bahn, beim Bäcker, im Uniklo,
auf Facebook und Instagram –
überall starren mich schöne Intellektuelle an,
kreative, schlaue Köpfe,
das kann ich genau sehn,
denn sie tragen schräge Zöpfe,
essen achtsam und vegan

und haben nachhaltige Socken an.
So viele Hipster,
supercool und noch gewitzter,
mit angesagter Brille und schickem Bart:
von vorn bis hinten furchtbar smart.
Aber steckt auch was hinter der Maskerade,
der durchgestylten Fassade?,
frage ich mich dann.
Noch bevor ich mit Suchen begann,
habe ich jemanden gefunden,
eine kleine Große, ganz ohne Tamtam.
Von ihr will ich heute berichten,
nicht von den immer gleichen Wichten,
die faseln und reden, was man will oder kann,
irgendwo und irgendwann.
Eine, die nicht wartet auf Schicksal und Gunst,
die ihr Ziel sieht durch all den Dunst.
Sie spricht sechs Sprachen,
hat in Cambridge studiert.
Ihr denkt vielleicht: Das ist echt weird,
sicher ist sie abgehoben
oder total verschroben.
Aber ihr irrt.
Sie ist weder hochnäsig noch verwirrt.
Lina ist cool, witzig und charmant,
ich häkle ihr ein Freundschaftsarmband.«

Oh! Mein! Gott! Er spricht von mir. Von MIR! Vor Linas Augen tanzten bunte Pünktchen.

»Heute früh bin ich in sie reingescheppert
und habe ihre Brille zerdeppert.

Ich habe sie umgerempelt,
nun hat sie mich umgekrempelt.«

Lina zwang sich zu atmen: Ein. Aus. Ein. Aus.

Fabios Worte schlitterten an ihr vorbei, verfransten sich in ihren durcheinanderquasselnden Neuronen, suchten nach einer Bedeutung, fanden keine Antwort.

»Lina, schenkst du mir dein Wort
an diesem fantastischen Ort?«

Fabio kam auf sie zu, reichte ihr die Hand. »Komm!«

»Auf die Bühne?« Ihre Stimme klang selbst in ihren Ohren schrill.

»Es macht Spaß, glaub mir.«

»Auf. Gar. Keinen. Fall.« Sie krallte sich an einem herumliegenden Kabel fest.

»Lass das los. Da ist Strom drin!«

»Was?«

Er nutzte ihre Abgelenktheit, um sie auf die Beine zu ziehen.

»Aber all die Leute. Das sind doch bestimmt …«

»Tausendzweihundert.« Fabio legte ihr den Arm um die Hüfte und schob sie vor sich her. »Vergiss sie.«

»Muss ich etwa reimen?«, fiepste Lina. So musste sich Hysterie anfühlen.

Er lachte. »Nur, wenn du willst.«

Die Dielen unter ihren Füßen knarzten leise. Wie ein Monster mit tausend Augen musterte das Publikum sie. Lauernd oder neugierig? Gespannt oder misstrauisch? Mit jedem Schritt drohten die Beine unter ihr wegzuknicken. Das heiße Licht der Scheinwerfer trieb ihr den

Schweiß auf die Stirn. Die Luft im Saal war dickflüssig, als hätten sich all die gesprochenen Worte zu einer zähen Masse vermengt. Jeder Atemzug schon einmal geatmet, jeder Lacher schon einmal gelacht. Lina stand wie versteinert. Sie fühlte sich wie auf einem anderen Planeten, weit weg von ihrer Heimatgalaxie.

»Lina, verrätst du uns, wie alt du bist?
Siehst aus wie achtzehn, aber …«

Fabio nickte ihr ermutigend zu. Das Interview begann.

Linas Knie wurden weich, das Mikro zitterte an ihren Lippen. Stille. Eine Sekunde, zwei. Sie zwang ihre ganze Konzentration auf die Zeilen, die gerade in der letzten Reihe verhallten. Keine schwierige Frage, aber was, nein, wie sollte sie antworten?

Fabios Augen nahmen sie gefangen. Sie sah Zuneigung und freudige Erwartung, die sich binnen eines Atemzugs in Zweifel verwandelten. Er holte Luft, wollte sie retten, wollte sich retten, wollte sie beide vor der Schmach bewahren. *Ich werde ihn nicht enttäuschen.* Sie straffte die Schultern.

»Mein Alter, wann ich geboren bin?
Macht diese Frage überhaupt Sinn?
Auf dem Papier
stehn eine Zwei und eine Vier.
Gefühlt bin ich mal Schulkind, mal hunderteins:
Das bin alles ich, das ist alles meins.«

Das Grau in seinen Augen leuchtete auf. Jetzt funkelte Stolz darin.

»Willst du noch mehr wissen?«
»Lieber würde ich dich küssen,
aber das wird warten müssen.«

Er feixte sie schamlos an. Das Publikum johlte. Linas Wangen brannten.

»Aber zurück zum Text,
bevor du mich wieder verhext.
So jung und schon promoviert …«
»Noch nicht ganz – Checkmark, korrigiert.«
»Oh, verzeih, aber fertig studiert?«
»Richtig, Biochemie und Pharmazie.«
»Gleich zwei, sag, wie machst du das, wie?«
»Wird das ein Verhör?«
»Oh, bitte sehr.«

Er wedelte mit der Hand, als hätte er etwas Heißes berührt. Das Publikum lachte, Linas steife Nackenmuskeln lösten sich. Kaum spürbar schüttelte sie den Kopf. Nach diesem Abend würde sie wohl nie wieder Lampenfieber haben. Diese Blamage reichte bis zum Rest ihres Lebens.

Fabio war noch nicht fertig.

»Und was machst du jetzt?«
»Ich forsche, das fetzt.«

Gelächter.

»Worum geht's in deiner Petrischale?«
»Ich rette kleine Babywale.«
»Ähm.«

Fabios verblüffter Gesichtsausdruck ließ sie laut auflachen.

»War'n Spaß,
in meinem Reagenzglas
ärgere ich Tumorzellen,
lege sie in Handschellen.
Schicke sie zum Mond,
der ist noch unbewohnt.«
»Das, liebe Lina, erweckt
meinen höchsten Respekt.
Aber was willst du erreichen im Leben?
Wird es einen Nobelpreis geben?«
»Auszeichnungen, Titel: alles nicht wichtig.
Allein nach Ruhm zu streben,
das ist nicht richtig.
Was wirklich zählt,
ist, was man wählt.
Egal, was es ist,
egal, wer du bist,
wenn du dahinterstehst,
deinen Weg gehst,
baust du ein Stück
zu deinem Glück.«

Fabio sah sie unverwandt an. Wieder füllten seine Augen ihr gesamtes Blickfeld aus, fluteten ihre Seele mit unergründlichem Nebel. Dicht, geheimnisvoll. Lina räusperte sich.

»Lässt du mich jetzt gehen?«
»Kann sich die Welt langsamer drehen?«

Die letzten Worte hatte er nur geflüstert. Für sie, für sich. Das Mikrofon hing schlaff in seiner Hand. Linas Kehle schnürte sich zu. Nur noch elf Stunden.

Die Moderatorin löste sie ab und verkündete die Wertung. Lina konnte ihre Augen nicht von Fabio wenden. Er sah seltsam bleich aus vor der rot-goldenen Pracht des Theatersaals und der bunten, ausgelassen johlenden Menge.

Die Frau mit dem schnurgeraden Pony umarmte sie, der strohblonde Junge schüttelte ihr die Hand.

»Well done!«

»Gratuliere.«

»Cooles Debüt.«

Sie brauchte eine Weile, um zu begreifen, dass sie gewonnen hatten. Fünfzig von fünfzig Punkten.

Auch Fabio schien wieder im Hier und Jetzt angekommen zu sein. Er riss die Arme empor, dankte dem Publikum mit seinem Applaus.

Lina gönnte ihm den Glücksmoment. Vielleicht sein letzter. Er sollte ihn auskosten, sich im Erfolg und Jubel baden. Unbemerkt stahl sie sich von der Bühne.

Die Luft hatte sich nur unmerklich abgekühlt. Die Hitze des Tages strahlte vom Asphalt der Straße wider. Es war fast zweiundzwanzig Uhr, an einem Donnerstag. Und trotzdem tobte das Leben ungebremst durch die Stadt. Lina saß auf dem Bordstein vor dem Schauspielhaus und atmete die Gerüche des Abends: geschmolzener Käse und Knoblauch, Autoabgase, Zigarettenrauch und Chanel. Langsam fiel die Anspannung von ihr ab.

Hatte sie wirklich gerade vor einem ausverkauften Theater irrwitzige Reime gerappt? Sie, Lina Nyberg, hatte *improvisiert*? Ein Knoten löste sich tief in ihrem Innern, und ein Kichern bahnte sich seinen Weg. Von einem Punkt dicht unter ihrem Herzen über ihre Brust, die Kehle hinauf, bis es auf der Kopfhaut kribbelte und sie lauthals lachte. Die Tränen liefen ihr über die Wangen. Passanten starrten sie an. Lachten zurück. Riefen ihr etwas zu. Aber sie hörte nur ihr befreites Ich.

Sie wusste nicht, wie lange sie da draußen gesessen hatte, aber als die ersten Zuschauer das Theater verließen, stand sie auf und eilte ins Foyer. Noch immer pulsierte das Adrenalin durch ihren Körper. Eigentlich hätte sie müde und erschöpft sein müssen, aber sie fühlte sich stark und mutig wie nie zuvor. Was würde der Abend noch für sie bereithalten? In ihrem Bauch kribbelte es verdächtig, als sie daran dachte, dass Fabio vor mehreren Hundert Menschen behauptet hatte, er wolle sie küssen.

Sie hielt nach ihm Ausschau, stellte sich auf die Zehenspitzen, um besser in dem Gedränge sehen zu können. Lange musste sie nicht suchen. Er stand umringt von bildhübschen Frauen, die kein Hehl aus ihren Absichten machten. Weiße Zähne blitzten hinter kirschroten Lippen, blonde und brünette Strähnen wurden elegant hinters Ohr gesteckt oder über die Schulter geworfen.

Lina schnaubte. Sie fand es armselig, nahezu erbärmlich, wenn Frauen sich so anbiederten. Normalerweise hätte sie dieses Balzverhalten mit einem milden Lächeln abgetan. Aber heute versetzte es ihr seltsamerweise einen Stich. Genau da, wo gerade noch pure Freude geprickelt hatte, pikste es ganz fürchterlich. Lina rieb sich gedankenverloren das Brustbein.

Fabio strahlte. Er unterhielt sich über die Köpfe seiner Verehrerinnen hinweg mit einem Mann, dessen dunkle Mähne von grauen Strähnen durchzogen war.

»Süß ist er ja.« Eine Stimme riss Lina aus ihren Beobachtungen. Neben ihr stand ein Mädchen in ihrem Alter. Sie hatte die langen aschblonden Haare zu einem unordentlichen Dutt frisiert. Das weiße Herrenhemd hing lose über ihren schwarzen Leggins. Erfrischend unkonventionell neben den aufgetakelten Schönheiten. Lina schenkte ihr ein Lächeln.

»Lass lieber die Finger von ihm«, riet ihr die Unbekannte.

»Wie bitte?« Lina blinzelte irritiert. Wer war sie, und warum sagte sie so etwas?

»Fabio kriegt alles, was er will. Das steht außer Frage. Doch zu welchem Preis?« Die junge Frau verschränkte die Arme vor der Brust und nickte bedeutungsschwanger. »Bei den dummen Puten da drüben ist mir das schnuppe.« Sie deutete mit dem Kinn auf die Groupies, die Fabio mit ihren lackierten Fingernägeln festhielten. »Aber du scheinst mir ganz okay zu sein.« Sie sah Lina jetzt direkt an. »Da wollte ich dich nicht im Unklaren lassen.«

»Danke, aber ich kann sehr gut auf mich selbst aufpassen.«

»Mir auch recht. Aus Erfahrungen anderer lernen ist nicht jedermanns Sache«, erwiderte die Unbekannte leichthin. »Ich bin übrigens Hanna.«

Lina schluckte. Etwas unangenehm Heißes brannte mit einem Mal in ihrem Bauch. Hanna und Fabio. Fabio und Michelle. Wie lang würde die Kette werden?

»Wie hat er es eigentlich geschafft, dich hierherzulocken? Hat er dir Geld gezahlt?« Hanna rieb sich das

Kinn. »Eine super Strategie, so ein Interview mit einem liebenswerten Mädchen wie dir. Das muss man ihm lassen.«

Lina schüttelte den Kopf. »Das verstehst du falsch. Er hat das spontan gemacht.«

»Um *zuuufällig* Stadtmeister zu werden? Pah.«

»Was meinst du damit?«

»Na ja, der heutige Sieger geht zur deutschen Meisterschaft. Fabio war einer der Top-Favoriten. Würde er diese Chance ungenutzt verstreichen lassen? Unvorbereitet einfach mal so vorbeischauen? Doch nicht Fabio!«

»Aber genau so war es. Außerdem braucht er mich nicht, um zu gewinnen.« Linas Augenbrauen zogen sich hinter dem pinken Plastikgestell dicht zusammen.

»Das sehe ich anders«, widersprach Hanna. »Weißt du, Fabio polarisiert gerne. Gerade in der letzten Zeit hat er immer wieder Themen gebracht, die an der Grenze des sozial Verträglichen sind.« Hanna zuckte mit den Schultern. »Manche finden das wegweisend, geradezu avantgardistisch. Aber bei vielen überschreitet er die Wohlfühlgrenzen.« Hanna kicherte. »Ich würde es den Arschlochfaktor nennen. Und genau deshalb wurde ihm der Sieg schon mehr als einmal vor der Nase weggeschnappt. Obwohl die Texte, handwerklich betrachtet, brillant waren.« Sie holte tief Luft und deutete mit dem Zeigefinger auf Lina. »Und genau deshalb brauchte er jemanden wie dich. Zurückhaltend, fast schüchtern, hübsch, klug und dazu noch Krebsforscherin. Also mehr geht nun wirklich nicht.«

Lina sagte nichts, versuchte Abstand zwischen sich und Hannas Anschuldigungen zu bringen. Hatte Fabio alles von A bis Z geplant? Nur, um einen Wettbewerb zu gewinnen? Der ganze Tag: eine einzige Lüge? Sie strich sich über die Stirn. Das war doch absurd. Wieder wanderte ihr Blick zu Fabio, der immer noch in der Menschentraube stand. Er schien sie komplett vergessen zu haben. Was, wenn Hanna recht hatte?

Er ist schwer krank, hat vielleicht nicht mehr lange zu leben, rief sie sich in Erinnerung und verdrängte damit jeden Zweifel. Vollkommen irrelevant, was er getan hat. *Wichtig ist, was er in der ihm verbleibenden Zeit tut.* Außerdem hatte er ihr bis jetzt den aufregendsten Tag ihres Lebens geschenkt. Und das war mehr, als sie von ihm erwarten konnte.

In diesem Moment wandte Fabio sich ihr zu. Er lächelte sie über die Menschenmenge hinweg an, als gebe es nur sie und ihn. Lina und Fabio. Fabio und Lina. Sie hob zaghaft die Hand. Fabio antwortete mit einer Reihe unverständlicher Handzeichen. Hatten seine Finger ein kleines Herz geformt? Ihr Puls hüpfte vor Freude im Dreivierteltakt, überschlug sich, kam wieder auf die Beine und raste davon – und mit ihm alle Bedenken. Sie schüttelte lachend den Kopf. Fabio zappelte mit den Fingern in der Luft. Das hieß wohl, dass er gleich zu ihr kommen würde.

»Pass auf, dass er dich nicht nur benutzt«, warnte Hanna sie erneut. »Und sorry, wenn ich dich entzaubert habe.« In ihrer Stimme klang aufrichtiges Mitleid.

Lina fand sie in ihrer offenen, unangepassten Art sympathisch. Aber sie wollte, sie konnte ihren Worten nicht glauben. »Danke für den, ähm, Hinweis.« Es wurde Zeit, sich von Hanna zu verabschieden. »Also dann, noch einen schönen Abend.«

Jemand strich ihr über den Nacken. Fabio. Konnten

ihre Sinneszellen ihn erkennen, bevor sie ihn sah oder hörte? Eine schöne Idee. Sie lächelte und drehte sich zu ihm um. Der Anblick seiner markanten Züge, die durch den leichten Bartschatten noch betont wurden, ließ ihr Herz aufgeregt flimmern. Er strahlte sie an, bis er Hanna entdeckte, die etwas verborgen hinter einem breitschultrigen Mann gestanden hatte. Das Lächeln gefror auf seinen Lippen, und seine Augen verengten sich zu Schlitzen.

»Fabio.« Hanna nickte ihm kühl zu. »Gratulation.«

»Guten Abend, Hanna«, begrüßte Fabio sie steif.

Lina zog die Augenbrauen zusammen. Eine von Hannas Aussagen stimmte also: Er kannte sie. Und wie sah es mit den anderen Behauptungen aus? Normalerweise hätte sie Beweise für oder gegen die formulierten Thesen recherchiert. Aber heute war alles anders. Was sollte sie wählen: das Abenteuer mit Fabio, ohne Wenn und Aber, oder Sicherheit und doppelten Boden? Das hieße, auf Abstand gehen, erst herausfinden, wer er wirklich war. Aber hatte sie überhaupt genug Zeit dafür? Ihre Finger wurden klamm. Die Angst, dass dieser Tag sich in Tränen auflösen würde, drohte sie mit einem Mal zu ersticken. *Entscheide dich, Lina:* Rückzug oder Mut zum Ungewissen?

22:05 Uhr

Fabio verschränkte seine Finger mit Linas, während sie sich den Weg in die laue Sommernacht bahnten. Daumen an Daumen, Zeigefinger an Zeigefinger, jeder hatte einen Partner, kuschelte sich an sein perfektes Gegenüber, so als gehörten sie schon immer zusammen. Lina war still, wirkte nachdenklich, fast verschlossen. Er kannte ihr Schweigen, hatte es in der S-Bahn genossen, sich an der Elbe deswegen gesorgt, jetzt machte es ihm Angst.

Hanna! Dass sie ausgerechnet auf Hanna treffen musste. Sicher, es war ein Risiko gewesen, zum Poetry Slam zu gehen. Schließlich liefen dort haufenweise Leute herum, die ihn kannten. Und nicht alle waren ihm wohlgesonnen. Eine unangenehme Nebenwirkung seines rücksichtslosen, überambitionierten Strebens nach Erfolg. Die Wahrscheinlichkeit, dass sein Lügengespinst aufflog, war hoch gewesen. Aber er hatte es gewollt, unbedingt.

Ich MUSSTE der Welt zeigen, wie außergewöhnlich Lina ist, rechtfertigte er sich. Er war nicht dorthin gegangen, um zu gewinnen. Nicht mehr. Im Gegenteil, irgendwann zwischen Barbie und Elbstrand hatte er den Wettbewerb sogar vergessen. Aber dann, als er geglaubt hatte, seine Sprache verloren zu haben, als er mit Lina dicht an dicht im Sand getanzt hatte, da waren sie gekommen: zuerst nur ein paar Adjektive, dann Verben, Substantive und die kleinen Pronomen. Sie formten sich zu Wortgruppen, Sätzen, Wahrheiten, die gesagt werden mussten. Und ab da hatte er auf die Bühne gewollt. Schon oft hatte er dort gestanden, hatte Gesellschaft, Politik und Sport kritisiert. Aber nie hatte sein Herz so geklopft wie heute. Für die Sache und für sie: Lina.

Verdammt! Was hatte Hanna ihr erzählt? Unauffällig schielte er zu Lina hinüber, versuchte in ihrem Gesicht eine Antwort zu lesen. Aber bis auf eine winzige Falte an ihrem rechten Mundwinkel wirkte sie entspannt, gelassen, ja glücklich.

Was hatte dieses kleine Grübchen zu bedeuten? Es war jedenfalls nicht das gleiche, das sich bei jedem Lächeln zeigte. Er hoffte inständig, dass es nichts zu bedeuten hatte. Immerhin machte Lina keine Anstalten, sich von ihm loszureißen.

»Ich habe Durst.« Sie ließ ihn los und trat an eine der Trinkwassersäulen, die Passanten zu einer kostenlosen Erfrischung einluden.

Fabio blickte auf seine Hand. Da, wo gerade noch Linas warme Haut gewesen war, fühlte er eine kalte Leere. Langsam kroch sie seinen Arm hoch bis zu seinem Herzen. Irgendwann würde sie ihm auf die Schliche kommen. Spätestens morgen früh.

Er versenkte die Hände tief in seinen Hosentaschen. Seine Vergangenheit holte ihn ein, durchkreuzte seine Gegenwart und hatte die Kraft, seine Zukunft zu zerstören. Das große Morgen, die goldene Zeit, für die er so hart gekämpft hatte. Mit den falschen Waffen, auf dem falschen Weg. Seine Gedanken machten sich auf die Reise, gingen zurück zu dem Tag, an dem er beschlossen hatte, erfolgreich zu werden, koste es, was es wolle. Hanna war im Studium seine ärgste Konkurrentin gewesen. Scharfzüngig, wortgewandt und in ihren Texten stets auf dem Punkt. Er erinnerte sich an ihre gemeinsame Semesterarbeit. Eine Reportage über das Ehrenamt in der Hansestadt. Das war vor drei Jahren gewesen. »Sozial. Engagiert. Hamburg« – so lautete der Titel. Er konnte sich an jedes Detail erinnern, als wäre es erst gestern gewesen. Während er plump die großen karitativen Einrichtungen abgeklappert hatte, war Hanna mit anrührenden Interviews angekommen. Sie hatte mit älteren Damen gesprochen, die für Frühchenstationen Decken und Mützen strickten. Sogar herzergreifende Bilder von winzigen Babys mit wollenen Söckchen hatte sie aufgetrieben. Er hatte ihr neidlos zu dieser hervorragenden Recherche gratuliert. Und dann hatte sein Vater ihn am selben Abend einen Nichtsnutz genannt. Das war der Moment gewesen, an dem er sich eine Rüstung aus Stahl angelegt, seine Werte unter dem Bett verstaut hatte und in den Krieg gezogen war. Die Arbeit hatten sie gemeinsam geschrieben, aber bei dem Artikel für das Stadtmagazin hatte er sie außen vor gelassen und den ganzen Ruhm für sich allein beansprucht. Hanna war leer ausgegangen. Obwohl sie den Löwenanteil an der Recherche geleistet hatte. Er hatte sich nie bei ihr entschuldigt. Ein unangenehmes Ziehen kroch seine Wirbelsäule hoch.

Wie viele Menschen hast du schon verletzt? »Die Zwillingshalbschwester«, »Eine halbe Million im Papiermüll«, »Vierzig Kilo in zwölf Monaten – wie Liebeskummer fett macht«. Die Überschriften seiner erfolgreichsten Storys schossen ihm durch den Kopf. Zu Hanna gesellten sich Daniela und die unglaubliche Geschichte der Zeugung ihrer Kinder, dann Chris, der wegen dieser Buchungsfehler-Story fast seinen Job verloren hatte. Und Anja, die Freundin einer Freundin, die er nur einmal an einem feucht-fröhlichen Pizzaabend getroffen hatte. Sie alle hatten ihm vertraut, wollten mit einem guten Freund ihren Kummer teilen und nicht die Details ihres Leids eine Woche später im Internet lesen. Nach ihrem Einverständnis hatte Fabio gar nicht erst gefragt. Sie hätten es ihm nicht gegeben.

Also hatte er die Artikel so gestrickt, dass Persönlichkeitsrechte hinter geänderten Namen und Orten scheinbar gewahrt blieben. Und doch hatten Daniela, Chris und Anja sich wiedererkannt, ihn mit ihrer Scham, Wut, Enttäuschung und Angst konfrontiert. Aber das war an Fabio spurlos abgeprallt. Rechtlich gesehen hatte er immer blitzeblank, fast klinisch sauber gearbeitet und dabei zwischenmenschlich eine Verwüstung zurückgelassen. Sein Ziel fest vor Augen, hatte Fabio sich streng verboten, über seine Verfehlungen oder »Extrameilen«, wie er selbst es nannte, nachzudenken. *Bis jetzt.* Er rieb sich den Nacken, versuchte die aufkeimende Reue wegzumassieren.

»Schade, dass der Sommer bald vorbei ist«, unterbrach Lina seine Grübelei.

»Hm, ja.« Waren sie jetzt wieder beim Small Talk über das Wetter angelangt? Einerseits war er erleichtert, dass sie noch da war. Aber er wollte keine Förmlichkeiten mehr mit ihr austauschen. Eben auf der Bühne, da war etwas passiert. Mit ihm. Mit ihr. Er hatte es deutlich gespürt. Lina veränderte ihn. Sie drehten sich in Überschallgeschwindigkeit umeinander. Und jeder Ballast, jeder Schutzschild wurde unweigerlich weggerissen.

»Ich habe es nicht einmal ins Schwimmbad geschafft«,

redete Lina weiter und betrachtete interessiert die Auslage eines Delikatessengeschäfts.

Ein Lächeln stahl sich auf Fabios Gesicht. Die Lina, die neben ihm stand, war nicht die Lina, der er heute Morgen die Brille zerquetscht hatte. Die neue Lina hatte das Leben gekostet. Und sie wollte mehr.

Das sollte sie bekommen.

22:30 Uhr

»Das. Ist. Illegal!«, presste Lina zwischen zusammengebissenen Zähnen hervor, während sie auf das mannshohe Eisentor kletterte. Immer wieder rutschte sie ab. Fabio kniff sich in die Nasenwurzel, um nicht laut loszulachen. Eine Weile verfolgte er das Spektakel, bevor er sie erlöste und mit einem kräftigen Schubs hochhievte.

»Hey«, protestierte Lina schnaufend.

Jetzt musste er doch lachen. Es sah einfach zu komisch aus, wie sie kopfüber dort oben hing und mit den nackten Beinen strampelte.

»Kri-mi-nell, Fabio!«, dozierte Lina von ihrer höhergelegenen Position. Sie hatte es geschafft, sich rittlings auf das Eingangsportal zu setzen.

»Was können wir dafür, dass die so ungünstige Öffnungszeiten haben?«, erwiderte er unschuldig und stemmte sich ebenfalls hoch.

»Pass doch auf, ich falle gleich«, quiekte Lina und klammerte sich an die schmalen Eisenstreben, die unter Fabios Gewicht bedenklich hin- und herschwankten.

»Mal ehrlich, wer hat denn Zeit, um drei Uhr nachmittags schwimmen zu gehen?«, fuhr Fabio ungerührt mit seiner Argumentation fort. »Wenn Workaholics wie du …«

»Wie bitte?«

»Verzeih, ich meinte, wenn Leistungsträger der Gesellschaft, ähm, aus ihren Excel-Kalkulationen auftauchen, ist es längst zu spät, um mal richtig abzutauchen.«

»Aber …«

»Kein Aber, jetzt wird gebadet. Basta«, bestimmte er und sprang mit einem Satz auf die andere Seite.

»Ich kann das nicht.«

»Vertrau mir: Ich fange dich auf.« Er klatschte in die Hände. »Allez hopp!«

Lina rutschte vorsichtig vor und schloss die Augen. »Oh dear«, wisperte sie und stieß sich mit einem Ruck ab.

»Arrg!« Fabio landete hart auf der festgetretenen Erde. Lina lag quer über ihm und strampelte wie ein Kartoffelkäfer, um wieder auf die Beine zu kommen. Dabei stemmte sie ihm ihren Ellenbogen unsanft in die Rippen.

»Au-a. Li-na. Warte. Du bringst mich noch um«, knurrte er lachend.

»Sorry«, wisperte Lina und sah sich hektisch nach allen Seiten um, als erwarte sie ein Sondereinsatzkommando, das sie umgehend inhaftieren würde. »Glaubst du, die haben hier Wachhunde?«

»Keine Angst. Es ist nur ein Freibad. Keine wertvolle Kunstsammlung, keine stinkreiche Bank, keine antiken Möbel.« Er klopfte sich den Staub von der Hose. »Nur der Mond, die Sterne, ein menschenleerer See und wir.« Er nahm ihre Hand. »Was übrigens tausendmal besser ist als jeder Schatz, wenn du mich fragst.« Auch ohne sie anzusehen, konnte er spüren, dass sie lächelte. Vor knapp zwölf Stunden hätte er diesen Satz als schmalzig bezeichnet und ihn nur benutzt, um ein Mädchen herumzukriegen – oder zwei. Aber jetzt, hier mit Lina, stand er hinter jeder Silbe und fühlte genau das, was er sagte. Er schluckte. Was machte sie nur mit ihm?

Schweigend schlenderten sie an das Ufer des Sees, der mitten im Stadtpark lag. Ein Teil des Gewässers war als Naturbad abgetrennt.

»Warum sind wir nicht einfach da hinten reingegangen?« Lina zeigte auf die andere Seite des Sees, der Spaziergängern frei zugänglich war.

»Weil es so aufregender ist«, erklärte Fabio mit einem Schulterzucken.

»Och, du …« Lina hieb mit der flachen Hand auf seinen Oberarm.

»So hatte ich wenigstens die Chance, dir an den Hintern zu grabschen.«

»Pff«, machte Lina und schlüpfte aus ihren Schuhen. Auf nackten Sohlen tapste sie durch das spärliche Gras und prüfte vorsichtig mit dem großen Zeh die Wassertemperatur.

Fabio zog sich indes den Pullover über den Kopf und entledigte sich danach seiner restlichen Kleidung.

»Es ist …« Weiter kam Lina nicht, denn Fabio sprintete splitternackt an ihr vorbei in den See.

»Juchhu«, juchzte er und tauchte in das schwarze Nass. Schwerelos schwebte er in der Dunkelheit, hörte nur das leise Gurgeln des Wassers und seinen eigenen Herzschlag. Wie im Mutterleib, zurück auf null. Plötzlich lag es klar vor ihm. Journalistik zu studieren, seinen Traum zu verfolgen, war richtig gewesen. Trotzdem hatte er alles falsch gemacht. Erfolg und Zufriedenheit bemaßen sich nicht an dem, was auf dem Gehaltszettel stand. Er hatte den Fehler begangen, sich den Werten anderer zu unterwerfen. Das war jetzt ein für alle Mal Geschichte.

Er war bereit für einen Neuanfang. Mit Lina. Wenn sie es wollte.

Als er wieder auftauchte, war Lina fast bei ihm. Ihre Haut schimmerte in der Farbe des Mondes. Zauberhaft, fast surreal schön. Er wollte zu ihr, wollte sie berühren, sie auf den Armen tragen.

»Um-dre-hen!«, rief Lina streng.

Zähneknirschend kam er ihrer Aufforderung nach. Der Abend war lau und das Wasser angenehm warm. Sanft umspülte es seinen Körper. In der Dunkelheit und Stille der Nacht, der optischen und akustischen Kontrolle beraubt, nahm er jede Berührung intensiv war.

»Sind sie nicht wunderschön?« Linas Stimme klang dicht hinter ihm.

Fabio drehte sich langsam um. In Linas Haaren glitzerten Wassertropfen wie winzige Perlen. Sein Blick glitt von ihrem fein geschnittenen Gesicht über den schlanken Hals zu den Rundungen ihrer Schultern. Mit einem Mal war das zarte Streicheln des Wassers nicht mehr unschuldig. Die Vorstellung, dass sie nur eine Armlänge von ihm entfernt und dazu nackt war, brachte ihn fast um den Verstand.

»Fabio?«

Er folgte ihrem Blick. Der Mond hing groß und schwer über den Baumwipfeln. Sein silbernes Licht spiegelte sich auf den niedrigen Wellen, die sich an der Oberfläche träge im Abendwind kräuselten. Große und kleine Sterne funkelten wie jeden Abend, nur ein wenig heller und schöner vielleicht.

»Hm, ja.« Seine Stimme klang rau.

»Wir falten sie aus buntem Papier und hängen sie an den Weihnachtsbaum, wir drucken sie auf T-Shirts, besingen sie in Liedern, reden mit ihnen, sehen die Seelen unserer Lieben in ihrem Licht. Kaum jemand verschwendet einen Gedanken daran, dass es tödliche Feuerbälle sind, Jahrmillionen Lichtjahre entfernt.« Sie tupfte kleine Punkte auf die Wasseroberfläche. Die kreisrunden Wellen vereinigten sich, löschten einander aus, formten abstrakte Mandalas. »Aber ohne sie wären wir nicht hier. Der Kohlenstoff in unseren Zellen, das Eisen in unserem Blut: geboren in unvorstellbarer Hitze, mit den Sonnenwinden fortgetragen. Durch den interstellaren Raum bis hierher.« Sie betrachtete ihre Finger, die in dem tiefblauen Wasser verschwanden. »Zu denkenden, fühlenden Wesen zusammengefügt.«

Fabio grub seine Füße in den schlammigen Grund und stieß sich ab. Fast schwerelos hüpfte er zwei, drei und noch einen Meter weiter in den See hinein. Er brauchte dringend etwas Abstand. Unfassbar. Jede andere hätte längst in seinen Armen gelegen, das Becken eng an seines gepresst. Und sie? Philosophierte über die Entstehung der Elemente. *Herrgott noch mal,* das war zum Verrücktwerden. Seine Anspannung wuchs mit jeder Sekunde. Lange würde er das nicht aushalten.

»Wir sind also nichts weiter als Sternenstaub. Und zu Sternenstaub zerfallen wir wieder«, sagte Fabio, um ihren Monolog zu beenden. Er schwamm auf sie zu. *Jetzt wird nicht mehr gequasselt, meine kleine Meeresprinzessin.*

Linas Lächeln erstarb. Hatte er etwas Falsches gesagt? Dann sah er es in ihren Augen: Furcht, Verzweiflung, Schmerz. Fühlte sie denn nicht genauso wie er? Als wäre er gegen eine unsichtbare Mauer geprallt, hielt er mitten in der Bewegung inne.

Scheiße! Mit einem Mal wurde ihm klar, was in ihr vorgehen musste. Lina dachte bestimmt an seine vermeintliche Erkrankung. Daran, dass er morgen schon tot sein könnte. Er schlug hart mit der Faust auf die Wasseroberfläche, sodass eine Fontäne in sein Gesicht spritzte. *Verflucht*, wie hatte es nur so weit kommen können!

Jetzt war er gerade mal zwei Wellenlängen von dem Mädchen entfernt, das er mehr begehrte als jede zuvor. Mehr als jede, die noch kommen könnte. Alles zwischen ihnen war echt, gebaut auf einer miesen Lüge. Nie zuvor hatte er so dicht am Abgrund gestanden, und die Angst vor dem freien Fall drohte ihn zu überwältigen.

»Mir wird kühl«, behauptete er und kraulte mit kräftigen Zügen zurück zum Ufer. Er brauchte Zeit. Zeit, die er nicht hatte.

Lina blickte ihm nach, eine steile Furche zwischen den Augenbrauen. Gerade noch waren sie sich so nah gewesen. Hatte sie ihn mit ihrem akademischen Gefasel über Kernfusion und Neutroneneinfang verschreckt? Hätte er sie nicht unterbrochen, hätte sie ihn vermutlich die ganze Nacht mit Theorien über die Expansion des Universums, Anti-Quarks und dunkler Energie gelangweilt.

Herrje, Lina, du bist nicht mehr zu retten. Aber sie war unfassbar nervös gewesen, so dicht bei ihm, nackt, schutzlos. Ihr Körper hatte verrückt gespielt, sie hatte sich an ihn schmiegen und ihn küssen wollen. Die Haare, die nass an seiner Stirn klebten. Sein kantiges Kinn, die schmalen Wangen. Das alles hatte sie fast magnetisch angezogen. Plus zu minus, minus zu plus.

Und dann hatte sie angefangen zu reden, die magische Stille durchbrochen, die nichts als Fühlen zuließ. Worte, Sätze, Inhalte – Waffen, um ihre Unsicherheit zu besiegen, Werkzeuge, um wieder festen Boden unter den Füßen zu spüren. Etwas, was sie sonst nicht tat, zumindest nicht mit derart viel Romantik.

Sie seufzte. So langsam erkannte sie sich selbst nicht mehr. Auch wenn es ihr ein wenig Angst einjagte, wie schnell sie sich wandelte: Ihr gefiel die neue Lina.

Mit zusammengekniffenen Augen suchte sie das Ufer nach Fabio ab. Im bleichen Licht des Vollmonds nahm sie ihn nur schemenhaft wahr, als hellen Schatten. Sie wartete darauf, dass er sich angezogen hatte. Versonnen strich sie sich über ihre Brüste, fuhr die flachen Rundungen ihrer Hüften nach. Wie sich seine Hände wohl auf ihrer Haut anfühlten? Ob sie ihm gefallen würde? Auf der einen Seite wollte sie so schnell wie möglich wieder zu ihm. Wenn sie ehrlich zu sich war, wollte sie nie mehr von ihm weg. Andererseits fragte sie sich, ob und wie es mit ihnen weitergehen würde. Sollte sie ihn darauf ansprechen? Sie leckte einen Tropfen von ihrer Oberlippe.

Nein. Das hieße, sich der Realität zu stellen und ihn mit seinem Schicksal zu konfrontieren. Und das wollte sie nicht. Sie wollte die besondere Stimmung des Abends nicht zerstören. Um seinetwillen und um ihretwillen. Trotzdem lief der Countdown unerbittlich weiter, rumorte tief in ihren Eingeweiden. Der Gedanke, dass er sie vielleicht nicht wiedersehen wollte oder konnte, war unerträglich. Sie fröstelte.

»Du kannst kommen. Ich drehe mich um«, hörte sie Fabio rufen.

Dankbar für die Ablenkung glitt Lina auf das Ufer zu. Sie konnte ihn nirgends mehr entdecken. Zu sehr verschmolz er mit der nachtschwarzen Umgebung. Flink schlüpfte sie in ihre Kleider.

»Wir klettern über den Zaun dort hinten. Der ist niedriger als das Tor.« Er war urplötzlich hinter ihr aufgetaucht. Seine Gesichtszüge wirkten ernst, bedrückt.

»Okay.« Sie fühlte sich mit einem Mal elend. Während sie das Leben voll auskostete und mit großen Bissen gierig verschlang, ließ er sich seine vielleicht letzten Happen auf der Zunge zergehen. Für sie schmeckte jeder Atemzug zuckersüß. Und Fabio? Spürte er in jedem Augenblick die Bitterkeit des Vergänglichen?

»Ich helfe dir.« Lina hatte nicht bemerkt, dass sie bereits vor dem brusthohen Eisenzaun standen. Fabio bückte sich und verschränkte die Hände.

Lina runzelte die Stirn. Was machte er da? Unschlüssig packte sie die Metallstreben.

»Mach schon«, drängte Fabio.

»Was denn?« Lina hatte keine Ahnung, was er wollte.

»Räuberleiter.« Fabio zeigte ihr seine ineinander verhakten Finger.

»Räuberleiter?«

»Sag nicht, du kennst keine Räuberleiter!?« Fabio richtete sich auf. Er lachte leise. Eine warme, raue Melodie. Sie könnte sich daran gewöhnen. »Tss, tss«, machte er. »Los, ein Fuß hier drauf.«

»He, ihr da!«, brüllte ein Mann. Zwei starke Taschenlampen leuchteten zu ihnen herüber.

Lina hatte gerade ihr zweites Bein entknotet und machte sich bereit, auf der anderen Seite herunterzuspringen. Bewegungsunfähig starrte sie auf die sich nähernden Lichter. So musste sich ein Reh kurz vor dem Aufprall auf die Motorhaube fühlen. Alles vorbei.

»Lauf«, rief Fabio ihr zu, aber Lina konnte sich nicht rühren.

»Shit.« Er schwang sich wie ein Turner am Reck über die Hürde. Entschlossen packte er Lina an der Taille und hob sie zu sich herunter. Die Lichtkegel hüpften jetzt hektisch auf und ab.

»Stehen bleiben!«

»Go, go, go!« Fabio riss sie mit sich. Linas Beine setzten sich plötzlich wie von selbst in Bewegung. Sie hasteten über Kieswege und Wiesen, kämpften sich durch Hecken und Gestrüpp. Lina stolperte, ihr Knöchel schmerzte, aber sie lief weiter.

Nach einer gefühlten Ewigkeit hatten sie den Saum des Stadtparks erreicht. Die Verfolger waren längst verschwunden. Linas Lunge brannte, Schweiß rann ihr den Rücken herunter. Sie war erschöpft, wollte eine Pause. Aber Fabio rannte weiter, immer weiter. Als fliehe er vor etwas Großem. Etwas, das ihm mehr Angst machte als alles auf der Welt. Ihre Beine schmerzten, aber sie hielt Schritt, gab nicht auf. Sie wollte für ihn da sein. Um sich von dem Stechen in ihrer linken Seite abzulenken, zählte sie ihren Atem: eins – aus, aus; zwei – aus, aus; drei – aus, aus. Eine Ampel folgte der anderen, sie passierten drei oder vier Zebrastreifen, eine Unterführung. Lina hatte keine Ahnung, wo in der riesigen Stadt sie waren. Kurz bevor sie »Stopp!« rufen musste, verlangsamte Fabio das Tempo, fiel in einen lockeren Trab.

Sie befanden sich irgendwo abseits der Hauptverkehrsadern. Um diese Uhrzeit war der Großstadtlärm nicht mehr als ein Hintergrundrauschen, ab und zu durchbrochen von einem Martinshorn.

Vor einem alten Backsteinhaus blieb Fabio stehen. Eine Katze kreuzte ihren Weg und verschwand im Hinterhof des vierstöckigen Gebäudes.

Lina sah an der Fassade empor. Warmes Licht drang aus weiß umrandeten Rundbogenfenstern, die sich scharf gegen die rostroten Ziegel abzeichneten. Schlichte Säulen zierten die imposante Loggia über der Eingangstür.

»Hast du Höhenangst?«, fragte Fabio.

Lina schluckte. »Kommt auf die Höhe an.«

23:34 Uhr

»Zuerst hier herauf.« Fabio klopfte mit der Faust gegen die hölzerne Mülltonnenbox.

»No way.« Lina verschränkte die Arme vor der Brust. »Das ist absolut verrückt.«

»Es lohnt sich.«

»Mitten in der Nacht an einer Hauswand hochzuklettern?« Zwar fühlte sie sich heute mutig und stark. Aber das fiel definitiv in die Kategorie übergeschnappt.

»Bitte. Es ist mir wichtig.« Fabio verschränkte seine Finger mit Linas, verwob sein Leben mit dem ihren. »Es ist mein Lieblingsort. Ich möchte ihn mit dir teilen.«

Linas Knie wurden weich. Aus seinem Mund hörte es sich wie ein Vermächtnis an. Ein Stück von ihm, das weiterleben sollte, auch wenn er nicht mehr da war. Dass sich jemand daran erinnern konnte, was er geliebt hatte, wo er gern gewesen war. Sie schluckte den Kloß in ihrem Hals herunter.

»Natürlich, gern.« Ohne weiter darüber nachzudenken, trat sie an die Bretterwand, die die Mülltonnen verbarg. Ihre Arme fühlten sich lahm an, und ihre Beine zitterten von dem Marathon, den sie gerade bewältigt hatte.

»Eins, zwei – hopp.« Fabio hatte sie an der Hüfte gepackt und stemmte sie hoch. Lina krabbelte auf allen vieren vom Rand in die sichere Mitte. Sie war erst auf

Augenhöhe mit dem Erdgeschoss, und ihr war bereits schwindelig. Zögernd legte sie den Kopf in den Nacken. In den meisten Fenstern brannte noch Licht. Auch in den Häusern, die den Innenhof von den anderen Seiten umgrenzten, waren die Bewohner noch wach. Was, wenn jemand sie sah und die Polizei alarmierte? Am Ende saß sie morgen früh im Knast statt im Hörsaal.

Fabio glitt lautlos neben sie. »Super! Fast geschafft.«

»Ha, ha«, brachte Lina ohne jeden Humor heraus.

»Siehst du die Befestigung für die Regenrinne?« Fabio deutete auf eine Schelle, mit der das Metallrohr an der Mauer verankert war. »Da kommt dein rechter Fuß rein. Um den linken Fuß kümmere ich mich. Wichtig ist, dass du dich gut an dem Sims festhältst und dich daran hochziehst, wenn ich es sage.«

Lina nickte und wischte die klammen Handflächen an ihren Shorts ab. Wenn sie das lebend überstand, würde sie sich eine Woche lang von Chips und Schokoküssen ernähren, Mangas lesen und nur zum Pipimachen vom Sofa aufstehen. Absolutes Denkverbot, Schaffenspause, Kreativstopp. Mit vierzehn hatte sie das regelmäßig in den Ferien gemacht, danach ab und zu, etwa alle zwei Jahre. Jetzt war es wieder an der Zeit.

»Rechter Fuß auf den Vorsprung da … Genau, richtig. Das Knie in die Spalte klemmen … Siehst du den Balkon? Sehr gut, aber bleib im Schatten.« Fabios Anweisungen nahmen kein Ende. Linas Finger schmerzten. Jeder Muskel schien über Gebühr strapaziert. So musste man sich fühlen, wenn man den Mount Everest bestieg. Als sie das Dach erreichte, rollte sie sich erschöpft auf den Rücken und versuchte ihren Atem zu beruhigen. Ihre Hände fuhren über die rauen Kiessteinchen, die das

Flachdach bedeckten. Sieben Tage lang Snacks und Comics, das hatte sie sich verdient! Aber in diesem Moment hätte sie alles für ein Glas frisches Wasser gegeben.

»Durst?« Fabios Lockenkopf schob sich in ihr Gesichtsfeld. Er hielt ihr einen Apfel vor die Nase. Der Duft der frischen, reifen Frucht ließ ihr das Wasser im Mund zusammenlaufen. Gierig schnappte sie danach und biss hinein. Das süß-saure Fruchtfleisch löste eine wahrhafte Geschmacksexplosion an ihrem Gaumen aus. Sie stöhnte wohlig auf.

»Woher hast du den?«, nuschelte sie mit vollem Mund. Der Saft rann ihr das Kinn herunter.

»Urban Gardening«, erwiderte Fabio und rieb einen zweiten Apfel an seinem Shirt ab.

Erst jetzt bemerkte Lina, dass das Dach bepflanzt war. »Wow«, hauchte sie, erhob sich und betrat die kleine Oase mitten in der Stadt. Eine Lampionkette schwebte wie rundbäuchige Glühwürmchen in nachtschwarzen Zweigen. Im fahlen Mondlicht erkannte Lina große, kleine, runde und eckige Terrakottatöpfe. Säulenförmige Bäumchen wechselten sich mit Rosenbüschen, leise raschelndem Ziergras und Kräuterbeeten ab. An einer Pergola rankten Wein und Himbeersträucher. Darunter stand eine hölzerne Bank. Lina fuhr mit ihren Fingerspitzen über das verwitterte Holz. Ein Zaubergarten hoch über den Dächern, versteckt vor dem Rest der Welt. Jetzt wusste sie, warum dies Fabios Lieblingsort war.

Fabio stand am Rand der Dachterrasse und beobachtete Lina, wie sie jede Pflanze berührte. Wie sie an den vollen Rosenblüten schnupperte und sich über den Kürbis beugte, der die Größe eines Fußballs hatte. Er war froh, dass die Schönheit des Gartens sie für den anstrengenden und riskanten Aufstieg belohnte. Diese kleine, zierliche Frau steckte voller Wunder. Je länger er mit ihr zusammen war, desto mehr war er von ihr beeindruckt. Auch wenn er noch nie jemanden mit hierhergenommen hatte, glaubte er nicht, dass irgendein anderes Mädchen die Fassade hochgeklettert wäre.

Aber er hatte sie nicht wegen des romantischen Flairs oder des grandiosen Ausblicks mitgenommen. Er konnte nicht länger vor dem Unvermeidlichen fliehen, er musste sich seiner Lüge stellen. Dazu brauchte er Halt, Sicherheit. Und das spürte er hier, in fünfzehn Meter Höhe, mehr als irgendwo sonst.

Fabio atmete tief durch. Ein enger Reif hatte sich um seinen Brustkorb gelegt und schnürte ihm die Luft ab. Würde das zarte Band, das sie miteinander verwob, dem Verrat an ihrer ehrlichen Zuneigung standhalten? Gedankenverloren pflückte er eine Handvoll Himbeeren und setzte sich auf die Bank.

»Die musst du probieren«, forderte er sie auf und hielt ihr die purpurroten Früchte hin. Lina lächelte ihn an und kam auf ihn zu. Pure Freude spiegelte sich auf ihrem Gesicht. Ihre Wangen waren von der sportlichen Anstrengung immer noch gerötet, und ihre Haare standen unordentlich von ihrem Kopf ab. Lina war atemberaubend, einfach zum Niederknien.

Verdammt, er konnte es nicht tun. Wie sollte er es ihr sagen, ohne das, was zwischen ihnen war, zu zerbrechen? Er rieb sich mit der Handwurzel über die Stirn. *Was bin ich für ein Idiot.*

»Hmm, sind die köstlich.«

Er hatte nicht bemerkt, dass Lina sich neben ihn gesetzt hatte und nun eine Himbeere nach der anderen aus seiner Hand pickte. Fabio fühlte sich an seine Kindheit erinnert, als er unermüdlich versucht hatte, ein scheues Rotkehlchen mit Sonnenblumenkernen anzulocken. Stundenlang hatte er damit zugebracht, dem kleinen Kerl die Samen, die er auf seine dicken Fäustlinge gestreut hatte, hinzuhalten. Immer näher war der kecke kleine Vogel gekommen, bis er eines Tages genug Vertrauen hatte, die dargebotenen Köstlichkeiten zu probieren. Obwohl Fabio vor Freude gezittert hatte, hatte er sich keinen Millimeter bewegt, aus Angst, er könnte seinen neuen Freund verlieren.

Und jetzt, zwanzig Jahre später, rührte er sich ebenfalls nicht vom Fleck. Verharrte in einer Starre, die das Vertrauen zwischen ihnen leise und unbemerkt immer mehr zerstörte.

Sein Blick fiel auf die erleuchteten Fenster im Haus gegenüber. Oft saß er hier stundenlang und dachte sich Geschichten zu den Menschen hinter den Vorhängen aus. Die junge Familie mit den Zwillingen im ersten Stock, der alte Mann mit seinen drei Katzen in der Wohnung darüber, die alleinstehende Frau mit der gigantischen Bücherwand: Sie alle hatten mindestens zehn Biografien, waren dreimal verheiratet und wieder geschieden, arbeiteten als Geigenbauer, Fliesenleger, waren Astronauten und Opernsänger. Er liebte dieses Spiel.

»Siehst du den Mann mit dem schwarzen Anzug?«, hörte er sich sagen.

Feigling! Er ignorierte seine mahnende innere Stimme und wies auf ein Fenster dicht unter dem Dach. Ein paar Stunden hatte er noch.

»Der, der sich gerade ein Glas Wein einschenkt?« Lina

kniff die Augen zusammen und nahm die letzte Himbeere. Ihre Berührung war so leicht, dass er sie kaum spürte.

»Er telefoniert gerade mit seiner Mutter«, behauptete Fabio.

Der Mann ließ sich auf ein schwarzes Ledersofa sinken, lockerte seine Krawatte und sprach währenddessen in ein silbergraues Telefon.

»Woher willst du das wissen?«

»Hör genau hin«, wies Fabio sie mit geheimnisvoll gesenkter Stimme an. Er lehnte sich vor, als lausche er dem Telefonat.

»*Nein, Mama. Du musst am Sonntag nicht kommen, um mir eine Hühnersuppe zu kochen*«, ahmte er den Unbekannten nach.

Lina kicherte.

»*Doch, natürlich liebe ich deine Suppen. Und bevor du fragst: Ich habe meine Socken gebügelt.*«

Jetzt prustete Lina los. Ihr Lachen stachelte Fabio weiter an. Sein schlechtes Gewissen grummelte tief in ihm, aber er hörte nicht länger hin. Morgen, morgen würde er ihr alles erklären.

Der Mann hatte seinen Schlips abgelegt und öffnete den obersten Knopf seines Hemdes.

»*Selbstverständlich habe ich heute Obst gegessen*«, entrüstete Fabio sich in das imaginäre Telefon. »*Und gerade trinke ich ein Glas Tomatensaft.*« Fabio machte eine kurze Pause. »*Bitte, Mutter. Ich möchte deine nette Nachbarin nicht treffen!*«

Fabio drehte sich zu Lina und schnalzte mit der Zunge. »Er wird ihr irgendwann beichten müssen, dass er schwul ist.«

In diesem Augenblick betrat eine Frau in schwarzem

Lederkorsett das Wohnzimmer. Der Mann legte den Hörer beiseite und lehnte sich entspannt zurück.

»Bist du sicher, dass er auf Männer steht?«

»Hey, verschwinde! Du vermasselst mir meine Story«, rief Fabio ärgerlich und wedelte mit der Hand, um die Frau aus dem Bild zu verscheuchen.

Als hätte der Mann sie gehört, stand er auf und zog die Vorhänge zu.

»Socken bügeln, köstlich!« Lina wischte sich eine Lachträne aus dem Augenwinkel. Dann sah sie erschrocken zu Fabio. »Oder bügelst du etwa deine Socken?«

»Um Himmels willen, nein. Das wäre wohl eher etwas für meinen Bruder.«

»Ihr mögt euch nicht besonders, oder?«

»Nein.« Sein schroffer Tonfall ließ sie zusammenzucken. »Er ist ein arrogantes, karrierebesessenes Arschloch, dem die Gefühle anderer gleichgültig sind. Er benutzt die Menschen. Ob er sie mit seinem Tun und Handeln verletzt, ist ihm egal. Hauptsache, er gewinnt.« Seine eigenen Worte hallten in der lauen Nacht wider, kreisten um seinen Kopf und kamen höhnisch lachend auf ihn zugeschossen. All das, was er an seinem Bruder so verabscheute, was er zutiefst an ihm hasste, genau das tat er selbst. Zu was für einem Ekel war er geworden?

Lina räusperte sich. Sie hatte ihn mit der Frage nach seinem Bruder nicht verletzen wollen. Eigentlich hatte sie nicht das Gefühl gehabt, taktlos zu sein. Zwischen Fabio und ihr war in den vergangenen Stunden etwas Besonderes entstanden. Eine tiefe Verbundenheit, als wären sie alte Freunde, die einander alles anvertrauen konnten. Jedenfalls hatte es sich so für sie angefühlt. Vielleicht hätte sie mit etwas Unverfänglichem anfangen sollen: welche Länder ihn faszinierten, sein Lieblingsbuch, Haustiere. Es gab so vieles, was sie nicht von ihm wusste.

Schweigend saßen sie einen Augenblick nebeneinander. Lina beobachtete, wie eine ältere Dame einen Kessel vom Herd nahm und eine bauchige Kanne mit dampfendem Wasser füllte.

»Schau, wie süß«, durchbrach sie die Stille. Sie deutete auf die Küche im dritten Stock, in der sich die Szene abspielte. »Die Oma brüht einen Schlaftee für ihren Mann. Wie jeden Abend stellt sie den Nachttrunk auf den antiken Beistelltisch, der neben dem honigfarbenen Ohrensessel steht, in dem er Heftromane liest.« Sie seufzte theatralisch. »Und das nach fünfzig Jahren Ehe.«

Fabio richtete sich neben ihr auf. »Nice try, aber Oma Irmgard braut keinen Baldriantee. Oh nein!« Er wackelte mit dem Zeigefinger hin und her. »Unter ihrer Kittelschürze trägt Irmi heute rote Spitze, und der Teebeutel ist randvoll mit Bibergeil, Safran, Spanischer Fliege und Viagra.«

»Bibergeil?« Lina starrte ihn fassungslos an.

»Ein Aphrodisiakum. Der Biber nutzt es zur Fellpflege und wir Menschen in Parfüms.«

»Nun, hoffentlich hält Opa Günters Herz diesen Cocktail aus.«

Fabio grinste. »Wenn die beiden Pech haben, springt im entscheidenden Moment eine Horde rolliger Katzen in ihr Schlafzimmer.«

»Bitte hör auf, das ist zu viel für meine Fantasie«, flehte Lina. »Ich habe sonst heute Nacht die schlimmsten Albträume.«

»Was sind denn deine schlimmsten Albträume?«

Lina überlegte: Pferde, nackt unter Fremden, große

Höhe. Nach dem Tag mit Fabio hatten ihre größten Ängste jedoch ihren Schrecken eingebüßt – zumindest einen ordentlichen Teil davon. Ganz bestimmt würde sie sich niemals freiwillig auf den Rücken eines Vollblutaraberhengstes schwingen oder an einem Gummiseil von einer Brücke springen. Jedenfalls nicht, wenn es sich vermeiden ließe. Aber immerhin würde sie nicht schon allein bei dem Gedanken daran vor Angst sterben. Und das war doch was.

Wenn Reiten und Sauna sie also nicht mehr in Panik versetzten, was war es dann? Unerwartet materialisierte sich ein erschreckender Gedanke in ihr, wurde deutlicher und klarer, bis er ihr fast die Luft zum Atmen nahm. Ja, sie wusste, was ihr Furcht einflößte: Fabio zu verlieren.

»Ich kann nicht …«, brachte sie mühsam hervor.

Fabio sah sie mit zusammengezogenen Augenbrauen an. »Ich verrate dir ein gutes Hausmittel gegen Dämonen aller Art. Es ist von meiner Oma, und es hilft todsicher.« Er fuhr sich durch die wirren Locken.

Lina klemmte die Hände unter ihre Oberschenkel, damit sie sich nicht selbstständig machten und in Fabios Haaren wuselten.

»Als ich fünf Jahre alt war, hatte ich immer Schiss vor Gespenstern und Ungeheuern. Meine Oma hat mir ein Holzschwert geschenkt. Sie sagte: ›Mein Junge, biete den Geistern die Stirn. Verjage sie, dann können sie dir nichts anhaben. Mach alle Fenster und Türen weit auf. Stell dich auf dein Bett und ruf so laut, wie du kannst:

Monster und Gespenster,
kommt durch mein Fenster
und durch meine Tür.

Ich teile euch durch vier.
Ich reiße euch in Stücke
so klein wie eine Mücke.‹«

Fabio sah Lina so feierlich an, als hätte er ihr die Lösung für all ihre Probleme geliefert. »Und ich versichere dir: Ab diesem Zeitpunkt hat sich nie wieder ein Monster in mein Zimmer getraut. Sogar die Mücken haben einen Bogen um mich gemacht.«

Lina stellte sich den kleinen Fabio vor, wie er im himmelblauen Schlafanzug auf seinem Bett auf und ab hüpfte und mit dem Holzschwert wild entschlossen herumwedelte. Er war bestimmt ein süßes Kind gewesen. Und seine Kinder würden genauso niedlich aussehen wie er, wenn nicht …

»Und wo kriege ich auf die Schnelle ein Holzschwert her?«, fragte sie, um sich von dem verstörenden Tagtraum abzulenken.

»Ich schenke dir meins«, erwiderte Fabio. »Alternativ kannst du bei mir schlafen. Dann beschütze ich dich höchstpersönlich.«

»Wir schlafen einfach gar nicht«, stellte Lina rasch klar – beziehungsweise der Teil ihres Ichs, der verzweifelt versuchte, die Kontrolle zu behalten.

»Nun, dann haben wir ja genug Zeit, um uns unseren Sozialstudien zu widmen.« Fabio lehnte sich etwas vor und warf einen prüfenden Blick in eine der unteren Wohnungen. Ein Mädchen von vielleicht sechzehn Jahren saß mit angewinkelten Beinen auf der Fensterbank und tippte in ein Smartphone.

»Ich habe ihn getötet«, sagte Fabio mit Grabesstimme.

»Was?«, kreischte Lina. »Wen?«

»Schschsch, du weckst noch alle auf. Ich lese nur vor, was Leonie ihrer Freundin Antonia textet.«

»Ach so.« Lina hüstelte verlegen. »Bitte, fahr fort.« Sie machte eine galante Handbewegung, um ihn zum Weiterreden zu ermuntern.

»*Du hast Daniel umgebracht?*« Fabio verzog das Gesicht wie in Edvard Munchs »Der Schrei«.

»Ähm«, machte Lina verwirrt.

»Antonia nutzt gerne Emoticons.«

»Lass sie bitte weg. Das ist mir zu gruselig.«

»*Nicht Daniel. Seinen Goldfisch,* antwortet unsere Freundin hier am Fenster.«

»*Echt? Das ist spooky*«, übernahm Lina die Rolle der Antonia.

»*War'n Scherz. Habe Maxi in die Freiheit entlassen. Er ist auf dem Weg in die Nordsee.*«

»*Hoffentlich wird er nicht von einer Kegelrobbe oder einem Kormoran gefressen*«, textete Lina.

»Tss, du glaubst doch nicht im Ernst, dass Antonia kurz vor Mitternacht über die Fressfeinde kleiner Fische sinniert?«

»Also gut.« Lina strich sich über die Wange. »*Hast du die Voodoo-Puppe?*«

»Nice«, sagte Fabio und nickte anerkennend. »Obwohl ich an dieser Stelle anmerken muss, dass im Voodoo meist weiße Magie verwendet wird.«

»Ich warte auf meine Antwort.« Lina trommelte ungeduldig mit den Fingern auf der Lehne.

»*Die Püppi ist hier, fertig und startklar. Voll eklig, Daniels Haare aus meiner Bürste zu fummeln.*«

»*Vor 'ner Woche konntest du nicht genug an ihm rumfummeln. Grins.*«

»Da hat er auch noch nicht mit Julia rumgeknutscht.«

»Tja, Jungs.«

»Was heißt hier: Tja, Jungs?«, empörte sich Fabio.

»Cut!«, rief Lina. »Fabio, Sie müssen sich an Ihre Rolle halten.«

»Im Ernst, glaubst du wirklich, Männer können nicht treu sein?«, erwiderte Fabio, ohne auf ihren Kommentar einzugehen.

Lina überhörte seine ernst gemeinte Frage und tippte in ihr imaginäres Smartphone: *»Alle Jungs sind doof, außer Justin Bieber. Der ist soooo süß.«*

»Hilfe. Ich verlasse die Bühne. Teenager-Dramen bin ich nicht gewachsen.« Fabio formte ein T für Time-Out.

»Gewonnen!«, feierte Lina. »Okay, jetzt ich.« Sie klatschte begeistert in die Hände.

»Hm, mal sehen.« Lina tippte mit dem Zeigefinger gegen ihre Lippen, während sie das nächste Opfer aussuchte. Fabio lehnte sich zufrieden zurück. Zu zweit machte das Spiel mehr als doppelt so viel Spaß. *Das sollten wir bald mal wiederholen.* Wie auf Kommando krampfte sich sein Magen zusammen.

»Perfekt«, freute sich Lina und riss ihn damit aus seiner düsteren Stimmung. »Darf ich vorstellen? Das ist Jonathan Meier, vierzehn Jahre.« Sie präsentierte ihren Protagonisten im vierten Stock links, indem sie mit Daumen und Zeigefinger einen winzigen Bildschirm formte. In dessen Zentrum saß ein schmächtiger Junge mit akkuratem Seitenscheitel, rot kariertem Hemd und schief sitzender Brille vor einem Computerbildschirm.

»Bereit?«, fragte Lina und trampelte ungeduldig mit den Füßen.

»Go ahead!«

Lina legte die Hände muschelförmig vor den Mund, sodass ihre Stimme seltsam verzerrt klang. *»Sergei, hier Jon. Codewort: Borscht. Baupläne des A380 sind unterwegs. Schaffe es vor dem Wochenende nicht ins arabische Konsulat, Französisch-Vokabeltest.«* Sie machte eine bedeutungsschwere Pause, als lese sie die Antwort. *»Bloody hell, dass der KGB immer so 'n Stress machen muss. Die kriegen doch ihre Dokumente, aber zuerst muss ich unregelmäßige Verben lernen. Dass die das nicht begreifen«*, zeterte Lina alias Jonathan.

Fabio krümmte sich vor Lachen. »Lina, ganz ehrlich. Die Geschichte ist echt absurd.«

Lina schob gespielt beleidigt die Unterlippe vor. »Aber Bibergeil ist total nah an der Realität?«

»Wieso? Das trinkst du doch jeden Morgen als Teeaufguss, oder? Ach nein, das war ja Pfefferminze.« Er schlug sich gegen die Stirn. »Riecht aber wie Biber ganz hinten«, murmelte er wie zu sich selbst.

Lina boxte ihm gegen den Oberarm.

»Aua. Jetzt hör mal gut zu und lerne vom Meister: Unser lieber Jonathan macht gerade die letzten Berechnungen, die er für die Fertigstellung seiner Zeitmaschine braucht. Gleich morgen nach der Schule wird er in Papas Garage stürmen und den Antimaterie-Generator zu Ende bauen.«

»Dann sollten wir uns lieber in Sicherheit bringen«, lachte Lina.

»Oder wir melden uns freiwillig als Testpersonen.«

»Wohin würdest du reisen, wenn du so eine Maschine hättest? Zukunft oder Vergangenheit, ins Mittelalter oder lieber in die Steinzeit?«, fragte sie neugierig.

Ja, was wäre, wenn, dachte Fabio. Nur zu gern würde er die Zeit zurückdrehen, würde mit Lina ganz von vorne beginnen. Aber hätte er sie dann überhaupt kennengelernt? Vielleicht hätte das Schicksal sie auf der Straße zusammengeführt. Nur, hätte er sich ohne diese scheußliche Wette überhaupt für sie interessiert? Er schüttelte den Kopf. Selbst eine Zeitmaschine konnte sein Problem nicht lösen.

»Lieber nicht. Ich bin gerne in der Gegenwart. Besonders in deiner.« Die letzten Worte hatte er fast geflüstert. Lina sah ihn mit einer Mischung aus Unglauben und Erleichterung an. Ein leises Lächeln umspielte ihre sanft geschwungenen Lippen. Langsam strich er mit der Hand über ihren Hals. Kaum merklich lehnte Lina sich zu ihm. Ihre Augen suchten die seinen. Wie einen kostbaren Schatz bettete er ihr Gesicht in seine Hände, spürte ihre weiche Haut unter seinen Fingerspitzen. Er wollte sie berühren, sie ganz spüren, sie fest an sich drücken und nie wieder gehen lassen. Sein Herz hämmerte hart gegen seinen Brustkorb. Ihr süßer Atem strich über seine Wange, umnebelte seinen Verstand. Ihre Lippen trafen sich, fanden einander in einem ersten, federleichten Kuss. Sie schmeckte nach Himbeeren und Sommernacht. Nie wieder wollte er etwas anderes kosten.

War es Traum oder Wirklichkeit? Lina konnte es nicht sagen. Sie schwebte durch Raum und Zeit, jeglicher Orientierung beraubt. Wo hörte sie auf? Wo fing er an? Sie waren wie ein Wesen. Ihr Körper fühlte sich wunderbarseltsam fremd an: In jeder Faser pulsierte das Glück, auf ihrer Haut kribbelte die Liebe, und in ihrem Inneren tobte die Leidenschaft.

Als sie sich nach einer Ewigkeit voneinander lösten, waren die Lichter im Hinterhof längst verloschen. Es musste spät in der Nacht sein. Fabio hatte den Arm um sie gelegt, und sie kuschelte sich behaglich an seine Brust. Dicht neben ihrem Ohr hörte sie das leise Ticken seiner Uhr. Das Geräusch bohrte sich wie ein scharfes Messer in ihren Kopf, brachte sie in die Wirklichkeit zurück. Ihre Stunden waren gezählt. Wie viel Zeit blieb ihnen noch? Was würde morgen geschehen? Sie konnte Fabio nicht gehen lassen, wollte bei ihm bleiben. Egal, wie viel – oder wie wenig – Zeit ihnen vergönnt war.

»Bitte, lass mich dich in der Klinik besuchen«, flüsterte sie. »Ob du wach bist oder schläfst, ich möchte deine Hand halten.«

»Lina, ich …« Fabios Stimme versagte. »Du hattest doch morgen etwas vor?«, lenkte er ab.

Die Enttäuschung brannte heiß in ihrem Bauch, schnürte ihr die Kehle zu. Er wollte sie nicht wiedersehen. War das alles nur ein großer Spaß, ein netter Tagestrip, nicht mehr als kurzweilige Unterhaltung? Abrupt richtete sie sich auf.

»Ich verteidige meine Promotion um neun Uhr dreißig.«

»Du machst *was?*« Fabios Stimme klang schrill. Fassungslos starrte er sie an. »Warum erzählst du mir das erst jetzt? Wir haben den Tag und die halbe Nacht durchgemacht. Das ist doch irre. Du hättest dich vorbereiten müssen. Gott, du musst ausgeschlafen sein.« Er stand hastig auf und zog sie mit sich hoch.

Lina rieb sich die Stirn. Fabio verwirrte sie. Auf der einen Seite wies er sie zurück, und auf der anderen Seite machte er sich Sorgen um ihre Karriere.

»Was ist das schon, verglichen mit deiner Operation.«

Fabio schluckte. Er sah verlegen, fast beschämt aus.

Linas Herz wurde weich, und sie griff seine Hand. »Es ist okay. Ich bin schon groß, ich kann das selbst entscheiden«, versuchte sie ihn zu beruhigen. Sie wollte nicht, dass er ihretwegen Schuldgefühle hatte.

»Nichts ist okay!«, fauchte er ungehalten.

Lina zuckte zurück. Aus seinen überraschenden Stimmungsschwankungen wurde sie einfach nicht schlau.

»Du musst ins Bett. Sofort!«

2:05 Uhr

Du Vollpfosten! Fabio kickte eine Bierdose vom Gehweg. Scheppernd landete sie im Rinnstein. Das Geräusch hallte unnatürlich laut durch die nächtliche Stille. Und das war nichts gegen den Aufruhr, der in seinem Inneren herrschte. Am liebsten hätte er losgeschrien und irgendetwas kurz und klein geschlagen.

Er hatte Lina auf dem Gewissen. Ihre Gefühle. Ihre Karriere. Und er konnte nichts tun, um es wiedergutzumachen. Er würde ihr alles beichten. Sie würde ihn für immer hassen. Nach ihrer Prüfung.

Jetzt hieß es Schadensbegrenzung betreiben. Wenn das überhaupt noch möglich war. Sie musste sich ausruhen, Kraft tanken. Zu gern würde er sie am Morgen in die Uni bringen, ihr Glück wünschen und im Hörsaal mitfiebern. Aber das durfte nicht sein. Sie wäre abgelenkt, würde sich fragen, warum er dort und nicht im Krankenhaus war. So, wie er Lina kennengelernt hatte, würde sie sich mehr Sorgen um ihn als um ihre Präsentation machen.

»Nur noch um die Ecke«, unterbrach Lina seine Gedanken.

Dann waren sie da. Dort, wo alles begonnen hatte. Hier war er in sie hineingelaufen. Direkt vor Niks Haus.

»Hey, du Schwerenöter!« Die Stimme seines Freundes klang schleppend.

Shit, was machte der denn so spät hier? »Hi, Nik. Kommst du von Isabelles Party?« Fabio trat unbehaglich von einem Bein auf das andere.

»Hmm«, machte Nik und musterte Lina interessiert. »Niedlich, die Kleine«, nuschelte er. »Hups.« Sein massiger Körper wankte bedrohlich, und er stützte sich an der Hauswand ab.

Fabio stöhnte. Wurde Zeit, dass sie hier verschwanden. »Also, bis die Tage. Wir müssen los.« Er packte Lina am Arm und wollte sie mit sich ziehen.

»Und, liebst du ihn?«, fragte Nik an Lina gewandt. Er studierte eingehend ihre Gesichtszüge. Dann lachte er schallend los. »Respekt, Dicker. Du hast sie also rumgekriegt.«

Lina blickte verstört von Fabio zu Nik und zurück. Fabio wich das Blut aus dem Kopf. *Verflucht noch mal!* Konnte dieser Dummkopf nicht den Mund halten?

»Hätte nicht gedacht, dass du die Wette gewinnst«, lallte Nik weiter. »Aber Fabio Dankert bekommt eben immer, was er will.« Er zuckte mit den Schultern und angelte in seiner Lederjacke nach dem Schlüssel. »Ich geh mal ins Bett.« Er drehte sich auf dem Absatz um und stocherte ein paarmal erfolglos neben dem Schlüsselloch herum, bevor der dunkle Hauseingang ihn verschluckte.

Fabio wagte es nicht, sich zu bewegen, als könne er so die Zeit einfrieren. Er bettelte um einen Moment: um seine Gedanken zu sortieren, die wild durcheinanderstoben, um einen Ausweg zu finden, um das Unvermeidbare abzuwenden.

Lina stand reglos neben ihm. Noch immer starrte sie auf die Stelle, wo Nik gerade verschwunden war. Auf ihrem Gesicht spiegelten sich Unglauben und Verständnislosigkeit.

»Eine *Wette?*«, fragte sie leise. Sie sah unfassbar verletzlich aus. Ihre Augen flehten ihn an. Ein stummes Gebet, dass alles nur ein schlechter Scherz war.

Er antwortete nicht. Jede Silbe schien ihm im Hals stecken zu bleiben. Als gäbe es keine Worte, um das zu beschreiben, was er getan hatte.

Sein Schweigen war ihr Antwort genug. »Warum?«

Weil ich ein selbstsüchtiges, erfolgsbesessenes Arschloch war.

»Wie viel ist mein Herz denn wert? Fünfzig Euro? Hundert?« Das Strahlen, das ihn den ganzen Tag begleitet hatte, verblasste. Ein harter Zug umspielte ihre Lippen.

»Lina, bitte. Können wir später darüber sprechen? In Ruhe, nach deiner Präsentation.« Er wollte ihre Hand nehmen, aber sie wich zurück.

»Später also. Morgen vielleicht oder übermorgen?« Sie sah ihn forschend an. »Es gibt keine Krankheit, richtig? Kein Gefäßknäuel, keine OP?«

Diese ruhige Analyse seines Verrats war unerträglich. Würde sie ihn doch anschreien, mit Fäusten auf ihn einschlagen. Alles wäre ihm lieber gewesen als diese vernichtende Ruhe. Diese fast lautlose Enttäuschung.

»Es tut mir leid.« Er fühlte, wie etwas seinen Hals zuschnürte.

»Alles nur ein Witz, ein großer Klamauk für kleine Jungs.« Sie schüttelte den Kopf, als könne sie den Sinn ihrer eigenen Worte nicht verstehen.

»Der Tag war echt«, flüsterte Fabio. Seine Augen brannten, und der Kloß in seinem Hals drückte schmerzhaft auf seine Stimmbänder. »Alles, was wir geteilt haben: jedes Lächeln, jede Berührung, jeder Kuss. Lina, ich will dich nicht verlieren.«

Lina hörte ihm schweigend zu. In ihren Augen schwammen Tränen. Schützend schlang sie die Arme um ihren Körper. »Leb wohl, Fabio«, sagte sie mit erstickter Stimme. Dann wandte sie sich um und ging fort. Ohne sich noch einmal umzudrehen.

Fabio sah ihr nach. Da, wo sie gerade noch gestanden hatte, klaffte ein Loch. Die Leere tat ihm körperlich weh. Etwas Heißes tropfte auf seine Wange. Das letzte Mal hatte er vor über zehn Jahren geweint. Mit jeder Träne wurde der Druck in seinem Hals besser, aber das Stechen in seinem Herzen blieb.

4:58 Uhr

Sie hatte sich zweimal die Zähne geputzt und vier Tassen Kamillentee getrunken. Die Fakten lagen unanfechtbar auf dem Tisch. Leicht zu verstehen, über jeden Zweifel erhaben. Und trotzdem konnte sie es nicht begreifen.

Stunde um Stunde war sie durch die dunkle Wohnung gelaufen, hatte jede Minute des Tages analysiert und in ihrer Erinnerung nach Hinweisen gesucht. Irgendetwas, das sie in ihrer naiven Verliebtheit übersehen hatte. Bilder, Gefühle, Dialoge wirbelten durch ihr müdes Hirn. Sie hätte auf Hanna hören sollen. Oder sich fragen, wie er mit einer tickenden Zeitbombe im Kopf durch halb Hamburg joggen konnte. Und wieso hatte sie einfach geschluckt, dass er niemandem von der Erkrankung erzählt hatte? Konnte man denn so was überhaupt verheimlichen? Sie schüttelte resigniert den Kopf: Liebe schien tatsächlich blind zu machen – egal, ob nun mit oder ohne Brille. Sie hätte sich doch an ihr Naturgesetz Nummer eins halten sollen: Jungs interessierten sich nicht für sie.

Ihr Kopf schmerzte, ihre Seele war eine blutende Wunde, und ihr Körper bettelte um ein wenig Ruhe. Pommes, ihr Stoffhase, sah sie traurig an.

»Komm her, Süßer«, flüsterte Lina und zog geräuschvoll die Nase hoch. »Du und ich, wir schaffen das schon.« Sie drückte das Kuscheltier fest an sich und ließ sich auf ihr Bett fallen. »Weißt du, was das Schlimmste ist? Ich hatte ihn echt gern.« Schluchzend vergrub sie ihr Gesicht in den Kissen.

»Wen?«

Lina schreckte hoch. Sie hatte angenommen, dass sie allein in der WG wäre. Wenn Pia in der Wohnung war, hörte man das nämlich, egal um welche Uhrzeit: ohrenbetäubendes Heavy Metal, das Klappern von Töpfen, lautes Lachen oder alles zusammen. Timo hingegen schlief für gewöhnlich tagsüber, und nachts war er meist auf merkwürdigen Partys. Wenn er nicht endlose Zahlenreihen und Symbole in seinen Computer hackte oder Außerirdische jagte, so wie gestern.

Gott, war das wirklich erst gestern gewesen? Ihr Ausraster wegen der *Discovery*, die Panik, nur weil ihr wohldurchdachter Plan nicht aufgehen wollte. Lina schüttelte den Kopf. Das war alles so belanglos im Vergleich zu …

»Und?« Pia trommelte ungeduldig auf den Türrahmen.

Lina setzte sich auf. »Das geht dich nichts an.«

Pia ließ sich mit einem Seufzer auf Linas gelben Sessel fallen. Wie so oft trug sie nur ein knappes Höschen und ein fast transparentes Top. Pia studierte Psychologie und war nicht ihre Freundin. Mehr wusste Lina von ihrer Mitbewohnerin nicht. Und das nach fast einem Jahr. Traurig. Ihr Leben bestand nur aus Arbeit – was für eine bemitleidenswerte Einöde. Ihr Kalender hatte also doch recht gehabt. Wieso hatte sie das nicht früher bemerkt? Schon wieder rannen ihr die Tränen über die Wangen.

»Hör mal zu.« Pia gähnte. »Ich muss morgen früh Statistik nachschreiben, hüte am Nachmittag drei wild gewordene Kleinkinder und habe um Punkt acht ein heißes Date. Wenn du die ganze Nacht schniefend durch die

Wohnung tapst und mich bei meinem absolut lebensnotwendigen Tiefschlaf störst, geht es mich sehr wohl etwas an.«

»Tut mir leid.«

»Schon okay.« Ihre Mitbewohnerin zog sich Linas hellblaue Häkeldecke über die nackten Beine. »Was riecht hier eigentlich so grässlich? Ist das Fenchel?«

»Kamillentee.«

»Bäh. So, wie du aussiehst, brauchst du keinen Kräuteraufguss, sondern ein vernünftiges Glas Rotwein.« Sie hüpfte aus ihrem Kuschelnest und verschwand im dunklen Flur.

»Hat der Wolf also doch gegen den Holunder gepinkelt«, hörte Lina sie aus der Küche rufen.

»Ich hätte dir die Schuhe einfach geben sollen.«

»Ach, was. Du glaubst doch nicht ernsthaft an indianische Mystik.« Pia kam mit einer Flasche Dornfelder zurück.

»Ehrlich gesagt weiß ich überhaupt nicht, was ich noch glauben kann«, wisperte Lina.

»Das werden wir rausfinden.« Ihre Mitbewohnerin reichte ihr ein randvoll gefülltes Glas. »So, ich bin ganz Ohr. Welcher Idiot hat dir das Herz gebrochen?«

11:32 Uhr

»Das sind wirklich beeindruckende Resultate, Frau Nyberg.« Der Tumorbiologe aus Marburg sah sie über den Rand seiner Brille hinweg an.

Lina lächelte matt. »Danke.« Seit fast zwei Stunden stand sie vor dem Gremium, präsentierte ihre Forschungsarbeit und beantwortete souverän jede Frage. Obwohl sie kaum geschlafen hatte, fühlte sie sich fit und ausgeruht. Unglaublich, was Adrenalin alles bewirken konnte. Der menschliche Körper war ein Phänomen. Er konnte Verletzungen und Krankheiten heilen, sich an Extreme anpassen, über sich selbst hinauswachsen. *Und er wird auch meine Wunden heilen.*

»Würden Sie uns bitte einen Ausblick geben? Einen Vorschlag, wie Ihre Grundlagenforschung in der Praxis Anwendung finden könnte?«, fragte die Oberärztin der Onkologie.

»Es gibt Hinweise, dass AMT-Hemmer den RC-19 blockieren und so die Migration von Tumorzellen eindämmen können.« Linas Stimme klang fest. Wie immer, wenn sie in einer mündlichen Prüfung stand, spürte sie eine leichte Übelkeit. Aber ihre Hände waren warm und trocken, ihr Puls war nur minimal erhöht, und beide Beine standen fest auf dem Boden. Keine noch so bohrende Frage brachte sie aus der Ruhe. Sie lächelte, machte sogar einen kleinen Scherz. Das hier war ein Klacks, verglichen mit dem freien Fall, den sie vor wenigen Stunden erlebt hatte. »Dieses Phänomen ist bislang nur im Mausmodel beschrieben worden, aber da AMT-Hemmer seit Jahren etablierte Medikamente sind, wäre eine klinische Studie durchaus denkbar«, beendete sie ihre Ausführungen.

Die Onkologin nickte anerkennend. »Das klingt vielversprechend. Despora zum Beispiel. Wir geben es gern bei Pneumonien. Selbst bei immunsupprimierten Patienten wirkt es zuverlässig. Es erreicht sogar in abgekapselten Herden eine gute Wirkstoffkonzentration und ist vergleichsweise nebenwirkungsarm. Bisher haben wir den Effekt auf Tumorwachstum und -ausbreitung nicht untersucht, aber das sollten wir unbedingt tun.« Sie lächelte Lina an und machte sich ein paar Notizen auf dem Handout, das die Präsentation zusammenfasste.

Lina wollte sich freuen. Aber ihr Glückszentrum war geschlossen, ihr Lächeln nichts weiter als ein lahmes Muskelzucken. Eigentlich hatte sie sich das immer gewünscht. Forschung und Klinik, Hand in Hand. Und sie hatte ein Puzzleteil geliefert, das vielleicht todkranken Menschen helfen konnte. Wirklich todkranken. Sie schluckte die Bitterkeit hinunter, die in ihrer Speiseröhre aufstieg.

»Bevor Sie mir die junge Dame abwerben, möchte ich ihr ein Angebot unterbreiten«, sagte Professor Wolfgang Harsbach. Der Dekan war ein kleiner, dicklicher Mann mit rotem Gesicht und immer lächelnden Augen, der sie stark an ihren Großvater erinnerte. »Wir haben eine neue Kooperation mit der Universität in Gdańsk. Professor Kowalski hat Ihre Arbeiten mit großem Interesse verfolgt und hätte Sie gern in seinem Team.«

Lina zupfte an ihrem Ohrläppchen. *Professor Kowalski, Gdańsk.* Irgendwo hatte sie den Namen schon mal gehört. War das nicht der Autor von dem Artikel über CXCL12, den sie kürzlich gelesen hatte, oder kannte sie den Namen im Zusammenhang mit der Arbeitsgruppe, die sich mit der GPCR Aggregation befasste?

»Sie bestimmen, für wie lange«, unterbrach der Dekan ihre Überlegungen. »Ich hatte zunächst an ein Forschungsjahr gedacht.«

»Entschuldigen Sie, wenn ich mich einmische, lieber Wolfgang.« Linas Chef hatte bis zu diesem Moment ruhig zugehört. Jetzt setzte er sich auf und tippte mit der Spitze seines Bleistifts auf den Tisch. Lina kannte diese Geste. Karsten war nicht einverstanden. Ganz und gar nicht.

»Lina ist eine unserer besten Wissenschaftlerinnen ...«

»Genau deshalb frage ich sie ja«, fiel ihm der Dekan ins Wort.

»Dürfte ich bitte ausreden, danke.« Das Lächeln auf Karstens Lippen erreichte seine Augen nicht. »Bei allem Respekt, aber Lina gehört nicht nach Gdańsk. Wenn ich sie schon gehen lassen muss, dann in das Dana-Farber Cancer Institute in Boston.«

»Karsten, ich verstehe Ihren Unmut. Aber wir müssen unserer Partnerschaft mit der Universität Gdańsk Leben einhauchen. Die pharmakologische Fakultät hat einen hervorragenden Ruf, und Lina würde sich dort sehr gut machen.«

»Lina macht sich überall gut.« Karstens Halsschlagader war bedrohlich angeschwollen. »Die Frage ist, was gut für Lina ist. Steven Brown ist ein enger Freund von mir. Lina könnte in Boston ...«

Boston, Gdańsk ... Das Streitgespräch der beiden Akademiker, ein beherrschtes Kräftemessen mit logischen Argumenten, plätscherte an ihr vorbei. Sollte sie den schnurgeraden Weg weitergehen oder abbiegen, auf eine alternative Route, von der sie nicht wusste, wohin sie sie führen würde? Lina rieb sich die Stirn, versuchte, die einsetzende Erschöpfung zu vertreiben.

Was ist das Ziel? Bis jetzt schien das nicht wichtig, war sie einfach ihren Interessen gefolgt, ohne den Anstieg ihrer Karriereleiter zu berechnen. Ihre Mutter, Karsten, selbst Rita, seine Sekretärin, sahen in ihr eine angesehene Professorin, irgendwann bald, in naher Zukunft. Ihr Bruder hingegen spekulierte auf eine eigene Biotech-Firma mit Lina als kreativem Kopf. Ihr selbst war es immer um die Sache an sich gegangen, nicht um Titel, Anerkennung oder Geld. Darum, die Komplexität der menschlichen Biologie zu verstehen, neue Medikamente zu entwickeln. Dafür brannte sie, das allein hatte sie bisher erfüllt und glücklich gemacht. Aber reichte das für den Rest des Lebens aus? Seit gestern war sie sich nicht mehr so sicher. Schon Hunderte Male war sie vor dem Chromatografen auf und ab gehüpft, hatte eine Pirouette auf dem Drehstuhl vollführt, wenn SPSS eine Signifikanz ausspuckte. Aber das war nichts im Vergleich zu dem kribbeligen, krabbeligen, kitzeligen, prickelnden, schillernd-glänzenden Gefühl von Leben, das sie vor wenigen Stunden noch gespürt hatte. Noch immer konnte sie diese wilde Mischung aus Glück, Freiheit und purer Energie auf ihren Lippen schmecken. Das würde sie nicht vergessen, das wollte sie nicht missen. Sie würde danach suchen, es finden, festhalten und nie mehr loslassen.

»Danke, Karsten«, unterbrach Lina ihren Mentor.

»Aber …« Ihre Hände umklammerten die Lehne eines Stuhls. Ihr Verstand wusste, dass Karsten recht hatte. Dass es der logische Schritt wäre, nach Boston zu gehen. Aber war es klug, immer vernünftig zu sein?

Lina räusperte sich in die erwartungsvolle Stille. Was auch immer Gdańsk für sie bereithielt: Alles war besser, als so zu verharren. Hier, in ihrer alten Welt mit dem neuen Schmerz und der unverhofften Sehnsucht.

»Professor Harsbach, ich nehme Ihr Angebot an.«

Karstens Bleistift bohrte sich in seinen Notizblock. Lina ließ den Stuhl los und drückte ihr Rückgrat durch. »Ich gehe nach Gdańsk.«

17:03 Uhr

»Was is'n hier los?« Pia ließ den Rucksack fallen und kickte ihre Flip-Flops in die Ecke.

»Ich gehe.«

»Wohin?«

»Nach Gdańsk.«

»Nein.«

»Doch.« Linas Entschluss stand fest. Schon in zehn Tagen wurde sie in Polen erwartet. Bis dahin würde sie nach Stockholm fahren, ihre Großeltern besuchen und sich um Minnie, die Zwergpudeldame ihrer Tante, kümmern. Sie brauchte Abstand, musste weg, weit weg. Und zwar sofort.

»Wo is'n das? Sibirien oder so? Gehst du jetzt freiwillig ins Exil? Wegen eines Typen? Lina, du spinnst.« Pia tigerte auf dem naturbraunen Sisalteppich auf und ab.

»Gdańsk liegt in Polen und nicht in Russland. Und ich gehe nicht ins Arbeitslager, ich mache dort ein Forschungsjahr.«

»Och Lina, das ist doch Scheiße. Gerade jetzt, wo es so nett wird.« Pia schob ihre Unterlippe vor.

»Ich kriege hier keine Luft mehr.«

»Überleg es dir noch mal. Wir könnten Timos Socken verstecken und ihm einen Stinkkäse unters Bett schmuggeln, bei den Schmidt-Kleinerts Zahnpasta an die Klinke schmieren, uns die Fußnägel gegenseitig lackieren, fünfstöckige Torten backen. Es gibt noch so viel zu tun.«

Lina musste unwillkürlich kichern. Schade, dass sie Pia nicht schon früher besser kennengelernt hatte.

»Komm her, Süße.« Pia breitete die Arme aus.

»Tu das nicht.« Linas Kinn zitterte.

»Dieses Amöbenhirn. Ich könnte ihn eigenhändig … *grmpf*«, schimpfte sie in Linas Kragen. »Wegen diesem Vollhonk verliere ich eine saucoole Mitbewohnerin. Das ist nicht fair.«

Jetzt kullerten sie doch. Der heiße, nasse Beweis, wie tief der Schmerz saß. Lina wollte etwas sagen, aber ihre Stimmbänder versagten ihren Dienst.

»Schon okay. Ich weiß, dass du das jetzt tun musst.« Pia strich ihr über den Rücken. »Auch wenn ich es nicht gut finde.«

»Kennst du 'n Fabio?« Timo stand plötzlich in ihrer Zimmertür. Ohne anzuklopfen, nur bekleidet mit Boxershorts.

»Fabio?«, krächzte Lina fast unhörbar. Ihr Herz krampfte sich zusammen, bevor es hart gegen ihre Rippen hämmerte.

»Oder so ähnlich«, gähnte Timo und lehnte sich gegen den Türrahmen.

»Na, der hat ja Nerven«, knurrte Pia.

Lina wischte sich mit dem Ärmel ihrer Bluse die Tränen von den Wangen. Für einen winzigen Moment, so flüchtig wie der Flügelschlag eines Schmetterlings, hatte sie das Gefühl, dass diese Geschichte noch nicht zu Ende war. Sie warf das Shirt, das sie gerade in den Koffer packen wollte, von einer Hand in die andere. Hin und her, her und hin.

Ihr Kopf war leer. Doch, dieses Märchen war vorbei. *Ohne Happy End, aber vorbei.*

»Nein.« Sie schmiss das Kleidungsstück zu den anderen, die sorgsam übereinandergestapelt im Trolley lagen. Weder Karsten noch Pia und schon gar nicht Fabio würden ihren Plan durchkreuzen. In den vergangenen Stunden hatte sie alles Notwendige organisiert. Ihr Schreibtisch war ausgeräumt, aktuelle Projekte waren an Kollegen weitergeleitet, die Schlüssel im Sekretariat abgegeben, und den Optiker hatte sie gebeten, die neue Brille an die Adresse ihrer Eltern zu senden. In einer Stunde ging ihr Zug nach Stockholm.

»Dich kennt hier keiner, du Vollpfosten. Weißt du eigentlich, wie spät es ist? Fünf Uhr an einem Freitag. Das fällt unter den Begriff Körperverletzung. Mach das noch einmal, und ich hole die Bullen.« Er legte auf und grinste. »Der ruft so schnell nicht wieder an.«

»Pff, was war das denn?« Pia verdrehte die Augen. Bis auf die Vorliebe, in Unterwäsche durch die Wohnung zu laufen, hatten Timo und sie nicht viel gemeinsam.

Timo kratzte sich zwischen den Beinen. »Ich leg mich wieder hin«, nuschelte er und warf Lina das Telefon zu. »Hier, ich will nicht gestört werden.«

»Igitt«, kreischte Pia.

Lina fing den Hörer mit spitzen Fingern auf.

»Lass mich nicht mit diesem Freak allein«, bettelte ihre Mitbewohnerin.

»Keine Sorge, die Nichte von Tanja, unserer Laborleitung, fängt zum Wintersemester mit ihrem Medizinstudium an. Und sie sucht dringend ein Zimmer.«

»Medizinstudentin, pah. Die hockt doch nur über ihrem Anatomieatlas.« Pia verschränkte trotzig die Arme.

Geteilter Liebeskummer, eine durchwachte Nacht und eine Flasche Rotwein schweißten schneller zusammen, als Lina es je für möglich gehalten hatte.

»Also auch so eine arbeitswütige Spaßbremse wie ich. Du wirst keinen Unterschied spüren«, versuchte sie ihre neue Freundin aufzumuntern.

»Kommst du zurück?«

»Ja.« *Vielleicht.*

Fabio knallte den Hörer frustriert auf den Tisch. Hatte dieser Depp ihn verarscht? Oder weigerte Lina sich, mit ihm zu reden? Um seine Brust legte sich ein eiskalter Ring. Die Vorstellung, dass er sie vielleicht nie wiedersehen würde, war unerträglich. Bestimmt war die Nummer, die er sich so mühsam besorgt hatte, doch falsch, versuchte er sich zu beruhigen. Und wenn nicht? Wieso überhaupt hatte ein Kerl abgenommen? Wohnte sie etwa mit diesem Spinner zusammen? Waren sie ein Paar? Eine düstere Hitze brannte in seinem Magen. Hastig riss er das Fenster auf und atmete tief durch. Nein, Lina hatte ihn nicht angelogen. Bis gestern hatte es noch niemanden in ihrem Leben gegeben. Aber was, wenn sie sich jetzt an der Schulter eines anderen ausweinte? Lennard würde sie sicher zu gern trösten. Oder diese Pappnase, die ihn gerade am Telefon abgewürgt hatte.

Er donnerte das Fenster härter als beabsichtigt wieder zu. In den vergangenen sieben Stunden hatte er ununterbrochen versucht, sie zu finden, sie irgendwie zu erreichen. Nachdem Lina im Dunkel der Nacht verschwunden war, hatte er seine Wut und den Schmerz in Rotwein und Whiskey ertränkt und war zu Hause unter dem alten Kirschbaum eingeschlafen. Sein Vater hatte ihn am frühen Morgen dort gefunden. Er hatte ihm einen Kaffee in die Hand gedrückt und ihn hinauf in die kleine Zweizimmerwohnung unter dem Dach geschickt, die er seit dem Studium bewohnte. Keine Vorwürfe, kein Streit. Diese Nichtachtung tat noch mehr weh als die permanente Kritik. Um seine Aggressionen loszuwerden, war er zwei Runden um die Alster gejoggt. Und dann hatte er angefangen zu suchen.

Die Ernüchterung kam schnell. Lina. Lina wer? Er kannte nicht einmal ihren Nachnamen, geschweige denn ihre Telefonnummer oder E-Mail-Adresse. Warum hatte er sich den Namen auf dem Klingelschild nicht gemerkt, während sie drinnen ihre Ersatzbrille gesucht hatte? Die Antwort zwiebelte wie ein Tritt vors Schienbein: weil es ihn nicht interessiert hatte, weil *sie* ihn gestern, kurz nach zehn, nicht interessiert hatte, sondern nur die Wette.

Er hatte lange vor ihrem Haus gestanden und alle zehn Knöpfe durchgeklingelt. War beschimpft und abgewiesen worden. Hatte es nicht mal ins Treppenhaus geschafft. Es war, als zahle ihm das Schicksal seinen Verrat tausendfach heim. Er hatte auf der Webpage der Universität gesucht und wissenschaftliche Publikationen gegoogelt. Ohne Erfolg.

Gerade hatte er wieder einmal seinen armen Schreibtisch mit der Faust malträtiert, als Nik ihm eine Nachricht schickte: *Der Hunni wartet. Tasse kolumbianischen Straßendrecks gefällig? Will Details hören. Isabelles Party war spitze. Kennst du eine Hanna?*

Hanna. Der Name bewegte etwas in ihm. Aber warum? Er sah die beiden lebhaft vor seinem inneren Auge. Wie sie nebeneinander im Schauspielhaus standen. Lina, die ihn anstrahlte, und Hanna, die ihre Lippen fest aufeinanderpresste. Eine, die ihn hasste, und eine, die ihn mochte. Gemocht hatte, verbesserte er sich. Er schüttelte energisch den Kopf, um aus der destruktiven Schleife zu entkommen und sich auf die Gegenwart zu konzentrieren.

Nonsens, wie sollte Hanna ihm helfen? Lina hatte ihr bei der kurzen Begegnung im Theater mit Sicherheit nicht ihren Nachnamen, Telefonnummer, E-Mail-Adresse und Geburtsdatum verraten. Außerdem würde Hanna ihn sowieso nicht unterstützen. Immer wieder hatte er ihre Arbeiten boykottiert, Gegendarstellungen geschrieben und die Qualität ihrer Hintergrundrecherche angezweifelt: laut, öffentlich, in Seminaren, im gut gefüllten Audimax, vor Professoren und Kommilitonen. Er hatte keine Gelegenheit verstreichen lassen, um sie vorzuführen und ihre Kompetenz infrage zu stellen. Nein, Hanna war verbrannte Erde. Und doch ließ ihr Name ihn nicht los. Fabio tigerte unruhig auf und ab. Irgendetwas übersah er. Abrupt blieb er stehen.

Natürlich. Hannas Bruder Felix arbeitete in der Pharmakologie. Wenn Lina dort promovierte, war sie wissenschaftliche Mitarbeiterin im Institut. Felix musste sie kennen, schließlich waren sie Kollegen, ganz bestimmt, wahrscheinlich, vielleicht, hoffentlich.

Fabios Finger hatten gezittert, als er Hannas Nummer gewählt hatte. Eine Stunde später hatten sie sich im Bennys getroffen. Hanna war skeptisch gewesen, hatte sich seine Entschuldigung aber ruhig, mit verschränkten Armen und drei Metern Abstand angehört. Dann hatte sie eingeschlagen. Und sich zu Fabios Überraschung bedankt. Dafür, dass sie durch ihn immer besser geworden sei. Dass sie schon beim Schreiben seine bissigen Kommentare im Hinterkopf gehabt hatte und jede Story Fabio-sicher geschrieben hätte. Dicht, wasserdicht, Fabio-sicher hatte sie konjugiert. Und dann hatten sie beide gelacht.

Felix hatte sich als clevere Informationsquelle herausgestellt. Er kannte Lina zwar nicht, aber er kannte jemanden, der jemanden kannte, der wiederum jemanden kannte, der … Und so hatte Fabio wenige Stunden später einen ausgefransten gelben Zettel in der Hand gehalten, auf dem *Malina Nyberg – 040 5857889* stand.

Und jetzt? Alles umsonst. Er pfefferte das Telefon in die Ecke. Seine letzte Hoffnung hatte an den zehn Ziffern gehangen. Er vergrub das Gesicht in seinen Händen. Lina war wie vom Erdboden verschluckt. Als hätte es sie nie gegeben. Als wäre alles nur ein Traum gewesen. *Ein wunderschöner Traum.*

September 2014 bis Juni 2015

20.09.2014, lina_nyberg@gmail.com, Inbox (56)
Hi Lina,
bist du gut im Nirgendwo gelandet?
Erzähl mal: Liegt Schnee? Durchwühlen Braunbären deine Mülltonne? Hast du dir schon eine Schapka gekauft?
Hier ist alles beim Alten: Schmidt-Kleinerts motzen, weil die Musik zu laut ist, ich habe zum zweiten Mal Statistik versemmelt, und Timo verteilt seine Socken in der ganzen Wohnung. Gestern habe ich sogar ein zusammengeknüddeltes Etwas neben dem Toaster gefunden. Der ist so was von eklig, der Typ. Und Nina, der Platzhalter, der dein Zimmer seit zwei Wochen bewohnt, ist keine große Hilfe.
Bräuchte dringend deine Unterstützung.
Meld dich bald mal, ja?
Pia

15.09.2014, lina_nyberg@gmail.com, Inbox (78)
Hallo Lina,
mir geht es gut, danke der Nachfrage.
Heute war Grauhans da, wegen der Übergabe. Er war not amused, dass du nicht anwesend warst.

Deine Urlaubsvertretung ist zwar ganz okay, aber mehr auch nicht.
Warum antwortest du nicht? Muss ich einen Suchtrupp losschicken?
Pia

5.11.2014, lina_nyberg@gmail.com, Inbox (95)
Entweder wurdest du von der russischen Mafia verschleppt, von einem Wolf gerissen, oder ich werde stinksauer.
Nina kocht zweimal pro Woche Kohlsuppe. Unerträglich.
Grauhans brauchte noch eine Unterschrift von dir. Habe ich für dich geregelt. Gern geschehen.
Bäh.

20.11.2014, pia.pocahontas@gmx.de, Posteingang (3)
Liebe Pia,
es tut mir TOTAL leid, dass ich mich erst jetzt melde.
Ich könnte behaupten, ein Bär hätte meine Post gefressen. Aber E-Mails?
Shame on me!
Also weder der Bär noch ein Wolf und schon gar nicht die russische Mafia (ich bin in Polen/EU, nur 750 km von Hamburg entfernt).
Sag mal, hatte ich dir nicht meine Uni-Adresse gegeben?
m.nyberg@gumed.edu.pl
Schreibst du mir bitte ab jetzt dahin? Meinen priva-

ten Account checke ich total selten. Da ist eigentlich nur Werbung drin.
Ist mir unklar, warum Grauhans mich nicht anruft. War doch abgesprochen, dass ich bei der Übergabe nicht dabei bin!
Pia, sorry, sorry, sorry. Die letzten Wochen habe ich Tag und Nacht damit verbracht, mich hier einzuarbeiten.
Kann ich irgendwas für dich tun? Soll ich mit Nina telefonieren? Ich könnte ihr einreden, dass Kohl dumm macht.
Liebe Grüße und cześć,
Lina

21.11.2014, m.nyberg@gumed.edu.pl, Inbox (4)
»Ja, sie lebt noch, sie lebt noch, sie lebt noch!«
Vergeben und vergessen.
Du bist und bleibst ein Workaholic.
Aber du weißt, dass du:
1. dein Leben verpasst und
2. deiner Gesundheit schadest. Magenentzündung, Kopfschmerzen, Schlafstörungen, Burn-out. Hatte ich alles letzte Woche in Arbeitspsychologie.
Ich sollte nach deinem Job fragen, aber was mich viel mehr interessiert: Sind polnische Jungs sexy?
Pia

PS: Das mit der Kohlsuppe hat sich erledigt. Habe drei Espresso in die widerliche Brühe gemengt. Das schmeckt nicht nur gruselig, es hat auch einen durchschlagenden Effekt. Nina kam drei Stunden

nicht vom Klo. Seitdem kocht sie Nudeln. Geht doch!
P.

25.11.2014, pia.pocahontas@gmx.de, Posteingang (2)
Pia, du bist ein Teufel. Dabei siehst du so unschuldig aus.
Zu deinem interkulturellen Interesse: Leider habe ich keine große Datenmenge zu diesem Thema. Also gibt es nur einen Case Report: Er heißt Milosz, ist 28 Jahre alt, ca. 1,80 m groß, schlank, promoviert, aschblondes Haar, braun-grüne Augen, und ich arbeite mit ihm zusammen.
Ich kann gerne in einem Feldversuch mehr Daten sammeln (hoffentlich fühlt sich keiner angegafft).
Bis bald,
Lina

05.12.2014, m.nyberg@gumed.edu.pl, Inbox (17)
1. Ich hoffe doch sehr, dass die Herren zurückgaffen.
2. Schnapp dir Milosz.
3. Vorsicht mit Wodka. Ich hatte am letzten Wochenende eine böse Begegnung mit Gorbatschow.

PS: Vielleicht sollte ich das nicht erzählen, aber vor dem Haus hat immer mal wieder ein Typ rumgelungert. Braune Locken, mittelgroß, sportlich. Ein Süßer, wenn du mich fragst.
Ein-, zweimal habe ich es mit nonverbaler Kommunikation versucht. Schließlich bin ich seit Anfang Juli

Single. Aber er hat einfach durch mich hindurchgeschaut. Gestern hat er an unserer Tür geklopft, er hat nach dir gefragt. Nina hat ihm geöffnet. Sie war wie immer so liebenswürdig wie ein Kugelstoßer kurz vor dem Wurf. Er hat seinen Namen nicht gesagt, aber ich vermute, dass es dein Fabio war.
Spätestens jetzt ist Fabio Geschichte. Und das ist auch gut so.
Muss jetzt los, der t-Test ruft.
Kuss, Kuss!
Pia

16.12.2014, pia.pocahontas@gmx.de, Posteingang (3)
Hallo Pia,
wenn du in Statistik nicht weiterkommst, frag ich gern mal Katie. Die arbeitet in der Biometrie und ist super.
Milosz ist nett. Kann sogar sein, dass er mich mag. Jedenfalls sagt Liliana das. Aber Fabio ist immer noch da. Träume fast jede Nacht von ihm. Und wenn ich einen braunen Lockenkopf sehe, zieht es in meinem Bauch und pikst in meinem Herzen. Solltest du ihn noch mal sehen, sag ihm, er soll aus meinem Kopf verschwinden, sonst werde ich ihn operativ daraus entfernen lassen.
Lina

PS: Ich weiß, das ist dumm. Aber ich kann nichts dagegen tun.

20.12.2014, m.nyberg@gumed.edu.pl, Inbox (8)
Doch, kannst du. Geh mit Milosz aus.
Habe übrigens jetzt einen Nachhilfelehrer. Lukas, 25, 1,90 m, Handballer und Mathematikstudent.
Kommst du über Weihnachten vorbei?
P.

21.12.2014, pia.pocahontas@gmx.de, Posteingang (1)
Mein Flieger nach Stockholm geht in drei Stunden.
Komme nicht nach Hamburg.
Wünsche dir wundervolle Weihnachten und einen guten Rutsch.
Liebe Grüße,
Lina

22.12.2014, m.nyberg@gumed.edu.pl, Inbox (6)
Dir auch, Süße.
Schade, dass wir uns nicht sehen.
Ich würde dich gern besuchen, aber mein Reisebudget ist tutti kompletti leer. (Das für Schuhe, Schminke und Schmuck übrigens auch.)
Pia

15.02.2015, pia.pocahontas@gmx.de, Posteingang (2)
Pia, PIA!
Er hat mich geküsst!
Und ich habe zurückgeküsst.
Oje.

15.02.2015, m.nyberg@gumed.edu.pl, Inbox (9)
Wer? Wo? Wie war es?

15.02.2015, pia.pocahontas@gmx.de, Posteingang (5)
Patryk, auf der Wohnheim-Party.
Auf einer Skala von 1 bis 10: eine 5.
Aber du willst Details, oder?
Liliana, Magdalena, Milosz, Patryk, Wiktor und ich waren auf der Wohnheim-Party. Die gibt es viermal im Jahr. Ist immer etwas crazy. Mit viel Bier und Wodka. Aber total witzig. Ich habe beim Eierlaufen über die Eiswürfelbahn ständig meinen Schuh verloren, zwei Eier zerdeppert und trotzdem den dritten Platz geholt. Du willst nicht wissen, wie meine Hose aussah. Beim Treppenwettlauf musste ich allerdings im sechsten Stockwerk aufgeben. Patryk hat mich wieder runtergetragen. Na ja, und dann hat er mich geküsst. Und ich dachte, es wäre eine gute Chance, Fabio zu vergessen. Fehlanzeige. Zu allem Überfluss ist Milosz wutschnaubend verschwunden. Magdalena meint, wegen Patryk und mir.
Na, prima.
Und jetzt?
SOS, Lina

15.02.2015, m.nyberg@gumed.edu.pl, Inbox (11)
Fantastisch! Ich bin fast ein bisschen neidisch. Nur, warum hattest du eine HOSE an? Tss.
Mein Rat: Triff dich mit beiden und probiere aus, wer besser küssen kann.

Muss Schluss machen, habe jetzt Mathe. Und ich will nicht, dass der Lehrer böse auf mich ist. Obwohl …

22.03.2015, pia.pocahontas@gmx.de, Posteingang (21)
Liebe Pia,
was macht dein Zahlenverständnis?
Bin leider rückfällig geworden. Fünf Wochen nur Labor. Dafür verstehen Milosz und ich uns wieder. Bevor du fragst: rein freundschaftlich. Patryk bin ich aus dem Weg gegangen. Ich kann das nicht.
Lina

25.03.2015, m.nyberg@gumed.edu.pl, Inbox (1)
Juchhu, ich habe Statistik bestanden!
Ich liebe ihn.
Lina, wirst du meine Trauzeugin?
Pia-Carla-Friederike Gauß

01.04.2015, pia.pocahontas@gmx.de, Posteingang (9)
Liebe Frau Professor,
herzlichen Glückwunsch!
Wann soll die Party steigen? Habe ich noch Zeit, mir die Haare lang wachsen zu lassen? Steckt mehr dahinter (1+1=3)?
War eine Woche mit Lili und Magda auf Ostsee-Tour, 300 km Roadtrip. Du glaubst nicht, wie kalt das Wasser im März noch ist. Aber wir waren drin, bis zum Bauchnabel! Danach brauchten wir aber was zum Aufwärmen. Es war kein Kamillentee.

Pia, ich bin ohne Führerschein, aber mit einigen Promille VW-Käfer gefahren. Und ich habe jetzt Ohrlöcher.
Fühle mich wie ein Rockstar.
Lina

01.04.2015, m.nyberg@gumed.edu.pl, Inbox (4)
Ist das ein Aprilscherz?
Lina, irgendeine Verrückte hat deinen E-Mail-Account geknackt. Oder hast du endlich angefangen zu leben? Wer auch immer du bist, mach weiter so. Es klingt nach 'ner Menge Spaß.
Aber bevor du dir ein Brustwarzenpiercing stichst, ruf mich an!
Pia

PS: Kannst zum Friseur gehen. Zwischen Lukas und mir ist es aus. Ohne die Lehrer-Nummer war er mir zu öde.

02.05.2015, pia.pocahontas@gmx.de, Posteingang (7)
Tut mir leid, das mit Lukas. Aber eine langweilige Ehe geht gar nicht.
Heute ist Frühlingsball an der Uni. Lili hat mir ein superschönes Kleid genäht. Dunkelblau mit tiefem Rückenausschnitt. Ich darf mich nur nicht bücken (grins).
Gleich kommt Magda. Wir wollen uns gegenseitig schminken. Ich befürchte, dass ich mehr profitiere als sie.

02.05.2015, pia.pocahontas@gmx.de, Posteingang (11)
Hast du schon mal ein Seifenkisten-Rennen im Mini-Kleid gemacht?
Ich habe gewonnen! Vielleicht sollte ich umsatteln. In der Formel 1 kann ich deutlich mehr Geld verdienen als im öffentlichen Dienst.
Best days of my life.
Lina

05.06.2015, m.nyberg@gumed.edu.pl, Inbox (18)
Nina hat eine Wohnung gefunden. Sie zieht zum 15. Juli um (Hurra!).
Wann kommst du wieder?
Du kommst doch wieder?
Pia

28. August 2015, 1:07 Uhr

»Kannst du auch nicht schlafen?«

Lina wirbelte herum. »Musst du mich so erschrecken?«

»Sorry, ich wohne hier.« Pia stand dicht hinter ihr und stocherte energisch in einer Familienpackung Eis. »Und womit verbringst du deine Nacht? Literaturrecherche, explorative Faktorenanalyse oder Fabios Blog?«

Lina schnaubte und ließ Pias Bemerkung unkommentiert. »Gib her, ich will auch was.« Sie schnappte sich den überdimensionalen Suppenlöffel, der eher an eine Schaufel als an Besteck erinnerte, und tauchte ihn in die purpurrote Eiscreme. »Was ist das?«

»Himbeersorbet, so lecker. Dafür würde ich töten.«

»Dann nehme ich lieber nur ein kleines bisschen«, lachte Lina und kostete die kalte Köstlichkeit. Sofort explodierten Bilder, Gerüche, Gefühle in ihr. Sie war wieder auf der Dachterrasse. Schmeckte die Himbeeren. Spürte seine Lippen auf den ihren. Als hätte sie sich daran verbrannt, ließ Lina den Löffel fallen.

»Was für 'ne Sauerei«, beschwerte sich Pia, hob den Löffel auf und leckte ihn sauber.

»Hat einer von euch meine Frikadellen gesehen?« Timo stand im Türrahmen, wie immer nur mit Boxershorts und T-Shirt bekleidet, diesmal mit Star-Trek-Print.

»Denkst du, wir interessieren uns für deine Discounter-Klopse?«, blaffte Pia und zupfte an ihrem Hemdchen, als wolle sie etwas verbergen.

»Ich weiß genau, dass du auf meine Hackbällchen stehst.« Timo wedelte mit der leeren Fünfhundertgrammpackung, die er wohl aus dem Müll gefischt hatte.

Lina versteckte ihr Grinsen hinter einer Faust. Timo war wirklich sauer. Und hungrig. O-ohh, jetzt nicht lachen.

»Blödsinn. Ich bin quasi Vegetarierin«, wehrte sich Pia.

Timo durchmaß Linas Zimmer mit wenigen Schritten. »Hauch mich mal an.«

»Du spinnst ja.«

»Ha. Da ist ein Ketchup-Fleck. Ich hab es gewusst.«

Pia wurde bis zur Nasenspitze rot.

»Ich erwarte bis spätestens morgen Mittag Ersatz plus eine Packung Wiener. Die hast du vorgestern gegessen.« Mit diesen Worten stapfte Timo davon, knallte die Tür und verschwand, schätzungsweise für die nächsten zwölf Stunden, in seinem Zimmer.

Lina riss die Augenbrauen hoch. »Du schaffst ein halbes Kilo Frikadellen auf einmal?«

»Hast du die mal gekostet?« Pia leckte Eisreste von ihrem Finger. »Der Hammer!«

»Und warum kaufst du die nicht selbst?«

»Hast du mal gesehen, was da alles drin ist? Voll ungesund.« Pia schüttelte entrüstet den Kopf.

Jetzt prustete Lina los. Seit einem Monat wohnte sie wieder hier in ihrer WG. Alles war so wie vor einem Jahr, und doch war alles anders.

Ihre Mitbewohner liefen immer noch in Unterwäsche durch die Wohnung, und Timo fand immer neue, spannende Verstecke für seine Socken. Aber sie waren jetzt ein Team, eine Familie. Oft saßen sie den ganzen Abend bei Spaghetti und Rotwein zusammen, spielten Skat oder eines von Timos Online-Games. Pia erwies sich dabei als geschickte Stadtplanerin, und Lina war als Raumpilotin unschlagbar.

Tagsüber arbeitete sie wieder bei Karsten im Institut für Pharmazie. Nur, dass sie inzwischen ihr eigenes Projekt und ein Team von zwei Wissenschaftlern und einer Doktorandin leitete. Ein Angebot, das sie unmöglich hatte ablehnen können. Natürlich hatte sie nächtelang mit Zweifeln wachgelegen und gegrübelt, ob es eine gute Idee wäre, zurück nach Hamburg zu gehen. Fabio wollte und wollte sie einfach nicht loslassen. Er war in ihrem Kopf, geisterte durch ihren Tag und die Nacht. Wochenlang hatte sie dagegen angekämpft, hatte versucht, es zu verstehen. Ohne Erfolg. Sie war wütend auf ihn und besonders auf sich selbst gewesen. Irgendwann hatte sie aufgegeben. Fabio war wie eine Narbe, die man nicht weglasern konnte. Dafür war er ihr zu tief unter die Haut gegangen. Mit dieser Einsicht hatte sie den Arbeitsvertrag unterschrieben und war jetzt unendlich froh, dass sie Pia und Timo, Karsten, Jana, Denise, Stefan und Annelie – liebe Menschen, Arbeitskollegen, Freunde – nicht wegen eines schwarzen Schattens aufgegeben hatte. Trotzdem fürchtete sie den Tag, an dem sie auf ihn treffen würde. Hamburg hatte zwar 1,7 Millionen Einwohner, aber die Möglichkeit bestand. Zumal sein Freund, oder besser Wettkumpan, nur eine Straße weiter wohnte. Einmal hatte sie ihn sogar gesehen. Ein dunkelhaariger Hüne, der bei Tageslicht sogar noch größer wirkte als bei Nacht. Er war mit einem azurblauen Rennrad aus dem

Eingang gestürmt. Derselbe, durch den er verschwunden war, damals, vor einem Jahr. Er war direkt an ihr vorbeigeradelt, hatte sie aber nicht erkannt. Zu sehr war er mit seinen Kopfhörern, dem offenen Rucksack und der Beschleunigung bei gut befahrener Straße beschäftigt gewesen. Lina hatte sich ganze fünf Minuten nicht bewegen können. Das hatte die Uhr am Juwelier penibel mitgezählt. Erst dann hatte ihr Herz wieder seinen normalen Rhythmus gefunden, und sie hatte ihren Weg fortsetzen können.

Zum Glück war Fabio nicht mehr vor ihrer Tür aufgetaucht. Nina hatte ganze Arbeit geleistet. Es war auch so schwer genug, nicht mehr pausenlos an ihn zu denken. Die Erinnerung an ihren gemeinsamen Tag war hier viel präsenter als in Gdańsk. Jeden Morgen kam sie an der Laterne vorbei, jene gesichtslose Straßenbeleuchtung, in deren Lichtkegel vor einem Jahr ihre Welt untergegangen war. Aber der Gedanke an ihn tat nicht mehr so weh. »Der Tag war echt«, hörte sie ihn manchmal sogar flüstern.

Nein, die Stunden mit ihm würde sie nicht vergessen, sie waren unabänderlich mit ihrer Gegenwart und ihrer Zukunft verwoben. Ohne den 28. August 2014 wäre ihr Leben heute weniger bunt. Unwillkürlich schielte sie auf ihre nackten Füße, die blauen Nagellack trugen.

Mit einem Seufzer setzte sie sich an ihren Schreibtisch. Fabios Blog war hinter dem Bildschirmschoner verschwunden. Lina wischte die grünen und gelben Punkte mit der Maus weg. Die Hommage an Helen Keller kam wieder zum Vorschein. Ein sehr gelungener Artikel. Lina nahm sich vor, die Biografie dieser beeindruckenden Frau zu lesen.

»Woher weiß dieser Typ eigentlich immer, dass ich an

seinem Fach war?«, nuschelte Pia und schob sich Himbeersorbet in den bereits vollen Mund. »Dich hat er nie im Verdacht. Ich fühle mich gemobbt.«

»Es liegt eben auf der Hand, wer von uns beiden verfressen und frech ist.«

»Jetzt fällst du mir auch noch in den Rücken! Ich ziehe aus.« Pia unterstrich ihre Entrüstung mit einer energischen Löffelbewegung.

»Ich halte mich nur an die Fakten«, erklärte Lina und deutete mit dem Kinn auf den XXL-Becher Eis in Pias Hand.

»Aber frech nimmst du zurück.«

»Du weißt, ich liebe dich«, lachte Lina.

»Ich dich auch.« Pia gab ihr einen kalt-klebrigen Kuss auf die Wange. »Aber ich brauche dringend einen Mann.«

Lina sah das genauso. Seit dem Lukas-Aus hatte sie ein paarmal BWL-Hans in der Küche getroffen. Aber seit drei Wochen war Pia wieder auf der Suche nach Mister Right. Oder jemandem, der solange den Platz warmhielt.

»Und du? Immer noch Fabio?«

Lina schüttelte den Kopf und verschränkte die Arme vor der Brust.

»Tss, tss.« Pia fixierte sie mit zusammengekniffenen Augen. Ihre langen braunen Haare fielen in weichen Wellen auf ihre Schultern. »Wenn ich mir das noch länger ansehen muss, verordne ich dir höchstpersönlich eine Therapie.«

»Du bist nicht approbiert und ich nicht suizidal«, erwiderte Lina trocken.

»Da muss ich widersprechen. Es tut mir weh, wenn ich dich leiden sehe. Das fällt in die Kategorie Fremdgefährdung. Im weitesten Sinne.«

»Nervensäge«, knurrte Lina und warf mit einem Radiergummi nach ihr.

»Du solltest dich mit ihm treffen.«

»Auf keinen Fall.«

»Dann schreib ihm wenigstens«, beharrte Pia.

»Nein.«

»Aber …«

»Bitte kein Aber!«, flehte Lina.

»… wenn du ihn nur aus deiner Erinnerung heraus betrachtest, bleibst du stecken. Gefangen in diesem Tag und der schrecklichen Nacht. Du hasst ihn.« Pia machte eine Pause und bohrte tiefer in dem Loch, das sie bereits in die zuckersüße Eiscreme gegraben hatte. »Und du liebst ihn.«

Linas Mund klappte auf, aber der Widerspruch wollte nicht über die Lippen. Stimmte das? Drehte sie sich in einer Zeitschleife? Vor und zurück, immer um die gleiche Achse. Vielleicht, *ganz ehrlich:* Ja.

»Die einzige Chance, aus diesem Dilemma rauszukommen, ist, dich der Wahrheit zu stellen. Der von gestern *und* der von heute«, fuhr Pia ungerührt fort, baggerte einen gigantischen Eisberg auf ihren Löffel und leckte ihn genüsslich ab.

»Aber …«, begann Lina.

»Jetzt kein Aber«, unterbrach Pia sie bestimmt.

»… ich kann das nicht.«

»Dann schreibt Tyra ihm eben eine Mail.«

»Dein grässlicher Plastik-Dino?« Lina rümpfte die Nase.

»Beleidige Tyra nicht«, wies Pia sie zurecht. »Sie hat ein sensationell gutes Karma. Besonders in Liebesdingen. Ich gehe nie ohne sie zu einem Date. Niemals.«

»Du spinnst!«

»Kleine Rechenaufgabe«, konterte Pia. »Als ich vierzehn war, habe ich Tyra von meinem ersten Freund zum Geburtstag bekommen. Zugegebenermaßen nicht sehr romantisch. Aber höchst effektiv. Jetzt bin ich dreiundzwanzig. Und ich habe noch nie einen Orgasmus vorgetäuscht.« Sie wackelte verschwörerisch mit den Augenbrauen.

Lina seufzte genervt. »Das kann man nicht rechnen.«

»Korrekt: Liebe ist unberechenbar«, summierte Pia und stellte die Eiscremebox achtlos auf einen Stapel Bücher. »Tyra schreibt die Mail, und Timo spielt den Postboten. Basta.«

8:30 Uhr

Fabio nahm einen großen Schluck Kaffee, während er darauf wartete, dass sein Rechner hochfuhr. Vor genau elf Monaten hatte er seinen ersten Artikel für *Behind the Curtains* geschrieben. Seitdem war die Fangemeinde des Kult-Blogs rund um Persönlichkeiten, die unsichtbar für die breite Masse Großes leisteten, stetig gewachsen. Sein Chefredakteur war höchstzufrieden, und in der Führungsebene wurde die Aufnahme als Print-Version in eines der national auflagenstärksten Magazine diskutiert. Es lief gut. Sogar sehr gut. Sein Gehalt hatte sich inzwischen verdoppelt, er hatte Angebote von der Konkurrenz, und sein Vater gab vor seinen Freunden mit ihm an. Sogar das Verhältnis zu Julian hatte sich entspannt, seit Fabio nicht mehr »der sensationshungrige Klatschreporter war, sondern Artikel mit Niveau veröffentlichte«. So oder so ähnlich hatte sein Bruder es ausgedrückt. Julians oberkonventionelle Angepasstheit entlockte Fabio zwar immer noch ein Augenrollen. Aber das gönnte er sich nur hin und wieder, ungesehen, auf der Toilette oder am Telefon. Zu sehr schätzte er den respektvollen Umgang, der jetzt zwischen ihnen herrschte. Mittlerweile war Fabio klar geworden, dass er selbst Teil des Problems gewesen war. Er hatte die Bedenken seiner Familie und ihre Hilfsangebote als ein Mangel an Vertrauen in sein Talent, als einen Angriff auf seine Intelligenz interpretiert. Es hatte ihn gekränkt, tief verletzt. Und so hatte er sich selbst und allen anderen beweisen wollen, dass er es schaffen konnte, hatte verbissen gekämpft, sich dabei verkrampft und irgendwann nur noch wütend und gereizt reagiert. Die Fronten hatten sich verhärtet, jedes Gespräch hatte als Streit begonnen und mit Vorwürfen und Beleidigungen geendet. Diese Erkenntnis war ihm an einem Aprilmorgen zwischen fünf Uhr einundvierzig und sechs Uhr achtundzwanzig gekommen, als er nach einer schlaflosen Nacht um die Alster gelaufen war, sein Hirn immer noch in Grübellaune, wie so oft, seit Lina weg war. Den Kopf hatte er zwar nicht freibekommen, dafür aber eine Antwort gefunden. Er musste sich der Mauer, die ihn von seiner Familie trennte, stellen, einen ersten Schritt auf sie zugehen. Am gleichen Abend hatte Fabio sich auf den Weg zu seinen Eltern gemacht, mit Antipasti und zwei Baguettestangen im Gepäck. Das Misstrauen in den Augen seines Vaters hatte wehgetan. Umso deutlicher hatte er die Wärme, die ehrliche Freude wahrgenommen, die später darin aufleuchtete. Sie hatten geredet, sogar gelacht. Vier Stunden und zwei Flaschen Chianti später hatte sein alter Herr sich für seine rüde Wortwahl entschuldigt und ihm gesagt, dass er stolz auf ihn sei, heute wie damals. In dieser Nacht hatte Fabio verstanden, dass sein Vater aus Angst um die Zukunft seines Sohnes unwirsch gewesen war. Dankert senior wünschte sich für ihn, für seine ganze Familie eine strahlende, sichere Zukunft. *Seine* Version der Zukunft, die rigide vorgezeichnet war und klare Ziele hatte. Eine Zukunft, die Fabio so nicht wollte. Natürlich musste das für seinen Vater ein Schock gewesen sein. Heute war Fabio froh, dass er seinen Weg akzeptierte, nein, sogar bewunderte, dass sein Jüngster auch ohne Jura-Studium erfolgreich war.

Seine Mutter war so glücklich angesichts der lang ersehnten Versöhnung gewesen, dass sie sofort einen Kurztrip nach Sylt organisiert hatte. So ausgelassen und gut gelaunt wie an dem Nordsee-Wochenende hatte Fabio sie lange nicht erlebt. Und es war ihm peinlich bewusst geworden, wie sehr seine Mum unter den ständigen Auseinandersetzungen gelitten hatte. Denn obwohl sie sonst immer die erfolgreiche Schlichterin jedweder Differenzen war, hatte sie in dieser Angelegenheit nichts ausrichten können.

Fabio wippte auf seinem Drehstuhl, während er die vergangenen Monate Revue passieren ließ. War es wirklich schon fast ein Jahr her, dass Moritz Berghof, der Ressortleiter für Kultur und Leben der *Hamburger Allgemeinen Sonntagszeitung,* ihm diesen Job angeboten hatte? Sein Blick fiel auf das Datum, das rechts unten in der Symbolleiste in einem kräftigen Rot leuchtete: AUG, 28.

»Der achtundzwanzigste August«, flüsterte er und strich mit den Fingerspitzen über das virtuelle Kalenderblatt. Sein Magen, der immer noch vergeblich auf ein Frühstück wartete, zog sich zusammen. *Scheiße,* wieso musste ihm das gerade jetzt auffallen? Es war Freitag, sein Schreibtisch rammelvoll, der Artikel über die Umweltaktivistin Heffa Schücking längst überfällig, die Deadline für die *Weltensammler* um zwölf, Lunch mit Paul aus der Personalentwicklung um eins. Er konnte heute nicht jede Stunde an Lina denken!

Aber ich werde es. Er riss an dem Hebel unter seinem Sitz, schloss die Augen und lehnte sich gegen das kühle

Kunstleder. Mit einem Zischen sank er bis fast unter die Tischplatte. *Und es gibt nichts, was ich dagegen tun kann.* Das wusste er, das hatte er in den vergangenen zwölf Monaten schmerzlich gelernt. Wieder und wieder war er bei dem Versuch gescheitert, sie zu vergessen. Lina war immer noch da, tief in ihm drin. Wie ein ferner Wunsch, von dem man sein ganzes Leben lang träumte, wohl in der Gewissheit, dass er nie in Erfüllung gehen würde. Normalerweise verbot er sich die Sehnsucht nach ihr, die ihn lähmte, ihn auf selbstzerstörerische Weise zornig machte. So wie in den ersten Tagen nach ihrem Verschwinden, als er kaum mehr als ein Schatten seiner selbst gewesen war. Da hatte er Lina an jeder Straßenecke, beim Bäcker, in der U-Bahn, sogar im Garten seiner Nachbarn gesehen. Die Enttäuschung, wenn sich wieder die Falsche zu ihm umgedreht hatte, war fast unerträglich gewesen. Jedes Mal hatte sich sein Brustkorb verkrampft, hatte er pfeifend nach Luft gerungen, irgendeine Entschuldigung gemurmelt und war dann so schnell er konnte davongelaufen – vor der Erinnerung an sie, vor seiner Qual und seiner Schuld.

Mehr als einmal hatte er sich mit der Faust gegen die Stirn geschlagen, wollte Lina aus seinen Gedanken schütteln. Aber sie blieb, obwohl sie nicht da war.

Warum?, hatte er in Weingläser und Bierflaschen gelallt. Eine Zeit lang hatte er ihre Unerreichbarkeit dafür verantwortlich gemacht. Mittlerweile wusste er: Es war kein fragwürdiger Jagdinstinkt, der für das Brennen in seinem Herzen verantwortlich war. Ihr gemeinsamer Tag hatte eine Spur in ihm hinterlassen.

Und das war gut so, hatte er irgendwann beschlossen. Lina hatte ihn wachgeküsst. Nur so hatte er sehen können, dass er einen Irrweg eingeschlagen hatte. Mit diesem Wissen war ihr Verlust besser zu ertragen.

Trotzdem vermisste er sie immer noch oft. Wenn er etwas Interessantes las, das er ihr gern erzählt hätte, oder sie über einen Witz gemeinsam hätten lachen können. Dann trauerte er um die verpassten Momente.

»Schluss jetzt!«, fauchte er gerade laut genug, um es selbst zu hören. Heute war ein gewöhnlicher Wochentag, mehr nicht. Und weder eine Zwei noch eine Acht würden etwas daran ändern. Er richtete sich auf, fuhr seinen Stuhl auf Normalhöhe, schnippte den Bleistift, mit dem er gegen die Armlehne getrommelt hatte, quer über den Tisch und fokussierte seine Aufmerksamkeit auf den Bildschirm. Träge synchronisierte sich das E-Mail-Programm mit dem Server. Eine Nachricht nach der anderen trudelte ein: allein, als Paar oder in einer größeren Gruppe. Routiniert überflog er die Betreffzeilen: eine Anfrage für einen Artikel über den hundertsiebzigsten Jahrestag einer Blindenschule – *klingt interessant,* eine von der Personalabteilung weitergeleitete Bewerbung einer Volontärin – *endlich,* Congrats, einige Anmerkungen seines Redakteurs zu einem Beitrag über …

Congrats? Fabios Augen glitten zurück zu der seltsamen Überschrift. Nein, er hatte sich nicht verguckt. Irgendein Scherzkeks gratulierte ihm zu seinem Geburtstag. Zwei Monate zu früh. Er studierte den Absender. T-Rex@webmail.com. *Alles klar!*

Normalerweise gingen Leserbriefe an das Service-Center, wo sie gesammelt bearbeitet und nur in Einzelfällen an den zuständigen Journalisten oder die Redaktion weitergeleitet wurden. Mr. T. Rex hatte sich also selbst Zutritt verschafft.

Er schnaubte genervt. Für solche Kinderspielchen hatte er keine Zeit. Wie war doch gleich die Nummer der IT-Abteilung? Die sollten mal ihre Hausaufgaben machen, statt ständig auf der Feuerleiter zu rauchen. Neun-acht-acht- … Sein Blick blieb an der Betreffzeile hängen. Bestimmt wollte ihm jemand zu seinem Einzug in die Finalrunde des *Open Scripts* gratulieren. Moritz Berghof hatte ihm geraten, ihn nahezu gedrängt an dem Wettbewerb um den *Blog mit dem größten Geistesblitz*, so die Überschrift, teilzunehmen.

Fabio legte den Telefonhörer zurück auf die Gabel und öffnete mit einem Klick die Nachricht. Sie war in pinkfarbenen Lettern verfasst. *Pink?* Er hob die Augenbrauen. Über Geschmack ließ sich ja bekanntlich streiten. Das letzte Mal, dass er diese Farbe gemocht hatte, war vor einem Jahr gewesen. Es war ein kräftiges Rosa gewesen, mit einer weißen Katze und dahinter die schönsten Augen der Welt. Er schüttelte den Gedanken an Lina ab und konzentrierte sich auf die Zeilen, die wie ein Gedicht angeordnet waren. Nein, es war sogar ein Gedicht!

Congratulations!
Behind the curtains *ist grandios,*
in deinem Blog ist immer was los.
Du hast deine Arbeit gut gemacht,
hast bewegende Geschichten gebracht.
Jedes deiner Worte hatte Gewicht,
und das sage ich nicht,
weil ich es muss oder soll:
Ich fand es schlicht und einfach toll.
Darum an dieser Stelle
eine bombastische La-Ola-Welle,

einen großen Applaus,
Au revoir und aus.
Hochachtungsvoll,
T. Rex

Die Kollegen honorierten seine Arbeit. Wie nett. Noch dazu in Reimform. Eine wirklich witzige Idee. So viel Humor hätte er ihnen gar nicht zugetraut. Unwillkürlich fragte er sich, wer wohl federführend für diese herzliche Geste verantwortlich war. Vielleicht Stefan aus der Sportabteilung? Mit dem ging er oft mittags einen Burger essen. Urkomisch und total in Ordnung, der Typ. Aber rosa Reime? Sicher nicht. Vielleicht die nette ältere Dame unten beim Empfang? Er verwarf auch diese Möglichkeit.

Neugierig lugte er über die Trennwand seines Arbeitsplatzes. Das Büro hatte sich bereits gut gefüllt. Telefone klingelten, Tasten klackten: Der Arbeitstag hatte begonnen. Auf dem Gang wurden ein paar Worte zum bevorstehenden Wochenende gewechselt oder der Weg zur Kaffeeküche für eine kurze Dienstbesprechung genutzt. Alles war wie immer. Keiner winkte ihm zu oder reckte den Daumen empor.

»Guten Morgen, Fabio«, flötete eine Stimme dicht neben seinem Ohr.

Fabio stöhnte. *Mona*. Diese Lifestyle-Tussi war eine echte Heimsuchung. Was würde sie ihm heute Brandheißes erzählen? Dass Gabi aus der Drucklegung ein Verhältnis mit dem neuen Grafiker hatte? Oder dass man die Wände seiner Wohnung in Farben mit wohlklingenden Namen wie Dust, West Indian Cucumber oder Lava streichen sollte? Sein Blick fiel auf ihre blassen schmalen

Finger mit den schlammbraun lackierten Nägeln, die sich wie ein abstraktes Kunstwerk um eine Tasse schwarzen Tees schlangen. Sicher war der Nagellack ein Megatrend. Für Fabio sah es eher so aus, als hätte sie den Garten umgegraben und die Handbürste nicht gefunden.

»Schon fleißig?«, gurrte sie und schob ihre durchaus ansehnliche Pobacke auf seinen Schreibtisch.

»Immer doch«, erwiderte er knapp und zwang sich zu einem höflichen Grinsen. Er mochte Mona nicht, aber ihr offen den Krieg zu erklären kam einem gesellschaftlichen Selbstmord gleich. Jedenfalls innerhalb dieser Mauern. Plötzlich kam ihm ein Gedanke, der seine Laune schlagartig auf den Nullpunkt herunterkühlte. Was, wenn sie die Congrats-Mail geschrieben hatte? *Bitte nicht.* Er nahm einen Schluck aus seiner Kaffeetasse. Es gab nur einen Weg, dies herauszufinden.

»Sag mal, Mona. Wenn du es dir aussuchen könntest: In welcher Farbe würdest du deine E-Mails schreiben?«, fragte er und versuchte dabei, ehrlich interessiert zu klingen.

Mona wiegte den Kopf bedächtig hin und her und spitzte ihre sorgsam bepinselten Lippen.

»Für private Mails vielleicht Coral und die geschäftliche Kommunikation in Deep. Pool ist zu hell und Moon zu düster«, sinnierte sie.

»Und Pink?«, fragte Fabio beiläufig.

»Pink?« Ihr Lachen klang schrill. »Sicher nicht. Strawberry ginge vielleicht noch für den Sommer, aber …«

»Danke, Mona.« Noch mehr davon, und er würde Kopfschmerzen bekommen.

»Ich danke dir, mein Sweetheart. Das mit den Schriftfarben ist eine fabelhafte Idee. Ich werde das gleich in der nächsten Redaktionssitzung für die Rubrik *New and Hot* vorschlagen.« Sie rutschte beschwingt von seinem Tisch und wackelte auf ihren High Heels dekorativ über den Gang davon.

Fabio atmete erleichtert aus. Aber wer kam dann infrage?

Das Telefon riss ihn aus seinen Gedanken. Erschrocken stellte er fest, dass es bereits neun Uhr war und er immer noch über den Absender dieser mysteriösen E-Mail grübelte. Dabei hatte er Arbeit für drei.

Reiß dich zusammen, Dankert! Das kam davon, wenn man kein Privatleben hatte. Jetzt klammerte er sich schon an eine digitale Zuneigungsbekundung wie ein Ertrinkender an einen Strohhalm. Peinlich. Er knurrte gereizt und griff nach dem Telefonhörer.

Es war Susan, seine Layouterin. Susan war sechsundzwanzig, hatte einen pechschwarzen Bob, eine gepiercte Augenbraue und trug am liebsten T-Shirts unbekannter Bands. Wenn Fabio etwas mit ihr besprechen musste und über ihre Schulter auf den Bildschirm sah, wurde Susan immer bis zur Nasenspitze rot. Fabio fand Susan irgendwie süß, und wenn er sich nicht täuschte, fand Susan ihn noch viel süßer.

»Hi, Susan! Sag mal, was reimt sich auf La-Ola-Welle?«, fragte er sie ohne Umschweife.

Scheiße, es war einfach zu spannend herauszufinden, wer T. Rex war. Er liebte Rätsel und verborgene Wahrheiten. Im Kindergarten hatte er Schatzsucher oder Entdecker werden wollen. Als Journalist kreuzte er zwar nicht auf einem Dreimaster über die Weltmeere, aber seinem Bedürfnis nach fesselnden Geschichten konnte er so ausgiebig frönen. Und jetzt platzte er fast vor Neugier, konnte es kaum erwarten, das Geheimnis um Mister T. Rex' Identität zu lüften.

»Hihihi.« Zwischen ihren Kichersalven zog Susan geräuschvoll Luft durch die Nase. *Wie ein kleines Schwein*, dachte Fabio belustigt. Wenigstens war Susan nicht gekünstelt und falsch. Und ihre Arbeitsplätze lagen inhaltlich weit genug voneinander entfernt, als dass sie in direkter Konkurrenz standen. »Ich und Worte. Fabio, du weißt doch: Ich mache die Bilder, du den Text«, sagte sie, noch immer etwas außer Atem.

Fabio rieb sich das Kinn. Wieder Fehlanzeige. Komischerweise war er froh, dass nicht Susan hinter den Reimen steckte. In Gedanken strich er eine weitere potenzielle Kandidatin von der Liste.

»Was ich dich fragen wollte«, begann Susan mit ihrem eigentlichen Anliegen. »Morgen Abend spielen im Schein & Heilig die Car-Jackers.« Sie räusperte sich. »Die machen so total schönen Emo-Rock.«

Fabio fuhr mit dem Zeigefinger den Rand seiner Tastatur nach. Was sollte er ihr antworten? Sicher ging es ihr nicht nur um die Musik. Und genau das ließ ihn zögern. Seit Lina hatte er sich mit keiner anderen getroffen. Nik hatte ihn zwar auf einige Partys mitgeschleppt. Und tatsächlich hatte es gutgetan, mal auf- oder abzutauchen, ganz wie man es nahm. Aber die oberflächliche Konversation und das ständige Balzen gingen ihm schon bald auf den Geist. Keine der Frauen, die sich ihm an den Hals warfen, weckte sein Interesse. Sie waren schön, oft gebildet und manchmal sogar witzig. Aber sie schafften es nicht, sein Innerstes anzurühren. So, wie Lina es getan hatte.

Schon wieder Lina, dachte er wütend. Er sollte aufhören, jede Frau mit ihr zu vergleichen. Lina war einmalig. Und sie war weg.

»Klar, warum nicht«, hörte er sich sagen und schrak im selben Moment zurück. War das wirklich eine gute Idee?

»Super, klasse, echt mega. Ich besorge Karten. Du wirst es lieben. Sollen wir vorher was essen? Oder treffen wir uns gleich da? Ich leite dir den Link weiter, okay?« Susan verhaspelte sich fast, so schnell sprach sie. Sie hielt kurz inne, um Luft zu holen. »Scheiße, ich rede zu viel. Ich leg mal besser auf.«

Fabio musste unwillkürlich lächeln, und mit einem Mal spürte er so etwas wie Vorfreude. Es würde sicher ein netter Abend werden.

»Bis später, Susan.«

10:33 Uhr

So ging das nicht, so kam er nicht weiter. Fabio stand auf und holte sich eine Flasche Wasser. Seit über einer Stunde versuchte er, sich auf seinen Text zu konzentrieren. Erfolglos. Immer wieder fiel sein Blick auf das kleine Briefsymbol, das den Posteingang markierte, immer wieder ging er seinen Freundeskreis durch. Jeder und keiner kam infrage.

Er seufzte frustriert. Dass ihn diese E-Mail derart ablenken konnte, war sicher ein Zeichen von Erschöpfung. Tatsächlich hatte er in den vergangenen Monaten ohne Unterlass gearbeitet. Selbst seinen Jahresurlaub hatte er für Recherchen genutzt. Zeit für eine Pause! Vielleicht würden ein paar Schritte an der frischen Luft ihm helfen, einen klaren Kopf zu bekommen.

Als er vor das Gebäude trat, zog er die Jeansjacke enger um seinen Körper. Für Ende August war es empfindlich kalt. Na ja, wenigstens das Wetter hielt zu ihm und ließ den 28. August 2014 nicht in strahlendem Sonnenschein wiederauferstehen. Dicke graue Wolken lagen heute über der Stadt. Fabio atmete tief ein und nahm einen Schluck aus der Plastikflasche, in die er unermüdlich kleine Beulen presste. Er konnte nicht verstehen, dass ihn diese Nachricht so aus dem Konzept brachte. Unter seinen Sneakers knirschte der Kies, als er den schmalen Grünstreifen zwischen den Bürogebäuden entlanglief. Eine Amsel flog schimpfend auf. Er nahm sie kaum wahr. Ganz von allein lenkten ihn seine Beine zur U-Bahn, als wüssten sie besser als er selbst, wohin er jetzt musste.

»Nächste Haltestelle: Lohmühlenstraße.« Die monotone Stimme der automatischen Ansage brachte ihn in die Wirklichkeit zurück.

Blicklos hatte er während der gesamten Fahrt aus dem Fenster gestarrt, die rosafarbenen Worte wieder und wieder lautlos aufgesagt. Seit er mit Lina beim Poetry Slam gewesen war, hatte er keine Reime mehr verfasst. Lina, Lina, immer und immer Lina. Wie sollte er es je schaffen, sie aus dem Kopf zu bekommen?

Rasch sprang er durch die sich bereits schließenden Türen. Während er die Treppe zum Ausgang emporstieg, tastete er in der Jackentasche nach seinem Handy. Mit klammen Fingern rief er das E-Mail-Programm auf und begann zu schreiben: *Übelkeit, Magenschmerzen, bitte um Terminverschiebung, Entschuldigung und großes Dankeschön, beste Grüße.* Senden. Dann öffnete er das Fenster für Kurznachrichten. Ohne von seinem Smartphone aufzusehen, hastete er an der Backsteinmauer und weiter an den großen grauen Lettern entlang, die den griechischen Gott der Heilkunst mit einem christlichen Märtyrer zu einem Namen verbanden: Asklepios Klinik St. Georg.

Hast du 5 Minuten? Hoffentlich stand Nik nicht im OP.

»Hey, altes Haus, was gibt's? Hast du dir 'n Finger beim Tippen verstaucht?« Nik kam mit zwei Bechern dampfenden Kaffees auf ihn zu. Er arbeitete seit einem Vierteljahr in der Unfallchirurgie und erzählte ihm bei jeder Gelegenheit die blutigsten Details. Egal, wie sehr Fabio sich dagegen wehrte.

»Nein, beim Nasebohren, du Aufschneider«, grinste Fabio zurück. Er nahm den Kaffee dankbar entgegen und wärmte seine Hände an dem heißen Plastikbecher.

»Zum Glück war keine Lady involviert.« Nik schnalzte anzüglich mit der Zunge.

Fabio verdrehte die Augen. Bildete er sich das ein, oder hatte Nik sein Repertoire an dreckigen Witzen in den letzten Wochen aufgestockt? »Wohl eher ein Dino«, gab er zurück.

»Autsch. Wusste gar nicht, dass du so bizarre Vorlieben hast.« Sein Freund nahm einen großen Schluck. »Ehrlich gesagt bin ich nicht sicher, ob ich die ganze Geschichte hören will.«

»Könntest du bitte einen Moment lang nicht an Sex denken?«

»Nein.«

Fabio quittierte die für Nik typische Antwort mit einem resignierten Grunzen. »Ich habe heute eine E-Mail bekommen …«, begann er zögernd.

»Is' nicht wahr«, staunte Nik.

»… von einem T. Rex«, fuhr Fabio fort.

»Irre, dass der mit seinen kurzen Ärmchen eine Tastatur bedienen kann.«

Fabio schnaubte. Hatte sein Freund zu viel Narkosegas abbekommen?

»Sag jetzt nicht, dass das eine einmalige Story ist«, bettelte Nik. »Dinosaurier sind seit fünfundsechzig Millionen Jahren tot. Jurassic Park existiert nicht. Kann ich jetzt bitte wieder arbeiten?«

Fabio trat von einem Fuß auf den anderen. Niks Worte trafen ihn unerwartet hart. Ja, warum war er eigentlich hier? Wegen einer Dino-Mail? *Ganz klar, ich drehe durch.*

Nik musterte ihn mitleidig, wie einen Welpen, den man im Regen an der Autobahn ausgesetzt hatte. »Hey, Mann, du solltest mal ausgehen. Amüsier dich!«

»Oh bitte, bloß keine Psycho-Tipps. Das steht dir nicht, dafür hast du zu wenig Bart«, stöhnte Fabio. So schlecht ging es ihm nun auch wieder nicht, dass er sich von Nik Lebensweisheiten oder Beziehungsratschläge anhören musste.

»Jetzt mal raus mit der Sprache«, beharrte Nik, ohne auf Fabios Kommentar einzugehen. »Wann warst du das letzte Mal mit einem Mädchen unterwegs?«

Fabio verschränkte trotzig die Arme vor der Brust. Und schwieg.

»Scheiße, so schlimm?« Nik sah Fabio ehrlich bestürzt an. »Du musst sie vergessen.«

»Es geht nicht.« In winzigen Rauchschwaden materialisierte sich diese Wahrheit vor seinem Mund. Wurde mit einem Mal für ihn selbst greifbar.

»Du sollst sie ja nicht komplett aus deinem Gedächtnis löschen. Dafür hat sie zu viel für dich getan. Sie hat dich geerdet, es irgendwie geschafft, dich an das zu erinnern, was du wirklich wolltest.« Nik setzte sich auf eine Bank und zündete sich eine Zigarette an.

»Ich weiß.« Fabio erinnerte sich an ihren gemeinsamen Abend, kehrte zurück auf die Bühne. Ihretwegen hatte er dort oben gestanden. Menschen wie Lina waren die größten Schätze dieser Welt. Das hatte er sagen wollen. Sein Herz hatte er zu diesem Zeitpunkt längst verloren. Und hatte alles damit gewonnen. Moritz Berghof hatte ihm nach seinem Sieg einen Job angeboten. *Seinen Job.* »Und ich kann ihr nicht mal Danke sagen. Scheiße!«

Sein Freund nickte. »Hm-ja, echt bitter.« Er räusperte sich. »Tut mir übrigens leid, dass ich dich damals nicht von dieser Wette abgehalten habe. Aber, Mann, war ich *müde*. Und du hast so was von genervt.« Er schüttelte den Kopf und zog an seiner Kippe. »Insgesamt warst du unausstehlich geworden. Egoistisch, gewissenlos, nur auf deine Karriere fixiert. Und das bloß, um es deinem Vater, oder wem auch immer, zu beweisen.«

Fabio schloss für einen Moment die Augen, konzentrierte sich auf die Worte, die er gerade gehört hatte. Warum hatte Nik nie gesagt, wie ätzend er ihn fand? Dann wäre heute alles anders, besser vielleicht. *Sicher?* Aber hätte das Scheusal von damals seinem Kumpel überhaupt geglaubt? Oder hätte er sich von Nik abgewandt? Fabio zog mit seinen Sneakers eine Wellenlinie in den losen Kies. Er kannte die Antwort und schämte sich dafür. Wenn es Lina nicht gegeben hätte, wären Nik und er dann noch Freunde?

Schweigend blies Nik den Zigarettenqualm in den Himmel. »An diesem Tag, vor einem Jahr: Da hätte ich dich am liebsten auf den Mond geschossen. Aber dann dachte ich, dass du selbst über deinen irrwitzigen Plan stolpern würdest. Ich wollte, dass du auf die Nase fällst, mal wieder auf den Boden kommst. Und begreifst, dass man Menschen nicht beliebig manipulieren kann. Schon gar nicht, wenn es um die Liebe geht. Hätte ich geahnt, dass es dein Herz brechen würde … Und ihres …« Er knüllte den leeren Becher zusammen und donnerte ihn in den Mülleimer, der einige Schritte entfernt neben der Bank stand. »Ich war ein Vollidiot.«

»*Ich* war der Vollidiot«, lenkte Fabio ein. In den ersten Wochen war er noch sauer gewesen, dass Nik an dem Abend hineingeplatzt war und ihm damit die Möglichkeit genommen hatte, Lina alles in Ruhe zu erklären. An einem Ort, zu einer Zeit, mit den Worten seiner Wahl. Als ob eine hübsche Verpackung die Niedertracht seiner Taten schmälern könnte.

Irgendwann hatte er aufgehört, mit dem Schicksal zu hadern. Und hatte erkannt, was offensichtlich war: dass *er* von Anfang an derjenige gewesen war, der mit falschen Karten gespielt hatte. Der ganz bewusst in Kauf genommen hatte, dass sich eine Frau in ihn verliebte, ohne auch nur im Entferntesten an die Konsequenzen zu denken. Erst als die Story ein Gesicht hatte, das zu einem Menschen gehörte, hatte sich so etwas wie ein Gewissen geregt. Und dann war er zu feige gewesen. Nik hatte lediglich die Wahrheit ausgesprochen und Lina die Ehrlichkeit gezollt, die sie verdiente. Leider hatte ihre zarte Liebe das nicht überlebt.

»Hey.« Nik grinste schief und hielt ihm seine rechte Faust hin.

Fabio schlug ein, besiegelte ihre Freundschaft aufs Neue.

»Think positive«, durchbrach Nik den ungewöhnlich nachdenklichen, fast melancholischen Moment zwischen ihnen. »Du bist wieder du. Ein bisschen zu arbeitswütig und eine Spur zu sauertöpfisch für meinen Geschmack. Aber sonst ganz gut in Form. Du musst jetzt nur nach vorne schauen. Lina ist weg. Für immer. Wenn du nicht anfängst, dein Leben zu leben, dann hast du ihr Herz umsonst zerquetscht.«

Fabio nickte und biss die Kiefer fest aufeinander. Es

fühlte sich falsch an, aber er würde an sich arbeiten. »Ich habe ein Date. Morgen Abend«, informierte er seinen Freund und ignorierte das Ziehen in seinem Brustkorb.

»Mit einem Dino?« Nik grinste ihn breit an. Es war beinahe unmöglich, ein ernstes Gespräch mit ihm zu führen.

Fabio zog die Augenbrauen hoch. »Mit einer Kollegin«, korrigierte er ihn betont sachlich.

»Wenn das nicht klappt, hätte ich ein paar echt heiße Krankenschwestern für dich.«

»Au Mann, du bedienst wirklich jedes Klischee«, stöhnte Fabio.

»Nicht Klischee, sondern Negligé.« Sein Freund stieß ein raues, anzügliches Lachen aus. Fabio stellte mal wieder erstaunt fest, dass Nik dabei trotzdem charmant und sympathisch wirkte. Kein Wunder, dass die Frauen ihm zu Füßen lagen. Es verging kaum eine Woche, in der er nicht mit einer hübschen Blondine, Brünetten oder Rothaarigen anbändelte. Oft sogar mit allen dreien.

Fabio musste unwillkürlich grinsen. Nik war nicht zu bremsen. Aber er war aufrichtig, log keine seiner Verehrerinnen an. Und sollte es ihn eines Tages mal richtig erwischen, da war sich Fabio sicher, wäre er der treueste und ergebenste Liebhaber, den sich eine Frau nur wünschen konnte.

Nik warf einen Blick auf sein Diensttelefon, das gerade einen schrillen Pfeifton von sich gab. »Ich muss los, kurz die Welt retten.«

»Bis die Tage.« Fabio hätte gern noch eine Weile mit seinem besten Freund über Gott und die Welt sinniert. Oder eben über Brüste und Knackärsche, wenn es nach Nik ginge.

»Hau rein.« Nik hob zum Abschied die Hand über den Kopf, während er mit wehendem Kittel durch die gläserne Eingangstür stürmte.

Fabio blieb noch einen Augenblick sitzen. Die geflügelte Frucht eines Ahornbaums, unter dem die Bank stand, segelte an ihm vorbei. Langsam trudelte der winzige Propeller um seine eigene Achse, bis er auf einer Pfütze zu liegen kam. Wie ein kleines Floß schwamm er friedlich auf der Wasserlache.

Das aufgebrachte Surren in seinem Kopf beruhigte sich etwas. Es war gut gewesen, hierherzukommen und mit Nik zu reden. Jetzt sah er klarer. Lina war wie ein weit entfernter Stern: funkelnd, erhaben, aber unerreichbar. Die Erinnerung an sie durfte nicht seine gesamte Zukunft beherrschen. Sie würde immer einen besonderen Platz in seinem Herzen haben, aber sie sollte es nicht mehr ganz besitzen. Auch wenn es ihm schwerfiel, er musste dort Raum schaffen, um anderen Menschen eine Chance geben zu können. Menschen wie Susan.

Bis dahin konnte er seinem längst vergessenen Hobby frönen und Detektiv spielen. Und wer weiß? Vielleicht war der Dino jemand, mit dem er lachen, träumen und diskutieren konnte. Wie er es mit Lina getan hatte. Und selbst wenn nicht: Es war ein Abenteuer, eine perfekte Ablenkung gegen das Stechen in seinem Herzen. Egal, ob es ein alter Mann mit Glatze, eine dicke Frau mit Lockenwicklern, ein schwuler Fan oder ein vierzehnjähriges Wunderkind war. Er wollte wissen, wer ihm die Zeilen geschrieben hatte. Und es gab nur eine Möglichkeit, es herauszufinden.

Er würde T. Rex antworten.

14:58 Uhr

»Er hat dir geschrieben!« Pia hüpfte nur mit einem winzigen Top und einem noch knapperen Höschen bekleidet durch den Flur.

Lina musste gegen ihren Willen lachen. »Wieso liest du meine E-Mails?«

»Genau genommen sind es nicht deine E-Mails, sondern die von Tyra. Und Tyra ist nun mal meine beste Freundin. Wir haben keine Geheimnisse voreinander«, verteidigte Pia sich.

»Und wer bin ich dann? Die Tante, die alle zwei Wochen mit dem Kloputzen dran ist?«

Pia schnaubte. »Wieso bist du eigentlich schon hier? Es ist gerade mal drei.«

»Ich brauchte Raum zum Nachdenken.« Lina warf ihre dunkelgrüne Strickjacke in einem wirren Knäuel auf die Garderobe.

»Aha«, machte Pia nur.

»Ich habe die Mail auch gelesen«, gab Lina kleinlaut zu.

»Nun, du suchst einen Raum? Tritt ein.« Sie machte eine einladende Geste mit ihrer Hand. »Mein Zimmer ist der perfekte Ort zum Pläneschmieden.«

»Ich will keinen Plan«, gab Lina entschieden zurück. Jetzt hatte sie den Salat. Zuerst überredete ihre Freundin sie dazu, Fabio zu schreiben. Und dann antwortete er auch noch. Ihre Gedanken schlugen Purzelbäume, und ihr Herz wollte nicht aufhören zu rasen.

»Auch gut.« Pia biss in ein Würstchen.

»Nichts ist gut«, fauchte Lina. »Ich habe zwölf Monate gebraucht, um über ihn hinwegzukommen.«

»Was dir nicht gelungen ist.«

»Oh doch. Ich bin sehr glücklich …«

»… mit deiner Arbeit verheiratet«, beendete Pia den Satz. »Ich weiß.«

»Kann ja nicht jeder in den Tag hineinleben und alle zwei Wochen mit einem anderen ausgehen«, zischte Lina.

Pia verschränkte die Arme vor der Brust. »Malina Nyberg. Das war nicht nett.«

»Tut mir leid.« Wieder von Fabio zu hören, Worte zu lesen, die er geschrieben hatte, vor nur wenigen Stunden, nicht weit von ihr entfernt, das alles warf sie vollkommen aus der Bahn. Widersprüchliche Gefühle zerrten an ihr, sobald sie ihren sorgsam gepflegten Schutzschild einmal nicht bewachte. Manchmal glaubte sie fast, dass sie noch einmal mit ihm reden, seine Erklärung anhören sollte. Und dass vielleicht alles gut werden könnte. Aber dann setzte ihre Vernunft ein, und am Ende blieben jedes Mal nur Verzweiflung und Schmerz.

»Er hat mich angelogen, hat mit meinen Gefühlen gespielt«, versuchte sie sich zu erklären. »Es ist … er ist …« Ihre Stimme versagte.

»Dann dreh den Spieß um: Spiel mit ihm, verwirr ihn. Finde heraus, was er für dich empfindet und was du von ihm willst.«

Lina ließ sich kraftlos auf die violette Polsterbank sinken, die mitten in Pias Zimmer stand, und vergrub das Gesicht in den Händen. Sie hatte es die ganze Zeit nicht wahrhaben wollen, hatte sich immerzu eingeredet, dass sie keine Gefühle mehr für ihn hegte. Weder Liebe noch Hass. Aber ihr Verstand hatte es nicht geschafft, ihr Herz zu überreden. Es blieb ihr keine Wahl. Sie musste sich ihrem Gefühlschaos stellen, sonst würde sie nie Ruhe finden.

»Okay. Ich brauche dich, Tyra und einen Plan.«

Zwei Stunden später streckte Lina ihren steifen Rücken. Noch immer bastelten sie und Pia an einem Schlachtplan. Ihr Magen knurrte, aber ihre Freundin war unerbittlich, schien weder Hunger noch Durst zu spüren.

»Halten wir fest: Er hat keine Ahnung, wer die E-Mail geschrieben hat.« Pia klopfte mit dem Textmarker in ihre Handfläche. Auf einem Collegeblock hatte sie Stichwörter scheinbar willkürlich verteilt, die sie jetzt nacheinander orangerot umkreiste. Lina hatte es aufgegeben, das wirre Gekritzel zu verstehen. Es helfe ihr beim Denken, hatte Pia auf ihre Frage hin geantwortet.

Lina saß im Schneidersitz vor dem niedrigen Couchtisch und schielte zum hundertsten Mal auf die Zeilen, die Fabio geschrieben hatte.

Lieber T. Rex,
vielen Dank für die netten Worte,
das ist besser als jede Sahnetorte.
Ich frage mich wohl, wer Sie sind:
Großmutter, Professor oder Kind?
Wollen Sie mit mir philosophieren:
über Politik, Sport oder den Umgang mit Tieren?

Wie wäre es mit einem Kaffee
oder Keksen und Tee?
Fabio D.

Ihre Entschlossenheit schwand. Es war keine gute Idee, ihn noch einmal zu sehen. Was, wenn er sie auslachte? Oder schlimmer, sie nur mitleidig ansah? Er war ein selbstsüchtiger, aufgeblasener Kerl, der die Gefühle anderer mit Füßen trat.

Warum tue ich mir das an?

»Lassen wir das«, unterbrach sie Pias Monolog.

»Was?«

»Ich habe meine Meinung geändert«, erklärte Lina bestimmt. »Ich werde ihn nicht treffen.«

»Hast du mir überhaupt zugehört?« Pia tippte ihr mit dem Stift gegen die Stirn. »Du sollst ihn doch gar nicht treffen. Tyra geht.«

Lina starrte sie mit offenem Mund an. »Wie bitte?«

»Fabio will sich mit T. Rex treffen, richtig? Also bekommt er ein Date mit Tyra. Tyra ist zwar nicht sehr gesprächig, hat aber eine große Klappe. Und da passen wunderbar kurze Nachrichten rein. Kleine Puzzleteile. Jedes einzelne eine Erinnerung an euren gemeinsamen Tag. Er hat Zeit, in Ruhe darüber nachzudenken. Und zu reagieren. Schließlich kann er Tyra jederzeit eine Mail schreiben.«

»Das ist doch crazy. Ich mache mich lächerlich.«

»Nein, es ist brillant. Du entscheidest, wie viel du von dir zeigst. Und wann. Du hast ihm damals nicht die Gelegenheit gegeben, sich zu erklären. Wenn du ihm etwas bedeutest, wird er deine Hinweise erkennen. Gib ihm eine zweite Chance. Und dir auch.«

»Bestimmt hat er eine Freundin.« Diese Möglichkeit machte ihr schon seit Wochen Kopfschmerzen. Allein es laut auszusprechen tat ihr körperlich weh.

»Möglich«, sagte Pia achselzuckend. »Aber die darf eh nicht mitspielen.«

»Und wenn er sie lässt?«

»Wäre das bestimmt die effektivste Therapie für deinen Liebeskummer.« Pia wedelte mit ihrer grellbunten Mindmap vor Linas Augen, als wolle sie alle Einwände verscheuchen.

»So hatte ich mir das nicht vorgestellt. Das ist doch kein Plan, das ist ein psychedelisches Muster.«

»Darf ich dich darauf hinweisen, dass du eigentlich keinen Plan wolltest?« Ihre Freundin stemmte vorwurfsvoll die Arme in die Hüften. »Also, willkommen zu *Kein Plan*: Lassen Sie sich faszinieren vom heillosen Durcheinander, vom absolut strukturlosen Chaos, der ultimativen Gleichung für die große Liebe!«

»Das ist wohl eher eine Direktverbindung in die Hölle.«

»Und der Teufel befiehlt dir jetzt, einkaufen zu gehen.« Pia streckte ihr frech die Zunge heraus. »Ich werde in der Zwischenzeit Tyra briefen.«

»Lina geht einkaufen?« Timos rote Sturmfrisur erschien im Türrahmen. »Dann bring Würstchen mit. Meine sind schon wieder alle.« Er schoss mit den Zeigefingern imaginäre Blitze in Pias Richtung.

Lina ächzte. Zu dem mulmigen Gefühl in ihrem Magen mischte sich ein irrationales Kribbeln, das sie nicht näher definieren konnte.

19:05 Uhr

»Lina, was machst *du* denn hier?«

Erschrocken wirbelte sie herum. *Bitte, nein.* Sie brauchte einen Notausgang, schnell!

Lennard stand mit einem orangeroten Holzauto bewaffnet vor ihr. »Suchst du ein Geschenk?« Er deutete mit dem Laster auf das Plastikferkel, das Lina zwischen ihren Fingern drehte.

»Ähm, ja, ich meine, nein.« Sie stellte das rosa Schwein hastig in das Regal zurück, wobei sie drei Pinguine, ein Pony und ein brüllendes Flusspferd herunterriss.

Auch das noch. Sie kniete sich nieder, um das Spielzeug wieder aufzuheben. Als sie nach dem braun gesprenkelten Pferd griff, hielt Lennard ihre Hand fest. Er hockte dicht vor ihr. Seine plötzliche Nähe erinnerte sie daran, wie sehr sie ihn mochte, wie gut sie sich verstanden hatten, an jenem Tag vor einem Jahr. Linas Magen krampfte sich zusammen, und ihr Herz klopfte schuldbewusst gegen ihren Brustkorb. Sie fühlte sich ertappt, schämte sich, weil sie sich nicht gemeldet hatte, und fürchtete sich davor, ihm Rechenschaft ablegen zu müssen.

»Warum hast du nicht auf meine Nachrichten geantwortet?« Es klang nicht anklagend, eher enttäuscht.

Linas Hals wurde trocken. Die Wahrheit? Nein, die

konnte sie ihm nicht erzählen. Sie fand es peinlich, geradezu kindisch, dass sie, eine intelligente und vernünftige Frau, wegen Fabio keinen Kontakt mehr zu Lennard hatte. Aber so war es. Sie hatte alle Brücken, jede Verbindung zu Fabio abbrechen wollen. Und Lennard gehörte irgendwie dazu. Ob sie es wollte oder nicht. Ob es rational war oder nicht.

»Ich … entschuldige«, stammelte sie.

»Ist okay. Weißt du, ich bin nicht so wie Fabio.« Er streichelte ihr sanft über den Handrücken.

Lina sah ihn verblüfft an. Wusste jeder darüber Bescheid? *Wie unerfreulich.* Ruckartig zog sie ihre Hand zurück und stand auf.

»Sorry, ich wollte dich nicht verletzen. Heike hat mir damals davon erzählt. Sie war stinksauer. Ich hatte mich bei ihr nach dir erkundigt. Du warst ja auf einmal wie vom Erdboden verschwunden.« Lennard sortierte neben ihr die Pinguine ein.

»Ich war für ein Jahr in Gdańsk«, erklärte Lina knapp. Würde sie jetzt alle naselang auf jemanden treffen, der von dieser Geschichte wusste und sie mitleidig ansah? So hatte sie sich das nicht vorgestellt. Vielleicht sollte sie nicht nach albernen Plastikschweinen, sondern nach Stellenangeboten weit weg von hier suchen.

»Wie spannend. Magst du mir mal davon berichten? Heute habe ich keine Zeit, mein Patenkind hat Geburtstag.« Er klappte die Ladefläche des Spielzeug-LKW auf und wieder zu. »Aber wollen wir uns mal treffen?«

Lina schloss einen Moment die Augen und ignorierte das Ziehen und Stechen in ihrer linken Seite. Sie sollte mit Fabio abschließen. Sonst würde nie jemand anderes in ihrem Leben einen Platz finden.

»Warum nicht«, hörte sie sich sagen.

»Es gibt da einen Laden in Winterhude, der macht die besten Kokosmakronen der Welt«, strahlte Lennard. »Wie wäre es mit Sonntag?«

»Gern.« Lina versuchte sich an einem Lächeln. Lennard war ein netter Typ, süß, liebenswert und sexy. Aber seine blauen Augen und der blonde Wuschelkopf erinnerten sie die ganze Zeit an den Tag mit Fabio. Linas Nasenflügel blähten sich. Dieses Date würde alles andere als leicht werden.

»Ich freue mich.« Lennard hauchte ihr einen Kuss auf die Wange.

»Bis dahin.« Lina schnappte sich ein Ferkel, schmiss es zu den drei Dinosauriern in den Einkaufskorb und eilte zur Kasse.

29. August 2015, 9:31 Uhr

»Ein Schlammschwein, ein Schlammschwein, das ist ein Schwein mit Schlamm am Bein, doch hat es kein Schlammbein, so ist es auch kein Schlammschwein.« Fabio las den Zungenbrecher zum zehnten Mal. Er war in zierlichen Buchstaben auf einen kleinen Zettel gedruckt, der wiederum um den Bauch eines rosafarbenen Ferkels gewickelt worden war, das im Maul des T. Rex gesteckt hatte.

Was sollte das bedeuten? Hielt man ihn zum Narren? Und warum um alles in der Welt erinnerte ihn das an Lina? Nach seinem Gespräch mit Nik hatte er den festen Entschluss gefasst, neu zu beginnen. Ohne sich tagtäglich nach ihr zu verzehren. Aber sie schob sich deutlicher als zuvor in seine Gedanken. Und je mehr er versuchte, es zu ignorieren, desto heftiger holte es ihn wieder ein. Er war immer noch in sie verliebt. Und er hatte keine Ahnung, wie er seine Gefühle für sie unter Kontrolle bringen sollte.

Versonnen drehte er das kleine Schwein zwischen seinen Fingern. Ein ungeheuerlicher Gedanke streifte seinen Nacken, setzte sich in seinem Kopf fest. Was, wenn Lina hinter diesem Dino-Theater steckte? Was, wenn sie ihn bewusst an der Nase herumführte? Um sich zu rächen. Sein Magen drehte sich um, als befände er sich im freien Fall.

Und wenn sie seine Reaktion beobachtete? Er blickte sich um. Der Hamburger Tierpark war um diese Zeit noch wenig belebt. Eine junge Mutter spazierte mit ihrem Baby an ihm vorbei. Sonst war der lange Kiesweg, der zum Eismeer führte, leer. So langsam wurde er paranoid, sah Zeichen, die keine waren, und hörte Stimmen, die ihm leise zuflüsterten, dass Lina an ihn dachte.

Er saß immer noch bei dem Karussell, wo er den Dinosaurier auf einem der Pferde entdeckt hatte. Genau so, wie es in der E-Mail gestanden hatte. Die Nachricht, auf die er stundenlang gewartet hatte. Stunden, in denen er nachlesen konnte, dass der Tyrannosaurus Rex größere Nasennebenhöhlen hatte als das Volumen seines Hirns, dass er Aas auf vierzig Kilometer Entfernung riechen konnte und dass es einhundertzweiundvierzig weibliche und einhundertneunundsiebzig männliche Namen mit dem Anfangsbuchstaben T gab. Um ein Uhr morgens war er vollkommen steif und mit einem Tastaturabdruck auf der Wange aufgewacht. Aber glücklich, denn sein Posteingang hatte rot geblinkt.

Er stand auf und ging ein paar Schritte. Die Morgenluft war kühl und frisch. Vielleicht sollte er seine Turnschuhe hervorholen und eine Runde joggen gehen. Das war bislang sein Wundermittel gegen jede Art von Verwirrung gewesen. Aber würde es ihm diesmal auch helfen?

Ganz in Gedanken passierte er das Eisbärengehege. Das riesige Tier tauchte aus dem Wasserbecken auf und schüttelte sich. Tropfen stoben in alle Richtungen. Fabio starrte fassungslos auf das pelzige Hinterteil, das zum imaginären Rhythmus von *Shake It* zu wackeln schien. *Der Eisbär tanzt!* Die Vorstellung erheiterte ihn. Sein

Glucksen wurde zu einem Kichern, wuchs zu einem Lachen, erst leise, dann laut. Er lachte, bis ihm die Tränen kamen.

»Fou.« Er atmete geräuschvoll aus. Es war einfach zu abgedreht. Sollte er diese Komödie beenden? Er jagte einem Phantom nach, dem er das Gesicht von Lina gab. Weil er es so wollte, weil er es sich so sehr wünschte. Das sollte er sich endlich eingestehen. Jeder Hinweis, jeder noch so unterschwellige Reiz führte ihn zu ihr, ganz unbewusst und ohne irgendeinen Beweis. Es war, als nutze er seinen Verstand nur noch, um sein irrationales Handeln zu erklären. Er musste vollkommen plemplem sein, wenn er diesem Dino-Freak zurückschrieb.

»Tu's nicht«, wisperte er sich selbst halbherzig zu. Aber seine Hände zogen ungerührt sein Smartphone aus der Jacke und huschten mit fliegenden Fingern über die Buchstaben.

Lieber T. Rex,
Sie sind zwar sehr still, aber doch unterhaltsam. Ich frage mich, ob ich Sie wohl nach Hause begleiten könnte. Aber dafür müssten Sie mir Ihre Adresse verraten.
Ihr Fabio D.

10:05 Uhr

»Da bist du ja endlich!« Lina stürmte auf Pia zu, kaum dass ihre Freundin die Wohnungstür geöffnet hatte.

»Warum brüllst du so? Lass mich erst mal reinkommen.« Pia stellte die Einkaufstüten ab und schlüpfte aus ihren Turnschuhen.

»Er. Will. Hierher. Kommen.« Lina stieß die Worte mit der letzten ihr verbliebenen Luft aus. Ihr Gesicht war von hektischen Flecken übersät.

»Wie bitte, was?«

»Ich kann das nicht«, schluchzte Lina.

»Hat er Tyras Adresse?«

»Ja? Nein? Ich weiß nicht.«

»Na, hast du sie ihm gegeben?« Pia redete mit ihr wie mit einem Kleinkind.

»Nein. Aber er hat danach gefragt.«

Pia seufzte und hob eine Grapefruit auf, die sich selbstständig auf den Weg in die Küche gemacht hatte. »Dann trinken wir jetzt erst mal einen Kaffee. Ohne Frühstück geht bei mir gar nichts.«

Lina griff sich eine der Taschen und trottete Pia hinterher. Die Aussicht, Fabio gegenüberzutreten, hatte sie in helle Panik versetzt. Zwar liebte ein Teil von ihr immer noch den Fabio, den sie vor einem Jahr kennengelernt hatte. Aber der Verrat an ihren Gefühlen wog schwer.

Und so schob sich jedes Mal, wenn sie an ihn dachte, eine grinsende Fratze vor sein Gesicht, verhöhnte sie und ihre Naivität.

Während Lina Paprika, Käse, Joghurt und Milch in den Kühlschrank sortierte, brühte Pia Kaffee auf.

»War echt hart, mitten in der Nacht aufzustehen«, knurrte ihre Mitbewohnerin. Sie war kurz vor neun losgesprintet, um das Tyra-Double rechtzeitig im Tierpark zu platzieren.

»Es war acht Uhr neununddreißig und die Sonne bereits aufgegangen. Außerdem fandest du Frühsport gestern Abend noch super«, lenkte Lina ein.

»Heute bin ich eben schlauer«, erwiderte Pia schnippisch und stellte zwei dampfende Tassen auf den kleinen quadratischen Tisch. »Hier, das weckt die Lebensgeister. Caro-Kaffee für dich und Arabica-Bohnen für mich.« Sie schlürfte geräuschvoll ihren Milchkaffee.

»Hast du ihn gesehen?«, fragte Lina neugierig. Allein die Vorstellung, dass Pia Fabio nahe gewesen sein könnte, ließ ihr Herz schneller pochen.

»Quatsch. Weißt du eigentlich, wie kalt es draußen ist? Da warte ich doch nicht eine halbe Stunde im Gestrüpp – egal auf wen oder was.« Pia schnaubte. »Übrigens: Ich bin zweitausend Meter bis zum EDEKA gelaufen und habe gesunde Sachen gekauft.«

»Applaus, Applaus.«

»Eigentlich wollte ich zum Penny, aber bis dahin habe ich es nicht mehr geschafft.« Sie massierte ihre Wade und verzog dabei das Gesicht. »Fast hätte ich den Einkaufswagen als Gehhilfe entführen müssen, um wieder nach Hause zu kommen.«

Lina grinste schief und reichte ihrer Freundin kommentarlos einen Cookie, den Pia sich ohne Umschweife komplett in den Mund schob.

»Du hast Hackbällchen und Bockwürste vergessen.«

»Die besorgt doch Timo.« Pia kicherte und griff sich noch einen Schokoladenkeks. »Also, jetzt zeig mal die Mail«, nuschelte sie mit vollem Mund und angelte sich den Tablet-PC vom Regal. »Hm, aha«, sagte sie kauend, während sie Fabios Antwort las. »Er zeigt kein Erkennen, aber er will mehr wissen. Also würde ich Stufe drei freischalten. Mal sehen, was passiert.«

»Ich weiß nicht, ob ich dafür bereit bin«, flüsterte Lina und nippte an dem süßen Getreidekaffee.

»Probieren geht über studieren«, konterte Pia mit einer Binsenweisheit und verschwand mit dem halben Gesicht in ihrer XXL-Tasse.

»In dem Spielzeugladen, gestern, da habe ich Lennard getroffen«, platzte es aus Lina heraus.

»Den niedlichen Lennard, den du damals auf dem Bauernhof kennengelernt hast?« Pia hatte Lina über jedes Detail ausgefragt und es sich offenbar auch gemerkt.

»Genau der. Er will sich mit mir treffen.«

»Tu's nicht.«

»Zu spät. Ich sehe ihn am Sonntag.« Lina strich sich über die Stirn. Die Ereignisse überrollten sie. »Vielleicht sollte ich diese Fabio-Geschichte abbrechen. Das wächst mir über den Kopf. Lennard ist ein süßer Typ. Ich mag ihn.« *Und vielleicht hilft er mir, Fabio zu vergessen.* Irgendwann würde sie ihm gewiss über den Weg laufen. Da war es besser, wenn sie jemanden an der Seite hatte, der sie stützen konnte. Wenn sie das dann überhaupt noch brauchte.

»Hm, hm«, schmatzte Pia und wiegte bedeutungsvoll

den Kopf. »Wenn du statt getrüffelter Tomatenvinaigrette lieber Bolognese isst, dann geh mit Lennard aus.« Sie spülte den Keks mit Kaffee herunter. »Das sagt mir jedenfalls mein Bauch.«

»Was hat denn Bolognese mit Lennard zu tun? Wir gehen Makronen essen.«

»Das war als Metapher gemeint.« Pia rollte mit den Augen. »Lennard ist die sichere Wahl, so wie Bolognese. Schmeckt immer. Kann man nichts falsch machen. Fabio hingegen ist ein Fünf-Sterne-Menü. Du weißt nicht, was du kriegst. Aber einmal gekostet, kannst du nicht genug davon bekommen.« Sie drehte sich eine Strähne um den Finger und sah Lina unschuldig an.

»Lieber eine ehrliche Bolognese als ein falsches Filet«, schnappte Lina.

»Aber du hast beim Sternekoch schon ge-na-hascht«, lachte Pia und wischte mit einer lässigen Handbewegung Kekskrümel und Linas Bedenken vom Tisch. »Und jetzt ran an die Arbeit. Fabio wartet auf eine Antwort.«

10:32 Uhr

Sehr geehrter Herr Fabio D.,
herzlichen Dank für das Angebot, aber ich brauche keine Eskorte. Ich kann sehr gut auf mich selbst aufpassen. Wenn Sie daran zweifeln, werfen Sie doch einen kurzen Blick auf mein tadellos gepflegtes Gebiss. Darüber hinaus bin ich an einer romantischen Beziehung mit einem Altweltaffen nicht interessiert. Und bevor Sie fragen: Ich trinke keinen Kaffee. Wenn Sie dennoch mehr über mich erfahren möchten, kommen Sie um 13:00 in die Alsterschwimmhalle.
Ich bitte um angemessene Kleidung.
Herzlichst, T. Rex

Ähm, nun. Fabio biss in ein kaltes Stück Pizza. T. Rex war an einer Romanze also nicht interessiert. Erhöhte das die Wahrscheinlichkeit, dass es sich um einen heterosexuellen Mister T. Rex handelte? War Lina damit raus? Er kaute versonnen auf der scharfen Salami.

Wach auf, Mann, Lina war nie Teil dieses Spiels. Er schnippte den trockenen Teigrand zu den anderen in den Karton und wischte mit dem Zeigefinger über die schwarz glänzende Oberfläche seines iPads.

Wie auch immer, oder besser, wer auch immer, aber T. Rex war genauso spröde wie Lina bei ihrer ersten Begegnung. Der Dino hielt ihn auf Abstand und war einladend zugleich. Ziemlich widersprüchlich. Und spannend.

Mein lieber T. Rex,
ich brenne darauf, mehr von Ihnen zu erfahren:
Wie ist Ihre Schuhgröße?
Steht T für Tom oder Tanja?
Arschbombe oder Köpper, Kraulen oder Brustschwimmen? Übrigens eine interessante Frage angesichts Ihrer Anatomie.
Ihr Fabio D.
PS: Wenn Sie absaufen, erwarten Sie keine Mund-zu-Mund-Beatmung.

Nachdem Fabio die E-Mail abgesendet hatte, beschloss er zu duschen. Andernfalls würde er wie ein verhaltensgestörtes Raubtier vor dem Computer auf- und abtigern. Das hatte er bereits zur Genüge getan und war an weiteren Runden durch seine Zweizimmerwohnung nicht interessiert.

Er zwang sich, ausgiebig Wasser zu verschwenden, seine Zähne drei Minuten zu putzen, sogar die Fuß- und Fingernägel mussten daran glauben. Als er zurück ins Wohnzimmer stürzte, blinkte sein elektronischer Posteingang. Zum Glück. Er war kurz davor gewesen, seine Socken zu sortieren und den Kühlschrank auszuwaschen. Andächtig öffnete er die E-Mail.

Sehr geehrter Herr D.,
Ihre unverschämten Fragen beantworte ich in aller Kürze:
1. Wie Sie sich vielleicht vorstellen können, rangiere ich außerhalb der aktuellen Größentabellen.

2. Weder noch. Es steht für Tyra.
3. Das werden Sie wohl selbst herausfinden müssen.
Mit den besten Grüßen,
T. R.

Ein feiner Stich der Enttäuschung durchzuckte ihn. Tyra, nicht Lina. Aber was hatte er erwartet? Dass Lina ihm tatsächlich geheime Botschaften mit einem Plastikdino schickte? Wenn er genau darüber nachdachte, war das nicht ihr Stil. Sie war der wissenschaftlich-korrekte Typ, nicht exzentrisch und ausgeflippt. Er fuhr sich durch die Haare. Aber stimmte das auch? Mal wieder wurde ihm klar, dass er so gut wie nichts über Lina wusste. Wie konnte er dann so an ihr hängen? *Weil du das Wichtigste kennst: ihr Herz*, wisperte eine ungebetene Stimme in seinem Kopf.

Zornig schmiss er den mit Fettflecken übersäten Pizzakarton zu den zehn anderen, die sich in der Ecke türmten. Zeit, aufzuräumen und in ein neues Leben zu starten. Er musste sich von seinen Gefühlen für Lina trennen, und zwar wirklich. Sonst würde er sich nie wieder in eine andere Frau verlieben, geschweige denn eine glückliche Beziehung führen können.

Er knackte mit den Fingern und wandte sich erneut der E-Mail zu. Tyra also. Weiblich, witzig, wortgewandt. Aber ganz offensichtlich scheu. Wer war sie? Ab jetzt würde er Lina da rauslassen. Vielleicht war Tyra ja der Schlüssel zu einem neuen Glück. Jedenfalls hatte keine andere in den vergangenen zwölf Monaten seine Stimmung so erhellt und seine Gefühle so aufgewühlt wie sie. Dass er dabei ununterbrochen an Lina gedacht hatte, klammerte er aus. Ganz so, wie er es sich vorgenommen hatte.

Die Alsterschwimmhalle war nur mäßig voll. Ein Schwimmkurs kraulte unter der Aufsicht ihrer Trainerin die Fünfzig-Meter-Bahn entlang. Drei Jugendliche tobten auf den Sprungbrettern herum. Zwei Omas liefen mit Schwimmnudeln unterm Arm zum Außenbecken. Sie unterhielten sich angeregt miteinander und würdigten ihn keines Blickes.

Wenn nicht die Schwimmlehrerin mit dem grauen Igelhaarschnitt und der verstrichenen Taille hinter Tyra steckte, dann mussten es die pubertierenden Jungs sein. Fabio kreuzte seine Finger. Aber weder die Lehrerin noch die Teens interessierten sich für ihn. Er suchte weiter die Schwimmhalle ab. Tyra war nirgends zu entdecken. Hatte seine Internetbekanntschaft einen Rückzieher gemacht?

»Alter, guck mal, was ich gefunden habe. Voll fett«, grölte einer der Halbstarken plötzlich.

Fabio hob den Blick. Auf dem Fünf-Meter-Turm stand einer der Jungen. In seiner Hand ein grüner Plastikdino, den er wie eine Trophäe über dem Kopf schwenkte.

Verdammt! Fabio sprintete los, schlitterte um den Rand des Beckens und knallte mit dem Knöchel gegen den Betonpfeiler, an dem die Leiter zu den Sprungbrettern befestigt war. Scheiße, tat das weh. Humpelnd nahm er zwei Sprossen auf einmal.

»Das ist mein Dino.« Er zwang sich, aufrecht zu stehen und seiner Stimme einen festen Klang zu geben, obwohl er sich lieber keuchend auf den Knien abgestützt hätte. Er war definitiv nicht in Höchstform.

»Jetzt nicht mehr«, grinste der Typ frech.

»Her damit!« Fabio wollte ihm das Spielzeug aus der Hand reißen.

»Vergiss es, Hackfresse.« Der Jugendliche versteckte Tyra flink hinter seinem aknegeplagten Rücken.

»Gib ihm den Dino.«

Wo kam denn plötzlich dieser Typ her? Irgendwie kam Fabio der Rothaarige mit der leicht vernuschelten Stimme bekannt vor.

»Ey, was geht 'n hier ab? Seid ihr 'n Dino-Geheimbund oder so was?« Das Lachen des Jungen klang wie ein Röcheln bei verstopfter Nase.

Fabio warf einen Blick über den Rand des Sprungturms. Fünf Meter waren verdammt hoch.

»Hör mal zu, du Intelligenz-Allergiker«, mischte sich der Rothaarige wieder ein und ging einen Schritt auf den Jugendlichen zu. »Du gibst ihm jetzt sofort den Dino, sonst ...«

»Sonst was?«, höhnte der Bengel und streckte dem Unbekannten seine bleiche Brust entgegen.

Jetzt oder nie! Fabio hechtete zu dem Teenager, stolperte über Schuhgröße 45, mindestens, wankte, prallte gegen den Rothaarigen, der mit rudernden Armen in der Tiefe verschwand, packte in letzter Sekunde den Halbstarken und riss ihn mit sich. Der Junge schrie, bis ihm der Aufprall die Luft nahm und das Wasser ihn verschluckte. Während der Teenie hektisch zur Wasseroberfläche strampelte, hielt Fabio nach Tyra Ausschau. Das Dino-Mädchen trudelte durch die unzähligen Luftbläschen auf den Grund des türkisfarbenen Beckens. Fabio stieß sich kraftvoll ab und tauchte hinab.

Als er einige Sekunden später heftig prustend nach Luft schnappte, zog sich der Bepickelte gerade an den Metallbügeln seitlich des Sprungturms aus dem Wasser. Seine Kumpels standen am Beckenrand und durchbohrten Fabio mit bösen Blicken. Von seinem rothaarigen Unterstützer fehlte jede Spur.

»Ich mach dich fertig, du Auspufflutscher.«

»Gern, wann soll ich dich vom Kindergarten abholen?«, konterte Fabio und stützte sich auf den Randfliesen ab. Als er sich hochstemmen wollte, trat ihm einer der Teenager auf die Hand. Blitzschnell packte Fabio seinen Angreifer am Knöchel und brachte ihn aus dem Gleichgewicht. Der Junge landete mit einem lauten Platsch im Becken.

»Was ist denn hier los?«, blaffte eine Stimme hinter den Jugendlichen, die gerade im Begriff waren, sich auf Fabio zu stürzen.

»Der Feierabendclown hat Kalle vom Turm geschubst und Jannik ins Wasser gezogen.«

Fabio nutzte den Moment und schwang sich aus dem Sprungbecken. Jetzt hatte er freie Sicht auf die Bademeisterin. Sie hatte lange blonde Haare, einen durchtrainierten Körper und einen hinreißenden Mund.

Tyra? Oh ja, bitte. Ihre wasserblauen Augen fixierten ihn ungerührt, fast hart. Er hielt den Dinosaurier hoch. Keine Regung blitzte in diesen wunderschönen Augen auf: weder Erkennen noch Belustigung.

Sie ist es nicht.

»Meine Nichte hat ihren Lieblings-Dino hier vergessen. Kalle hatte ihn auf dem Sprungbrett gefunden. Ich habe ihn höflich gebeten, aber er wollte ihn mir nicht geben. Dann kam er ins Straucheln«, fasste Fabio die Ereignisse zusammen und machte dabei ein betretenes Gesicht. »Ich wollte ihn festhalten, aber ich konnte den Fall nicht mehr aufhalten.« Er schenkte der Bademeisterin sein charmantestes Lächeln und fuhr sich dabei durch die nassen Locken.

Sofort überzog eine leichte Röte ihre strengen Gesichtszüge. »Da wird sich Ihre Nichte aber freuen.«

Kalle sah Fabio mit offenem Mund an. »Aber, ey, so war das nich'«, beschwerte er sich.

»Wenn ich euch noch einmal erwische, egal bei was, habt ihr Hausverbot«, kläffte die Bademeisterin die Jugendlichen an. Sie lächelte Fabio noch einmal zu und ging dann forschen Schrittes in ihre Kanzel zurück.

»Gewonnen«, raunte Fabio fast lautlos. Formvollendet warf er dem wutschäumenden Kalle einen Luftkuss zu und verschwand in der Umkleide.

800 g Äpfel
6 Eier
200 g Zucker
3 Päckchen Vanillinzucker
250 g Mehl
1 Päckchen Backpulver
250 g Butter
200 g geröstete Mandeln

Das Rezept für einen Apfelkuchen? Apfelkuchen mit Mandeln. Fabio faltete die Folie, auf der die Zutaten mit wasserfestem Edding aufgelistet waren, zusammen und steckte sie in seine Jeans. Ratlosigkeit machte sich in ihm breit. Wohin sollte dieses Spiel führen? Er schlang sich sein Sweatshirt um die Schultern.

»Heute back ich, morgen brau ich, übermorgen …«, wisperte er. Wer auch immer es war: Er würde sie kennenlernen!

15:10 Uhr

»Hmm, riecht das köstlich.« Karo steckte den Kopf durch die Küchentür. »Oh Fabio, wie schön«, freute sie sich. »Dich habe ich ja eine Ewigkeit nicht gesehen.« Seit sie bei der Werbeagentur angefangen hatte, arbeitete sie genauso viel wie er. Nur, dass sie sich zwischen dem Job und ihrer Tochter zerriss und meist bis spät in die Nacht schuftete, um das immense Pensum zu erfüllen. Aber Karo liebte das, was sie tat. Und obwohl tiefe Schatten unter ihren Augen lagen, beklagte sie sich nicht, sondern strahlte ihn an.

»Noch fünf Minuten.« Fabio warf einen prüfenden Blick in den Backofen. Die Mandelkruste wurde langsam goldbraun. So, wie er sie von Heikes berühmtem Apfelkuchen kannte. Er hatte ihn das letzte Mal mit Lina zusammen gegessen. Seitdem war er nur noch einmal auf dem Hof gewesen. Heike hatte natürlich prompt nach Lina gefragt. Fabio war ausgewichen, aber seine Tante hatte sich nicht mit Allgemeinplätzen abspeisen lassen. Dafür war sie zu intelligent, dafür kannte sie Fabio zu gut, dafür mochte sie Lina zu sehr. Als er ihr von der Wette erzählt hatte, hatte er ihr nicht in die Augen blicken können. Noch nie hatte er sich so geschämt. Heike hatte ihm die Hölle heißgemacht. Zu Recht. Er schüttelte den Gedanken ab. Schon wieder Lina.

»Möchtest du Kakao, Emilie?«, fragte er, während er

Milch in ein Stahlkännchen füllte und auf dem Gasherd platzierte.

»Ja, ja, ja«, jubelte die Kleine und schlang die Arme um sein Bein.

»Erst Hände waschen«, hörte Fabio seine Cousine rufen. Er lupfte Emilie das Basecap mit Kaninchen-Print vom Kopf und wuschelte ihr durch die Haare. Kichernd lief die Kleine ins Bad.

»Was verschafft uns die Ehre?« Karo hüpfte auf einem Bein in die Küche, während sie parallel versuchte, in braun-rosa gestreifte Kuschelsocken zu schlüpfen.

»Ich habe heute dieses neue Rezept bekommen und wollte es unbedingt ausprobieren«, flötete Fabio. Es war sonnenklar, dass Karo nicht darauf reinfallen würde. Aber einen Versuch war es wert. Wenn er sofort diese abstruse Dino-Geschichte auffuhr, würde sie sicher an seiner geistigen Gesundheit zweifeln und ihn zu ihrem Hausarzt schleppen.

»Du. Backen. In der Woche. Am helllichten Tag.« Karo zog eine Augenbraue hoch. »Ich kann mich nicht entscheiden, was davon die größte Lüge ist.« Sie schnupperte an ihm wie ein Drogenspürhund.

Fabio scheuchte sie weg. »Hauptsache, es schmeckt, oder?«

Karo gab ihm einen freundschaftlichen Klaps auf den Hinterkopf und verteilte Teller auf dem Tisch.

»Ich will ein ganz großes«, piepste Emilie.

Die Eieruhr ratterte und krächzte wie ein Wellensittich mit Kehlkopfleiden. Fabio streifte sich die rot karierten Handschuhe über.

»Tadaaaa!« Stolz präsentierte er sein Kunstwerk. Emilie und Karo applaudierten.

»Nicht schlecht für einen Anfänger«, frotzelte Karo, während sie den heißen Kuchen anschnitt.

»Wer will Vanilleeis?«, würgte Fabio sie ab.

»Ich, ich, ich!« Emilie zappelte aufgeregt.

Nachdem alle drei mit Kuchen, Eis, Kakao und Kaffee versorgt waren, war für einen Augenblick nur das Klirren von Löffeln auf Porzellan zu hören. Die Mandelkruste knackte verführerisch und schmolz wie Butter auf der Zunge.

»Fabio, das ist fantastisch.«

»Leckerer wie der von Oma«, schmatzte Emilie, deren Nase ein Klecks Eiscreme zierte.

»Es heißt leckerer *als* der von Oma«, verbesserte Karoline ihre Tochter. »Obwohl man das so nicht sagen kann. Inhaltlich und grammatikalisch vielleicht, aber nicht diplomatisch.«

Emilie schaufelte genüsslich ihre Eiscreme und summte dabei *Old MacDonald Had A Farm*. Fabio drehte versonnen seinen Teller im Uhrzeigersinn. Und wieder zurück. Tik, tak – tak, tik. Es war, als säße er wieder an Heikes Küchentisch. Der Apfelkuchen war eine identische Kopie, der Zwillingsbruder desjenigen, den er mit Lina vor einem Jahr gegessen hatte. *Lina.* Erinnerungen an sie tauchten auf: Wie sie im Mondschein vor ihm stand, mit schimmernden Wassertropfen in den kurzen goldblonden Haaren. *Meine Meeresprinzessin.* Ihre Lippen, die nach süßen Himbeeren schmeckten. Ihre zierliche Gestalt, die durch das riesige Eingangstor von Heikes Bauernhaus schlüpfte.

»Das Rezept. Es ist von Lina«, sagte er auf einmal, als wäre es die einfachste und einzige Wahrheit der Welt. Ohne Zweifel brachte Tyra ihm ein Mosaiksteinchen nach dem anderen. Die Farbe Pink, das Karussellpferd, Stella, das Schlammschwein, Mette, die Eisbären, das Schwimmbad, der Apfelkuchen. Was würde der Dino als Nächstes im Maul haben? Barbie oder Ken?

Sicher, es bestand die Gefahr, dass er sich irrte. Aber dieses Risiko war er bereit einzugehen.

All in. Er würde versuchen, Lina zurückzugewinnen.

Karo ließ die Kaffeetasse langsam sinken. »Wie bitte?«

»Guck mal, ich habe ein Boot gebaut.« Emilie brummte mit ihrem zweiten Stück Kuchen über den Tisch.

»Du triffst sie wieder?«, hakte Karo ungläubig nach.

»Ich brauche eure Hilfe«, sagte Fabio statt einer Antwort.

»Kauf ihr einen Blumenstrauß oder einen schönen Ring oder ein Schloss«, plärrte Emilie aufgeregt, nachdem Fabio die ganze Geschichte erzählt hatte.

»Sie ist unsicher: ob du sie liebst, ob sie dich liebt.« Karo drehte Tyra von rechts nach links. »Und ob sie dir verzeihen kann.«

Fabio schluckte. Es war kaum zu ertragen, darüber zu reden, wie sehr er Lina verletzt hatte. Die Frau, die sein Herz besaß. Das hatte er in den vergangenen Stunden deutlich gespürt. Alle Versuche, sie zu vergessen, waren gescheitert.

»Ich will ihn auch mal haben«, nörgelte Emilie und schnappte nach dem Dino.

»Es ist eine Sie«, klärte Fabio den kleinen Quälgeist auf. »Vielleicht magst du ihr was Schönes anziehen.«

»Au ja.« Emilie hüpfte vergnügt in ihr Zimmer.

»Was soll ich tun?« Fabio stupste den altersschwachen Küchentimer an, auf dem eine quietschgelbe Ente thronte.

»Das musst du selbst herausfinden«, erwiderte seine Cousine. »Sie soll dich und nicht mich lieben, richtig?« Sie strubbelte ihm durch die Locken.

»Bitte, bitte: nur einen klitzekleinen Hinweis. Ich will es nicht noch einmal vermasseln«, flehte Fabio.

»Hm.« Karo goss sich noch eine Tasse Kaffee ein. »Ich kann dir keinen All-inclusive-Ratschlag geben.« Sie nippte an dem pechschwarzen Getränk. »Aber wenn du dich an ein paar Regeln hältst und es wirklich ehrlich meinst …«

»Ja?«, unterbrach Fabio sie ungeduldig. Jetzt, da er fest daran glaubte, dass Lina hinter alldem steckte, konnte er es kaum erwarten, sie wiederzusehen. Ein Kribbeln kroch sein Rückgrat hoch. Der Raum war plötzlich heller, alle Farben intensiver. Er wollte sein Glück diesmal festhalten. Das zarte Band, das Lina ihm reichte, durfte er nicht zerreißen. Seine Hände wurden klamm.

Karo pickte ein paar Krümel vom Tisch. »*Erstens:* Ein Herz kann man nicht kaufen. Wenn du mit einem hübsch verpackten Geschenk aus einem Geschäft kommst, hast du schon verloren. *Zweitens:* Mach nichts, was du besonders gut kannst. Es geht nicht darum, sie mit deiner Kunst zu blenden, sondern sie in deine Seele blicken zu lassen. *Drittens:* Wenn du weniger als eine Stunde dafür brauchst, mach etwas anderes. Es geht hier um Liebe und nicht um eine schnelle Nummer.«

»Ah – so«, sagte Fabio gedehnt. Karos Weisheiten klangen wie das Brüllen eines dreiköpfigen Löwen, der den Schatz bewacht. Warum musste seine Cousine in Rätseln reden? Vielleicht sollte er sie daran erinnern, dass sie kein Orakel, sondern eine ganz normale Frau war. Aber vermutlich war das sowieso ein und dasselbe.

»Guckt mal, ich habe Dino-Lino die Nägel lackiert.« Emilie hielt ihm die in grellem Pink bemalten Klauen des T-Rex unter die Nase und hüpfte dabei auf und ab. Fabio schielte auf Emilies Kunstwerk und versuchte vergeblich, das Bild vor seinen Augen zu stabilisieren.

»Schön«, lobte er sie und versuchte, ihr den Dino abzunehmen.

»Darf ich sie behalten?«

»Nein, ich brauche Tyra noch.«

Emilie schob ihre Unterlippe vor. »Aber die ist so süüüß.«

»Schau, Fabio ist jetzt ein Ritter, Tyra ist sein Drache«, erklärte Karo ihrer Tochter und lachte Fabio dabei frech an.

Fabio streckte ihr die Zunge raus und erhob sich. »Und der Ritter reitet auf dem Drachen zu seiner Prinzessin.«

»Und dann heiraten sie.« Emilie klatschte in die Hände. »Ich will Blumenmädchen sein. Mama, bekomme ich auch so ein rosa Kleid mit Glitzersternen drauf? Wie das von Marisa?«

Fabio reckte beide Daumen in die Luft und grinste breit. Karo verzog das Gesicht zu einer Grimasse.

»Ich galoppiere jetzt vom Hof.« Er verneigte sich feierlich. »Meine Damen, ich empfehle mich.« Es wurde Zeit, dass er seine Gefühle in eine selbst gebastelte Form goss. Und dafür brauchte er Ruhe und einen klaren Kopf.

16:18 Uhr

Lina rannte mit dem Putzlappen bewaffnet zu ihrem Laptop. Alle zwei Minuten synchronisierte sie Tyras Posteingang. Aber bis auf einen Zehn-Euro-Gutschein für einen Online-Sexshop waren keine weiteren Nachrichten eingetrudelt. Lina löschte die schlüpfrige Werbung und fragte sich gleichzeitig, wofür Pia wohl sonst diesen Mail-Account nutzte.

Mit einem Seufzer ließ sie sich auf ihr Bett sinken. Seit drei Stunden wütete sie durch die Wohnung, wischte Staub, schrubbte die Böden und goss die Blumen. Sie hatte zwischenzeitlich sogar überlegt, zur Arbeit zu gehen. Aber samstags war das Institut bis auf den einen oder anderen Doktoranden, der den Absprung ins Wochenende nicht geschafft hatte, leer. Doch alleine hier zu sitzen und auf eine E-Mail zu warten war reine Folter.

Wieder schielte sie zu dem Rechner, der leise vor sich hin summte. Warum meldete er sich nicht? Verstand er die Botschaften nicht und fühlte sich veräppelt? Oder hatte er sehr wohl begriffen, wer dahintersteckte, und zog sich nun zurück? Linas Hände zitterten, als sie die Putzhandschuhe auszog. Lange würde sie diese Ungewissheit nicht aushalten.

Rumms. Die Wohnungstür fiel krachend ins Schloss. War das Pia? Lina sprang auf.

»Also, ich bin raus.« Timo klang nach Schnupfen.

»Was ist passiert?«

»Dieser Irre hat mich vom Fünf-Meter-Turm geschubst.« Seine Augen waren so rot wie seine Haare. »Hier, alles voller Wasser. Sogar jetzt noch.« Er knetete seine Ohren.

»Aber warum?«

»Ich leg mich hin.« Ohne Linas Frage zu beantworten, zog er seine Socken aus, pfefferte sie in den Zeitungsständer und verschwand im Bad.

Na super. Statt den Dino ins Schwimmbad zu stellen, hatte Timo sich mit Fabio geprügelt. Kein Wunder, dass er ihr nicht schrieb.

Lina ging zurück in ihr Zimmer, öffnete das Fenster und sog die kühle Luft tief in ihre Lunge. Die Sonnenstrahlen fielen golden durch ihre geschlossenen Lider, tankten sie mit neuer Kraft auf. Ohne auf die verschmutzten Scheiben zu achten, drehte sie sich abrupt um und ging entschlossen zu ihrem Computer.

Wie hat Ihnen der Kuchen geschmeckt? Senden.

Bittersüß und voller Erinnerungen, kam die Antwort nur wenige Minuten später.

Sie starrte auf die Worte, las sie wieder und wieder. Ihr Herz raste, und ihr Atem ging flach. Jetzt war es raus. Hier stand es schwarz auf weiß: Er wusste es. Was würde jetzt passieren? Wollte er sie wiedersehen? Und war sie bereit dafür? Ihre Gedanken tanzten ungestüm durcheinander. Als sie sie langsam wieder fassen konnte, riefen sie ihr eine schmerzhafte Wahrheit zu: Es kam keine weitere Nachricht.

»Eine bittersüße Erinnerung«, wisperte sie und atmete gegen das Stechen in ihrem Herzen an. Mehr war sie also nicht für ihn, mehr hatte er nicht zu sagen. Keine Erklärungen, keine Entschuldigung. Nicht einmal ein Wie-geht-es-dir.

»Und ich habe immer noch geträumt.« Von Liebe, von einer besonderen Verbindung zwischen ihnen, von einem Band, das zart und doch unzerreißbar war. Sie hatte sich getäuscht. Kraftlos sank sie neben dem Schreibtisch auf den Boden. Sie hätte es wissen müssen. Oder zumindest ahnen. Vor einem Jahr hatte er sie ohne zu zögern auf dem Altar seiner Selbstverliebtheit geopfert. Wie hatte sie das vergessen können?

»Was bin ich für ein naives, dummes Huhn«, schimpfte sie leise. Tränen stahlen sich in ihre Augen. Sie wischte sie grob mit dem Handrücken weg. Nie wieder würde sie ihn so dicht an sich heranlassen.

18:01 Uhr

»Was ist denn hier los?« Pia fuhr mit dem Zeigefinger über das blank polierte Kochfeld. »Ich hoffe, dein Putzfimmel hat nicht bis in mein Zimmer gereicht. Von so viel Sauberkeit bekommt man Allergien.« Sie steckte den Kopf in den Kühlschrank. »Willst du auch einen Jogurt? Fünf Stunden Bindungstheorie, das war mein erstes und letztes Mal in einer Lerngruppe!«, motzte sie lautstark und angelte sich einen Löffel aus dem Besteckkasten. Hochkonzentriert zog sie den Aludeckel von dem Becher, als handle es sich um einen explosiven Sprengkopf und nicht um ein Molkereierzeugnis.

»Was stinkt hier eigentlich so?« Sie rümpfte die Nase. »Sag nicht, dass es Kamillentee ist.« Erst jetzt musterte sie Lina, die wie ein Häufchen Elend am Küchentisch saß und sich an ihrer Tasse festklammerte.

»Oje«, sagte sie und stellte den Jogurt beiseite. »So schlimm?«

Lina nickte stumm. Sie wollte etwas sagen, aber ihr Hals war zugeschnürt, und auf ihrer Brust lag ein Stein.

»Soll ich ihn foltern? Ich nehme ihn mit in die Neuroanatomievorlesung, oder besser in das Statistikseminar. Das bringt ihn um.«

Lina versuchte sich an einem Lächeln, was ihr gründlich misslang.

»Was hat unser Tierfreund denn gemacht?«

»Gar nichts. Das ist es ja«, schniefte Lina. Jetzt kamen die Tränen doch, diese miesen Verräter. In kleinen Bächen rannen sie über ihre Wangen und tropften auf ihren Pullover.

»Ich kann dir nicht folgen.« Pia runzelte die Stirn.

»Er weiß es. Und er tut nichts«, flüsterte Lina mit erstickter Stimme. Die Enttäuschung drohte sie fast zu verschlingen.

»Sekunde, ich schau mir das schnell selbst an. Bin gleich wieder da. Lauf nicht weg.« Ihre Freundin stürmte aus der Küche.

Lina nahm einen Schluck Tee. Das Zeug half überhaupt nicht gegen Liebeskummer. Wenn sie je wieder welchen haben sollte, würde sie etwas anderes probieren.

»Ich fürchte, du musst die Trübsal abblasen.« Mit Schwung schob Pia ihr den Laptop vor die Nase. »Lies das und gib mir dieses fürchterliche Gebräu.« Sie wand Lina die Teetasse aus den Händen.

»Nein«, protestierte sie. Woran sollte sie sich denn festhalten, wenn ihre Welt wieder ins Wanken geriet?

»Doch! Und jetzt: lies.«, forderte Pia sie energisch auf und kippte den Kamillenaufguss in die Spüle.

Liebe Lina,
danke für die zweite Chance.
Ich möchte Dir alles erklären, muss Dir so vieles sagen.
Aber diese Worte gehören nicht hierher.
Bitte erweise mir die Ehre und komm um 19:00 Uhr zum Deutschen Schauspielhaus.
Fabio

Lina betrachtete die Zeilen wie ein abstraktes Kunstwerk. Was wollte ihr der Künstler sagen? Die Buchstaben tanzten vor ihren Augen, setzten sich neu zusammen, ergaben keinen Sinn.

»Soll ich für dich übersetzen? Deine große Liebe wartet. Deine Augen sind verquollen und rot. Du hast nichts zum Anziehen und nur noch dreißig Minuten Zeit.« Pia schnippte mit den Fingern vor Linas Augen. »Bitte, Lina, schalte deinen Kopf endlich an – oder besser aus – und sitz hier nicht einfach so rum.«

»Ich weiß nicht, was ich tun soll.«

»Gar nichts, außer dir anzuhören, was er zu sagen hat. Dieses Gespräch ist längst überfällig.« Pia wickelte Lina ihre dunkelgrüne Jacke um den Hals und reichte ihr die Schuhe. »Los jetzt, die ungeschminkte Wahrheit wartet.«

19:01 Uhr

Lina eilte auf das Eingangsportal des Theaters zu. Die weiße Fassade glänzte im warmen Licht der späten Sonnenstrahlen. Sie atmete tief ein und ging die letzten Schritte bis zu den gläsernen Türen. Wo war er?

Nervös knetete sie ihre Strickjacke, die sich beim Rennen gelöst hatte und nun unordentlich über ihrer Schulter hing. Menschen kamen und gingen, liefen blicklos an ihr vorbei. Vergeblich hielt sie nach dem braunen Lockenkopf Ausschau. Ihr Mut sank. Wie viel Wartezeit würde ihr Selbstwert vertragen, bevor sie gebrochen davonschlich?

»Malina Nyberg?« Ein Fahrradkurier bremste knapp vor ihren Füßen. Lina wich erschrocken zurück. Der Mann blickte sie fragend an.

»Ja?«

»Sendung für Sie.« Er zog eine flache Box aus seinem Rucksack und drückte sie ihr in die Hand. »Bestätigen Sie den Empfang bitte hier.« Wie in Trance nahm sie den Stift, den der Kurier ihr reichte, und kritzelte ihren Namen unleserlich auf das Tablet.

»Dan-ke.« Der Mann verstaute seinen Minicomputer in der wasserfesten Tasche und wendete sein Bike. »Tschüss«, rief er ihr über die Schulter zu.

Das Päckchen zitterte in ihren Händen. Sie musste

hier weg, brauchte einen ruhigen Ort. Ihre Beine liefen wie von selbst los. Autoreifen quietschten, ein Taxifahrer brüllte ihr etwas Unverständliches zu. Es war sicher nichts Nettes.

Ach ja, die Straße. Überall Menschen, überall Lärm. Der grobe Karton brannte unter ihren Fingerspitzen. Was würde sie unter dem schlichten grauen Deckel erwarten?

Lina bog auf einen Spielplatz ein, der umsäumt von Büschen und Bäumen unbeachtet abseits des Abendverkehrs lag. Bedächtig setzte sie sich auf eine Schaukel, das Päckchen ruhte auf ihren Knien. Es fühlte sich schwer an, als hätte es plötzlich an Masse gewonnen. Für einen kurzen Moment war sie versucht, Pia anzurufen und um moralischen Beistand zu bitten. Sie straffte die Schultern. Nein! Diesen Schritt musste sie allein tun. Bevor sie es sich anders überlegen konnte, zog sie die Laschen aus ihrer Verankerung und klappte den Deckel auf.

Tyra-Céline lag mit weit aufgerissenem Maul auf dem Rücken und streckte ihr pink lackierte Klauen entgegen. Unwillkürlich musste Lina grinsen. Das würde Pia nicht gefallen. Sie hing an den drei Dino-Damen, die Tyra als Körperdouble bei der Schnitzeljagd vertraten.

Lina strich gedankenverloren über den Saurier, um dessen Bauch ein grauer iPod gebunden war. Die Ohrhörer lagen eng an Tyra-Célines Kopf. Zögernd griff sie danach. Ihre Finger vibrierten im Takt ihres flatternden Herzens, wollten ihren Befehlen nicht gehorchen. Die Kabel verhedderten sich in den kurzen Armen des Tyrannosaurus, steckten in dessen spitzen Zähnen fest. Endlich hielt sie die kleinen weißen Knöpfe in der Hand.

Wollte sie hören, was er zu sagen hatte? Was es auch war, sie musste es durchstehen. Sonst würde sie keine Ruhe finden.

Sie schloss die Augen und drückte auf *Play*.

20:27 Uhr

Dichte Regenwolken verdunkelten den Horizont. Die Sonne hatte sich ebenfalls in den Feierabend verabschiedet. Lina saß im Schein einer Laterne und hörte den Song zum zehnten Mal. Lauschte den Worten seiner Liebe, seines Leidens und der Bitte um Vergebung. Ihr Herz hüpfte bei jedem falschen Ton und tanzte zu den schiefen Rhythmen. Mittlerweile kannte sie jede Zeile und sang leise mit.

24 hours and my world turned upside down
every time I see you I feel like a foolish clown.
24 hours and there's no way back:
You're in my heart, you're deep in my head.

Chocolate eyes
and raspberry kisses.
I want you to be my misses.

When you kiss me
it's like an underwater dream:
I'm your king and you're my queen.

24 seconds and I smashed it all.
One wrong word and a free fall.

24 seconds and I can swim in my tears,
I'm diving deep but there's nothing but fears.

Chocolate eyes
and raspberry kisses.
I want you to be my misses.

When you kiss me
it's like an underwater dream:
I'm your king and you're my queen.

So, Lina, please give me a chance
for a last dance
and a new start:
I love you with every beat of my heart.

Lina zog die Kopfhörer aus den Ohren. Alle Zweifel waren verschwunden, machten einer glasklaren Gewissheit Platz: Sie konnte ihm verzeihen. Und sie liebte ihn.

Es hatte angefangen zu nieseln, und die Kälte ließ sie erschaudern. Zeit, nach Hause zu gehen. Und ihm zu schreiben. Dass es ein Morgen für sie geben könnte. Ein glückliches Lächeln umspielte ihre Lippen. Der feine Regen wirbelte im goldgelben Lichtkegel der Laterne, legte sich wie winzige Diamanten auf ihre Wolljacke. Es war, als hätte jemand eine Handvoll Glitzer in ihr Leben gestreut.

In schmalen Achten legte sie die Kabel neben den Kopf des Dinos und schloss den Deckel. Eine Bewegung erregte ihre Aufmerksamkeit. Ein kleiner weißer Zettel lag neben ihrem Fuß im Sand. War er aus dem Päckchen gefallen? Sie stieß sich ab und hüpfte von der Schaukel.

Das Papier war sauber und ordentlich gefaltet. Lina bückte sich und klappte es auseinander.

Es ist keine Kunst, aber dafür echt.
Ich warte auf dich.
20:00 unterm Himbeerstrauch?
Fabio

Erschrocken sah Lina auf die Uhr. Zwanzig Uhr einunddreißig. Gott, warum hatte sie das Briefchen nicht früher gesehen? Hastig stopfte sie das Papier in ihre Jackentasche und rannte los, los, los.

Ein knallroter Smart mit einer lachenden Pizza auf dem Dach raste um die Ecke. Gummi schlitterte über den feuchten Asphalt. Die Welt stand einen Moment still, als Lina sich im grellen Licht der Scheinwerfer der Unabänderlichkeit der Geschehnisse bewusst wurde. Sie hörte den Aufprall nicht, spürte weder, wie ihr Körper auf den Asphalt geschleudert wurde, noch den dumpfen Schlag, mit dem ihr Kopf auf den Bordstein knallte.

21:04 Uhr

Fabio stand am Rand der Dachterrasse. Nichts hatte sich hier oben verändert, und doch war alles anders als vor einem Jahr. An den Himbeersträuchern hingen statt reifer purpurroter Früchte braun-gelbe Blätter. Der dichte Nieselregen zeichnete die Konturen der beleuchteten Fenster im Haus gegenüber in einem weichen Glanz.

Alte Bekannte tauchten auf der Bühne auf. Oma Irmi humpelte an einer Krücke zum Herd. Was war ihr zugestoßen? Die Wohnung des Mannes mit einer Vorliebe für schwarzes Leder war dunkel. Sicher arbeitete er noch in seiner Kanzlei, Bank oder Versicherung. Jonathan saß wieder vor seinem Bildschirm, aber seine Haare reichten ihm bis zum Kinn, und das billige Kassengestell war einer trendigen Hornbrille gewichen. Fabio konnte es kaum erwarten, mit Lina gemeinsam hinter die Vorhänge der Leute zu spähen und neue Geschichten zu erfinden. Zum wiederholten Mal sah er auf die Uhr. Acht Minuten nach neun. War sie aufgehalten worden? Oder hatte sie den Zettel nicht bemerkt, den er unter Tyras Schwanz geschoben hatte? Aber hätte sie ihm nicht wenigstens eine Nachricht geschickt, wenn sie ihm verzeihen konnte? Oder auch, wenn nicht? Er prüfte seinen E-Mail-Account zum x-ten Mal. Nichts.

Der Regen wurde stärker, prasselte auf den nackten

Beton. Bald sammelte sich das Wasser in Pfützen, rann in kleinen Bächen die Regenrinnen entlang, um dann in die Tiefe zu stürzen. Fabios Hoodie war mittlerweile komplett durchnässt.

Einundzwanzig Uhr siebenundzwanzig – waren ihre Wunden zu tief? Hatte der Song nicht gereicht? Sein Gesang klang zum Weglaufen, das musste er zugeben. Aber er hatte sich an Karos Regeln gehalten, an jede einzelne. War über seinen Schatten und noch ein Stückchen weiter gesprungen und hatte Lina sein Herz auf einem silbernen Tablett präsentiert. Jeder Buchstabe machte ihn angreifbar, verletzlich. Aber wenn sie es wollte, würde er das jämmerliche Geschrammel sogar auf YouTube hochladen, damit jeder hören konnte, wie sehr er sie vermisste. Vielleicht sollte er nach Hause gehen, sollte ihr schreiben. So einfach konnte er sie nicht gehen lassen. Nicht noch einmal.

Sein Telefon klingelte, und sein Herz setzte einen Moment aus. Eine unbekannte Nummer flimmerte auf dem Display. *Lina!*

»Hi.« Seine Stimme zitterte.

»Hallo, Fabio.«

Nein, nein, nein. Enttäuschung brannte schmerzhaft in seiner Kehle.

»Ähm, also ich wollte nur fragen, ob du noch kommst …« Susan klang unsicher und ein wenig betrübt.

Mist. Das Konzert im Schein & Heilig hatte er total vergessen. Susan tat ihm leid. Sie hatte es nicht verdient, so mies versetzt zu werden.

»Sorry, Susan, ich …« Was, ja was? *Ich stehe auf einer Dachterrasse und warte auf meine große Liebe, die nicht kommt?* Er wollte sie nicht mit einer platten Lüge abspeisen. Aber die Wahrheit konnte er ihr nicht erzählen.

Er sah ein letztes Mal auf die Uhr, als könne er auf dem Ziffernblatt eine Antwort finden. Eine bittere Gewissheit verdrängte jede Hoffnung. Lina würde nicht kommen.

»Also, ich gehe jetzt rein«, sagte Susan am anderen Ende.

Er zögerte. Das Letzte, wonach ihm der Sinn stand, waren laute Rockmusik oder gar ein Date. Aber Susan konnte nichts dafür, dass ihm sein Glück durch die Finger rann. Er hatte gehofft, gebetet, es sich so sehr gewünscht – und sie doch wieder verloren. Fabio straffte die Schultern.

»Ich bin in zehn Minuten da«, sagte er knapp und legte auf.

30. August 2015, 5:23 Uhr

In ihrem Schädel tobte eine Schlagbohrmaschine. Mit perfider Präzision arbeitete sich das Foltergerät von den Schläfenlappen zum Hirnstamm vor. Linas Lider lagen schwer wie Gullideckel auf ihren Augen. Sie wollte sich bewegen, aber ihr gesamter Körper fühlte sich seltsam taub an.

Wo bin ich?, flüsterte eine erstickte Stimme in ihrem Kopf. Eine einzelne Träne rann aus ihrem Augenwinkel und landete in ihrer Ohrmuschel. Das Letzte, was sie hörte, war das rhythmische Läuten irgendeines elektrischen Gerätes. Dann verschluckte sie wieder die Dunkelheit, hüllte sie in samtene Stille, nahm ihr die Schmerzen und die Angst.

»Lina. Kannst du mich hören?« Etwas Weiches strich über ihren Handrücken. Ein warmes Glücksgefühl durchströmte sie: Wo und wann auch immer sie war, sie war nicht allein.

»Lina?«

Irgendjemand beugte sich dicht über ihr Gesicht. Sie roch Schokolade und Kaffee. Und Parfum d'Ete. *Pia*. Lina fuhr mit ihrer Zunge über die trockenen Lippen.

»Hast du Durst? Möchtest du was trinken?«, fragte ihre Freundin sofort.

Lina wollte antworten, wenigstens nicken oder die Hand heben. Aber sie war zu schwach.

»Hier.« Ein Plastikmundstück wurde ihr behutsam an die Lippen gelegt. Zimmerwarmes Wasser rann über ihre pelzige Zunge. Das Schlucken tat weh.

»Was …«, setzte sie an. Ihre Stimme war nicht mehr als ein Flüstern.

»Schschsch. Ruh dich aus. Es ist alles gut. Ich bleibe bei dir«, beruhigte Pia sie und strich ihr sanft über den Kopf.

Sie wollte nicht schlafen. Tausend Fragen schwirrten durch ihr zerschlagenes Hirn. Aber die würden warten müssen.

Wieder driftete sie ab.

»Wird sie wieder gesund?«

Gerade eben war sie noch durch einen glasklaren Strom getaucht, mit Fabio an ihrer Seite. Er hatte ihr zugelächelt. Feine Luftbläschen tanzten in Spiralen umeinander, trudelten hoch, hoch zum Licht. Lina tauchte auf, und mit einem Mal waren sie wieder da. Die Schmerzen und die Schwere des eigenen Körpers.

»Sind Sie eine Verwandte?« *Ich kenne diese Stimme.* Aber woher?

Zögern.

»Ich bin ihre Schwester.«

Pia? Pia.

»Sie sehen ihr nicht sehr ähnlich.«

»Zweifeln Sie an meiner Glaubwürdigkeit?«

»Ihr Bein ist zweimal gebrochen, aber wir konnten die Einzelteile wieder zusammenpuzzeln. Drei Rippen sind angeknackst, und sie hat eine ordentliche Gehirnerschütterung.« Er zog ihre Bettdecke zurück.

Lina spürte einen kalten Luftzug, der über ihre Haut glitt und sie frösteln ließ.

»Abgesehen davon ist die junge Dame topfit.«

»Sehr witzig«, ätzte Pia.

Eine Tür klappte. Der Unbekannte hatte das Zimmer verlassen.

»Du hattest einen Unfall.« Pia knabberte an einem Keks. Selbst das Geräusch erzeugte Übelkeit in ihr. Dazu kam dieser fürchterliche Geruch nach Suppe, ein Überrest des Mittagessens, das sie nicht angerührt hatte. Die Schmerzmedikamente benebelten ihren Kopf, und die Reste der Narkose ließen ihren Magen rebellieren. Vorsichtshalber hob Lina die graue Pappschale an ihre Lippen. Pia aß ungerührt weiter. In der vergangenen halben Stunde hatte sie bereits drei volle Schalen in den Müll befördert.

»Ein Pizzabote ist in dich reingebrettert. Du hattest Riesenglück.«

»Oh ja. Glück.« Lina sank erschöpft in die Kissen.

»Du hättest tot sein können.« Pias Kinn zitterte.

»Woher wusstest du …?«, flüsterte Lina. Sprechen war so anstrengend.

»Dein Handy. Ich war der letzte von dir gewählte Kontakt und die Erste, die heute Morgen angerufen hat. Nach dem dreißigsten Klingeln ist die Stationsschwester schwach geworden.« Ihre Freundin kicherte.

»Ah.«

»Deine Eltern. Ich konnte sie nicht erreichen.«

»Sie sind auf einer Tour. Outback. Lass sie. Brauchen Urlaub. Sollen sich keine Sorgen machen.« Sie schloss einen Moment die Augen. Nur einen Moment, einen winzigen Moment.

»Du bist ja immer noch hier.«

»Schon wieder«, lachte Pia und wies mit dem Daumen auf die blaue Reisetasche, die hinter ihrem Stuhl stand. »Ich habe dir ein paar Sachen besorgt. Der Arzt sagt, dass du mindestens zehn Tage hierbleiben musst.«

»Wie spät ist es?«

»Achtzehn Uhr.«

»Und welches Datum?«

»30. August.«

Lina stöhnte. *Fast ein ganzer Tag.* Sie tastete vorsichtig über ihren Kopf. Ein Verband bedeckte große Teile ihrer Haare und ihrer Stirn. Bei jeder Bewegung schmerzte ihre gesamte rechte Körperhälfte. Es kostete sie ihre ganze Kraft, das Bettzeug ein wenig anzuheben.

»Ich helfe dir.« Pia schlug die Decke schwungvoll zurück. »Dein Bein ist gebrochen. So wie ich das verstanden habe, wurde dir ein halber Metallbaukasten in den Oberschenkel geschraubt. Wahrscheinlich kannst du dir jetzt Memos mit Kühlschrankmagneten ans Knie pinnen.« Sie grinste Lina schief an, die neugierig die weißen Pflaster betrachtete, die an der Seite ihres Beines klebten. Sah gar nicht so schlimm aus. Vorsichtshalber wackelte sie mit den Zehen. Alles noch dran, alles voll funktionsfähig. Sie atmete erleichtert aus.

»Im Takt wippen geht, aber Fußball muss wohl noch ein paar Wochen warten«, stellte Pia fest und nippte an einem Plastikbecher, der einen süß-würzigen Duft verströmte. »Probier mal«, bot sie Lina an und reichte ihr das Getränk.

Der Kakao war heiß und wunderbar süß. »Danke.« Lina trank noch einen Schluck.

»Wieso bist du eigentlich wie ein Blindfisch auf die

Straße gerannt?« Pia tunkte ihren Zeigefinger in ein Creme-Döschen und verteilte den Balsam auf ihren Lippen.

»Fabio«, erwiderte Lina. Freudige Erregung und bange Unruhe machten sich in ihr breit. Hatte er lange auf sie gewartet? Was dachte er jetzt von ihr? Er wusste ja nicht, dass sie im Krankenhaus lag. Sie musste ihm unbedingt eine Nachricht schreiben.

»Fabio und weiter?«, unterbrach Pia ihre Überlegungen.

Lina räusperte sich und konnte ein breites Grinsen nicht unterdrücken. »Er hat mir einen Song geschrieben.«

»Nett.« Ihre Freundin klang unterkühlt.

Lina runzelte die Stirn. Wo war der vertraute Überschwang? Das Loblied auf den Sieg der Liebe, das sie von ihrer Freundin erwartet hätte? »Er hat mich um eine zweite Chance gebeten.« Ihr Gesicht glühte vor Freude. »Und ich will sie ihm geben.«

»Und deshalb springst du vor das nächstbeste Auto?«

Warum ist sie denn auf einmal so bärbeißig? »Fabio hatte ein Treffen vorgeschlagen«, fuhr Lina langsam fort und beobachtete die Reaktion ihrer Freundin. Pia starrte düster vor sich hin. *Es war bestimmt ein Schock für sie, und nun sitzt sie den ganzen Tag an meinem Bett. Da kann man ja nur schlechte Laune kriegen.* »Ich war zu spät, bin einfach losgelaufen. An viel mehr erinnere ich mich nicht.« Der gesamte Unfall schien aus ihrem Gedächtnis gelöscht. »Wo ist eigentlich Tyra-Céline?« Sie hoffte inständig, dass das Maskottchen ihrer Freundin nicht allzu viele Schrammen abbekommen hatte.

»Bis auf diesen entsetzlichen Nagellack geht es ihr gut.« Pias Mundwinkel verzog sich zu einem schiefen Grinsen.

»Da bin ich aber froh. Schließlich bringt dieses Mistvieh tatsächlich Glück in der Liebe.« Lina griff nach Pias Hand. »Danke, für alles. Du bist die beste Freundin, die man sich wünschen kann.«

»Du auch.« Pia gab ihr einen Kuss auf die Wange. Einen Augenblick schwiegen die beiden Freundinnen.

»Könntest du Fabio eine Mail schicken?«

Pia räusperte sich und sah zur Seite.

»Ist irgendwas?« So langsam machte Lina sich Sorgen.

»Ich muss dir etwas sagen.« Pia rutschte auf die vorderste Kante ihres Stuhls. »Gestern Abend, da war ich aufm Kiez. Wenke hatte mich in so 'n Konzert geschleppt, im Schein & Heilig.« Sie verschränkte die Finger ineinander und schraubte sie von rechts nach links.

Lina sah sie erwartungsvoll an. »Hast du jemanden kennengelernt und willst wieder heiraten?«, sagte Lina in dem Versuch, die ungemütliche Stimmung aufzulockern.

»Er war auch da«, presste Pia zwischen zusammengebissenen Zähnen hervor.

»Wer?«

»Fabio.«

»Fabio? Ich verstehe nicht ...« Alles Blut wich aus Linas Händen und Füßen. Ihr war mit einem Mal entsetzlich kalt. Fabio? Auf einem Konzert? Gestern Abend? Der Abend, an dem sie zu ihm geeilt war? »Das kann nicht sein.« Sie schüttelte den Kopf. Sofort brummte es in ihrem Schädel, und sie fasste sich stöhnend an die Stirn. »Du hast dich verguckt.«

»Leider nicht.« Wut funkelte in Pias hellbraunen Augen.

»Doch, bestimmt«, widersprach Lina schwach. »In Kneipen ist es dunkel, da ...« Sie verstummte.

»Glaub mir, ich wünschte, es wäre so. Aber ich habe ihn gesehen. Und bevor du jetzt sagst, dass ich ihn ja kaum kenne: Seine Begleitung hat ihn mit *Fabio* angesprochen. Und das nicht nur einmal.«

»Seine Begleitung?«, fragte Lina tonlos. Das Zimmer drehte sich plötzlich um die eigene Achse.

»Susi, Susan oder so ähnlich, soweit ich das bei dem Lärm verstehen konnte.«

Susan? Er sang ihr seine Liebe, und im nächsten Augenblick traf er sich mit einer anderen? Linas Gedanken standen still, starrten ratlos in eine gähnende Leere. Das konnte nicht sein, das durfte nicht sein. *Es ist aber so.*

»Tut mir so, so, so leid.« Pia strich ihr sanft über den Arm.

Die Berührung fühlte sich unwirklich an. Ihr Körper schien nicht mehr ihr zu gehören. Sie spürte weder den Stoff auf ihrer Haut noch die Luft, die in ihre Lunge strömte, oder den Puls, der rasend schnell an ihrem Hals pochte. Da war nichts mehr. Keine Wut, kein Hass, keine Enttäuschung, *keine Liebe*.

30. August 2015, 20:05 Uhr

»Hey, Dicker. Kommst du mit ins Kino?« Niks Frage wurde von einem rhythmischen Keuchen begleitet. Vermutlich fuhr er wie ein Henker auf seinem Rennrad von der Klinik nach Hause.

Fabio katapultierte ein Papierkügelchen mit einem Lineal in ein Wasserglas. Das machte er schon seit Stunden. Wieder riss er ein Stück von dem Briefumschlag ab, auf dessen Rückseite er Version eins bis drei des Songtextes geschrieben hatte. Es hatte etwas mantraartig Beruhigendes, die Worte seiner Liebe zu zerfetzen. Es linderte zwar nicht den Schmerz, aber so tat er wenigstens niemandem weh. Besonders nicht sich selbst.

»Nein«, antwortete er gereizt. Warum war er eigentlich rangegangen? Egal, das konnte man korrigieren. »Ich empfehle mich, adieu!«

»Stopp, stopp, stopp!«, brüllte sein Kumpel am anderen Ende der Leitung.

»Was?«, motzte Fabio gereizt. Nik hatte das zwischenmenschliche Gespür eines Mammuts.

»Rate mal, wer gestern eingeliefert wurde – auf *meine* Station!«

»Der Weihnachtsmann?« Fabio rollte mit den Augen. Auf Ratespiele hatte er so viel Lust wie ein Bär zum Tanzen.

»Kleiner Tipp: Wir haben erst vorgestern von ihr gesprochen.«

Fabio konnte Niks triumphales Grinsen fast hören. Er schnaubte. War doch scheißegal, was vorgestern gewesen war. Was zählte, war das Hier und Jetzt. Und heute lag seine Welt in Scherben.

»Sie hat übrigens ganz entzückende Beine«, plapperte Nik weiter. »Kann ich gut verstehen, dass du heiß auf sie bist.«

Wovon redete dieser Wahnsinnige? Oder besser, von wem?

»Hat sie ganz schön erwischt, die Kleine. Aber keine Sorge, der Chef hat sie höchstpersönlich wieder zusammengeflickt.« Nik kicherte. »Beachte: GefLickt. Mit l, du verstehst?«

»Komm zum Punkt.«

»Spielverderber«, murrte Nik hörbar enttäuscht. »Ich kaufe ein L, ich kaufe ein I, ich kaufe ein N…«

»Wie bitte?« Fabio sprang so heftig von seinem Stuhl auf, dass der hintenüberkippte. Das Wasserglas wackelte bedrohlich und verteilte die Hälfte seines Inhalts auf dem Tisch. »Lina liegt im Krankenhaus? Und das sagst du mir erst *jetzt*?« Er schrie fast in das Telefon.

»Beruhige dich.«

»Wo ist sie? Was ist passiert?« Fabio ging auf und ab. *Lina. Im Krankenhaus. Zusammengeflickt.* Nackte Angst schnürte ihm die Kehle zu. Er musste zu ihr. Sofort.

»Sie hatte einen Unfall. Zusammenprall mit einem Smart. Bein gebrochen, Kopf gestoßen, Rippen angeknackst. Das war der Kurzdurchlauf. Zufrieden?«, muffte Nik. »Es geht ihr gut, aber Seiltanzen und Handstand kann sie noch nicht. Sie liegt auf der U3. Wenn du mich jetzt entschuldigen würdest? Ich habe Feierabend, und das bedeutet, wie das Wort schon sagt: Ich feiere den Abend.«

»Nichts da, du schwingst jetzt deinen Hintern zurück in deinen weißen Kittel. Ich treffe dich in fünfzehn Minuten auf deiner Station«, bestimmte Fabio und legte auf. Er fuhr sich durch die Haare. Alles, wirklich alles hatte er erwartet: neuer Freund, Rachegelüste, Ach-doch-lieber-nicht. Aber ein Unfall? An diese Möglichkeit hatte er überhaupt nicht gedacht. Doch nicht Lina. Einem so guten Menschen mussten doch Heerscharen von Schutzengeln folgen.

Es überlief ihn eiskalt. Sie durchlebte einen Albtraum, und er schoss Papierkügelchen durch die Gegend und badete in Selbstmitleid. Er stolperte durch den Flur, stieß sich den Ellenbogen an der Garderobe und riss die Stehlampe um. Nur am Rande nahm er es wahr. Er hatte nur ein Ziel, nur einen Gedanken, *nur eine Liebe*. Hastig schlüpfte er in seine Sneaker und sprintete los.

»In welchem Zimmer liegt Malina Nyberg, bitte?« Die Frage war mehr ein Keuchen als Konversation. Er hatte weniger als zehn Minuten von der Hafencity ins AK St. Georg gebraucht.

Die Krankenschwester blickte ihn streng über den Rand ihrer Brille an. »Können Sie die Uhr lesen? Die Besuchszeit ist vorbei, kommen Sie morgen wieder.«

»Schon okay, Schwester Nicole. Er gehört zu mir.« Nik kam schnaufend hinter Fabio zu stehen.

»Wenn Sie es sagen, Herr Doktor«, gurrte die Schwester und schenkte seinem Kumpel ein breites Lächeln.

»Einen ruhigen Dienst«, wünschte Nik ihr über die

Schulter, während er Fabio am Ärmel den Gang entlangzog. »Dafür habe ich was gut bei dir«, knurrte er, als sie außer Hörweite waren.

»Das besprechen wir später.«

»Ich weiß gar nicht, warum du so ein Theater machst! Wolltest du sie nicht endlich loslassen?«

»Ich kann nicht.« Fabio wich einem mit Spritzen und Medikamenten beladenen Rollwagen aus. »Weil ich sie liebe.« Ja, genau so war es. Der Satz fühlte sich richtig an. Nicht holprig, nicht eckig, nicht sauer oder bitter.

»Oh.« Mehr sagte sein Freund nicht.

Sie eilten den Flur entlang. Das Linoleum quietschte unter ihren Sohlen. Der Geruch von Desinfektionsmittel und kranken Menschen hing in der Luft. Fabios Magen rebellierte. Jetzt rannte er fast.

»Halt, hier«, pfiff Nik ihn zurück. Er war vor der 304 stehen geblieben, die Hand auf der Klinke.

Fabio trat durch den Türrahmen, blieb einen Augenblick stehen, atmete tief ein, versuchte, das nervöse Ziehen in seinem Bauch zu ignorieren.

Ihr Kopf lag auf einem hellgrünen Kissen, die Augen geschlossen. Ihr Brustkorb unter der Decke hob und senkte sich regelmäßig. Fabio rollte jeden Schritt so lautlos wie möglich ab. Er wollte ihren friedlichen Schlaf nicht stören. Sie sah so zart und zerbrechlich in dem großen Bett aus. Ein Stich durchfuhr ihn, als er die Schrammen in ihrem Gesicht sah. Wie schön sie war. Selbst dieser furchtbare Mumienverband um ihren Kopf konnte sie nicht entstellen. Eine Welle der grenzenlosen Zuneigung und Liebe erfasste ihn. Behutsam setzte er sich auf den Stuhl, der neben ihrem Bett stand. Er wollte sie so gerne berühren. Sanft strich er über ihre Hand, die auf dem weißen Laken ruhte. Wie lange hatte er auf diesen Moment gewartet, ihn Tag für Tag herbeigesehnt.

»Es tut mir so leid«, flüsterte er.

»Pia?« Ihre Lider flatterten.

»Hi.«

»Du?« In ihren Augen spiegelten sich Erstaunen, Ungläubigkeit und noch etwas: *Wut*?

»Wie geht es dir?«

»Verschwinde!«

Fabio zog die Augenbrauen zusammen. Irgendetwas lief hier schief. Hatte sie seinen Song überhaupt bekommen? *Vollkommen egal.* Er war jetzt hier, bei ihr. Seine Chance, sich zu entschuldigen. »Vor einem Jahr, da habe ich Mist gebaut. Großen Mist. Und das tut mir unendlich leid. Diese dumme Wette – sie war das Abscheulichste, was ich je gemacht habe.« Er räusperte sich. »Aber ich habe dafür gebüßt. Genau dreihundertsiebenundsechzig Tage. Tage, an denen ich nicht bei dir sein konnte, an denen ich dich jede Minute vermisst habe.« Das war zwar nicht gesungen, aber sie musste wissen, dass er sie liebte.

»Pah.« Lina drehte den Kopf von ihm weg, als könne sie seine Gegenwart nicht länger ertragen.

Ihre Ablehnung tat ihm fast körperlich weh. »Kannst du mir verzeihen?« Er hoffte auf ein Ja, obgleich er das Nein nahezu mit den Händen greifen konnte, so deutlich lag es in der Luft.

»Geh.«

»Nicht ohne eine Antwort.«

»Ich hole die Schwester.«

»Der Stationsarzt ist mein bester Freund.«

»Warum lässt du mich nicht in Ruhe?« Sie sah ihn direkt an. In ihren Augen schwammen Tränen.

»Weil ich dich liebe.«

»Du lügst.«

Fabio schwieg. Wie sollte er ihr beweisen, dass er es ernst meinte?

Die Tür wurde schwungvoll aufgerissen. »Du!« Eine junge Frau mit langen braunen Haaren funkelte ihn wutentbrannt an. »Du wagst es hierherzukommen?«

Hinter ihr stand Nik und zuckte entschuldigend mit den Schultern. »Ich habe versucht, sie aufzuhalten, aber diese Lady ist schlimmer als eine Naturkatastrophe.«

»Mit Ihnen habe ich auch noch ein Hühnchen zu rupfen.« Sie drehte sich zu Nik um, dessen Gesichtsausdruck zwischen Belustigung und Furcht hin und her wechselte. Wäre die Situation nicht so ernst, hätte Fabio sich köstlich amüsiert. »Als behandelnder Arzt können Sie es doch nicht zulassen, dass dieser Schuft Ihre Patientin belästigt.«

Nik blickte ratlos von Fabio zu Pia. Dann lachte er laut los. »Schuft?«, wiederholte er immer wieder. »Wie geil ist das denn?«

»Er ist sein Freund«, klärte Lina die Furie auf, die mit offenem Mund Niks Lachanfall verfolgte.

»Das wird ja immer besser«, fauchte sie, nachdem sie sich wieder gefangen hatte. Sie verschränkte die Arme vor der Brust. »Dumm und dreist: zwei wie Pech und Schwefel.«

»Besser als zauberhaft und zickig: Eine geht immer leer aus«, konterte Nik und blitzte sie herausfordernd an.

»Könnt ihr das nicht draußen diskutieren?«, mischte Fabio sich in den Disput der beiden ein.

»Ich würde vorschlagen, dass du dich mit deinem Hampelmann-Freund vom Acker machst«, blaffte Pia ihn an. »Es ist nämlich komplett irrelevant, was du sagst oder tust, ob du ihr ein Herz töpferst oder eine Obstfliege dressierst. Du hast es gründlich verkackt. Ein für alle Mal. Tu ihr nicht noch mehr weh.« Sie schob sich demonstrativ zwischen Fabio und Lina.

»Danke, ich kann für mich selbst sprechen«, sagte Lina und tätschelte Pia das Bein. Widerwillig ging ihre Freundin einen Schritt zur Seite, damit Lina Fabio sehen konnte. »Ich war auf dem Weg zu dir, als mich das Auto erwischte.« Sie sprach leise, aber ihre Stimme klang fest. »Um deine Frage zu beantworten: Ja, ich wollte dir verzeihen.«

Fabio atmete erleichtert auf. Er setzte an, etwas zu antworten, aber Lina gebot ihm mit der ausgestreckten Hand zu schweigen.

»Ich sagte, ich *war* bereit, dir zu vergeben.« Sie schluckte. »Aber wie soll ich jemandem vertrauen, der an demselben Abend noch mit einer anderen ausgeht?«

Nein. Fabios Herz setzte ein paar Schläge aus. Das war doch nicht möglich. Woher wusste sie …? Pia warf ihm einen vernichtenden Blick zu. *Ach so.*

»Lina, da war nichts. Sie ist nur eine Arbeitskollegin. Die Karten hatte sie besorgt, bevor ich wusste, dass du hinter Tyra steckst. An dem Abend, als du nicht kamst, da dachte ich …« Er rieb sich über die Stirn. »Ich dachte, du hasst mich. Ich habe über eine Stunde gewartet. Dann rief Susan an. Ich wollte nicht schon wieder jemanden enttäuschen. Und ich wollte klare Verhältnisse schaffen. Ich habe ihr gesagt, dass sie nichts von mir erwarten kann. Das ist die Wahrheit. Hätte ich geahnt, dass du einen Unfall hast …« Seine Stimme brach.

Lina sagte nichts, starrte nur auf die gegenüberliegende Wand. Es war so still, dass man das leise Rauschen der Heizung hören konnte.

Nun sag doch was, irgendwas, flehte Fabio stumm. Das Schicksal meinte es nicht gut mit ihm. Aber warum auch sollte sie ihm glauben? Er hatte sie belogen. Natürlich würde sie nur sehen, was in das Bild von damals passte.

»Bitte glaub mir.«

»Leb wohl.« Ihre Lippen waren blass, die Worte leise, fast geflüstert, aber die Botschaft stand klar und deutlich zwischen ihnen.

»Lina, ich liebe dich, ehrlich.«

Sie sagte nichts, sah ihn nicht einmal an. Er musste es akzeptieren. Endgültig. Er hatte sie für immer verloren. Irgendetwas in ihm ging zu Bruch. Kein lautes Scheppern. Eher ein leises, todtrauriges Klirren. Seine rechte Hand packte die linke, gab ihm Halt und leitete ihn gleichzeitig aus dem Zimmer hinaus. Ein Schritt vor den anderen, ein Atemzug nach dem anderen.

Aus dem Augenwinkel sah sie Fabio durch die Tür gehen. Weg. Für immer weg. Sie nahm ihre Umgebung mattiert, wie durch Milchglas wahr. Als wäre sie nur Gast, ein Zuschauer in ihrem eigenen Leben. Alles fühlte sich surreal an. Pia stand neben ihrem Bett und wischte die Handflächen an ihrer Jeans ab. Lina wollte, dass sie verschwand, aber kein Ton kam über ihre Lippen.

Ihre Freundin setzte sich, atmete geräuschvoll aus, stützte die Ellenbogen auf ihre Oberschenkel und vergrub ihr Gesicht in den Händen. So saßen sie schweigend nebeneinander. Zeit verging, ob zehn Minuten oder zwei Stunden, Lina konnte es nicht sagen.

Plötzlich richtete sich Pia auf. An ihren Wangen hatte

sie rote Fingerabdrücke. »Er hat diese Susan nicht geküsst«, sagte sie.

»Was?«, hauchte Lina und drehte ihrer Freundin den Kopf zu. Die Bewegung fiel ihr unendlich schwer, jede Kraft schien verloren.

»Fabio hat sie nicht einmal berührt, hat andauernd auf sein Handy geguckt und ein Gesicht wie drei Tage Regenwetter gemacht.« Pia nickte. »Was, wenn sie wirklich nur Arbeitskollegen sind?«

»Lass es«, sagte Lina matt. Das Thema war durch. Jetzt musste sie es nur noch verdauen. Und das würde eine Menge Zeit und Geduld kosten.

Ihre Freundin verknotete ihre Beine in den Schneidersitz. Wieder sagte sie nichts, raufte sich nur die bereits zerwühlten Haare.

»Zwischen den beiden ist nichts.« Pia stand unvermittelt auf und lief vor Linas Bett auf und ab. »Ich bin den ganzen Abend noch mal durchgegangen. Alles passt zusammen. Fabio sagt die Wahrheit.«

»Warum erzählst du mir das?«, fragte Lina tonlos.

»Weil ich glaube, dass ich Mist gebaut habe. Und du deswegen einen großen Fehler machst.«

»Es ist okay.«

»Ist es eben nicht.« Pia verschränkte die Hände im Nacken und legte die Ellenbogen eng an ihren Kopf, als müsse sie sich vor einem heftigen Schlag schützen. »Nimm für einen Moment an, dass Fabio zu seiner Kollegin wirklich nur nett und ehrlich sein wollte. Dass er aus seinen Fehlern gelernt hat und nicht auch noch das nächste Mädchen verletzen wollte.«

»Du meinst, dass er auf einmal zu einem Gentleman mutiert ist?«, spuckte Lina verächtlich aus. Pia ging ihr langsam auf die Nerven. Sie lag hier zertrümmert, innen wie außen. Und anstatt ihr Beistand zu leisten, schlug sie sich auf die Seite dieses Verräters.

»Es ist völlig normal, dass du die Situation so interpretierst, wie du es von ihm erwartest. Diese Enttäuschung vor einem Jahr ist fest in dir verankert. Aber je mehr ich darüber nachdenke, desto mehr glaube ich seinen Worten. Und ich möchte nicht, dass du in dein Unglück rennst.«

»Lass jetzt bitte nicht die Psychologin raushängen.«

»Ich lasse nur die Freundin raushängen.«

»Geh jetzt.«

Pia stand auf. »Denk noch mal drüber nach.« Sie seufzte. »Hm, aber vielleicht ist es ja doch besser, wenn ihr kein Paar werdet. Wenn deine Zuneigung zu ihm nicht mal dieses Missverständnis verkraftet, hätte eine Beziehung auf Dauer sowieso keinen Bestand. Kann sein, dass du ihm verzeihen möchtest, aber du vertraust ihm nicht, verständlicherweise. Bei jeder Kleinigkeit würdest du eure Liebe auf den Prüfstand stellen. Vermutlich wäre nach ein paar Wochen sowieso Schluss«, summierte sie, während sie ihren Pferdeschwanz neu band.

»Fertig mit deinem Resümee?«

»Ich komme morgen wieder«, sagte ihre Freundin und streichelte Lina sanft über den Kopf. »Tut mir leid, das alles.«

31. August, 6:03 Uhr

»Guten Morgen, Schätzchen.«

Lina öffnete mühsam die Augen und schielte in die Richtung, aus der die Stimme gekommen war. Seit wann hatte sie eine Zimmergenossin? Es musste sicher weit nach Mitternacht gewesen sein, als sie endlich in einen unruhigen Schlaf gesunken war. Und zu diesem Zeitpunkt war das Bett neben ihr noch leer gewesen.

»Guten Morgen«, erwiderte sie schwach. Ihre Kehle fühlte sich trocken und kratzig an. Sie angelte sich das Wasserglas von ihrem Nachttisch und nahm einen Schluck.

Die alte Frau strahlte sie gut gelaunt an. Sie hatte ein rundes Gesicht, das voller Fältchen war. Ihre Augen blitzten munter hinter einer knallbunten Brille. Sie war so klein und zierlich, dass sie in dem Krankenbett fast verschwand. Emsig klapperten die Stricknadeln zwischen ihren krummen Fingern.

»Wie spät ist es?« Lina setzte sich behutsam auf. Ihre Rippen zwiebelten bei jeder Bewegung, aber ihrem Kopf ging es deutlich besser.

»Zwischen Morgengrauen und dem ersten Blutdruckmessen«, antwortete die ältere Dame und grinste Lina verschmitzt an. »Ich bin übrigens die Christel, und du, hm, lass mich raten.« Sie tippte mit der Stricknadel gegen ihre Unterlippe und zog die Stirn kraus, was angesichts der vielen Falten eine echte Leistung war.

Lina musste gegen ihren Willen lächeln. Eigentlich hätte heute ein rabenschwarzer Tag sein müssen. Es war überhaupt eine Frechheit, dass die Sonne vorhatte aufzugehen. Aber diese Christel schaffte es tatsächlich, dass sie sich für einen Moment nicht ganz so mies fühlte.

»Lina, nein, Malina«, löste Christel ihr selbst gestelltes Rätsel. Sie nickte zufrieden und wandte sich dann wieder ihrer Handarbeit zu.

Lina klappte der Mund einen Spaltbreit auf. Hatte die alte Frau gerade ihren Namen geraten? Oder konnte sie hellsehen? *Quatsch*, die Nachtschwester hatte es ihr sicher gesagt, und jetzt machte sie sich einen Spaß daraus, Lina zu verwirren. Trotzdem, sie mochte Christel auf Anhieb und war froh, dass sie mit ihren Gedanken nicht allein war.

»Was stricken Sie da?«, nahm Lina das Gespräch wieder auf.

»Sag doch bitte Du. Sonst fühle ich mich am Ende noch so alt, wie ich bin«, erwiderte Christel. »Es wird ein Schal. Für meine Großnichte. Sie ist dreiundzwanzig.« Sie hob das grobmaschig gestrickte Teil in die Höhe. »Was meinst du, wird er ihr gefallen? Irgendwie bekomme ich nicht mehr mit, was in und was out ist.«

»Er sieht toll aus.«

»Danke. Da bin ich aber erleichtert«, freute sich Christel und nahm einen Schluck Kaffee aus einem Pappbecher. Einer von der Sorte, die sie in dem To-go-Laden nur hundert Meter von ihrer WG, gleich um die Ecke, verkauften.

Das Detail irritierte Lina. *Woher hatte Christel um diese Uhrzeit …*

»Aber jetzt zu dir, Lina«, unterbrach ihre Zimmergenossin Linas Überlegungen. »Du schaust nicht gerade glücklich aus, wenn ich das anmerken darf.«

»Wie man sich eben so fühlt, wenn man von einem Auto überrollt wurde«, gab Lina mit einem schiefen Grinsen zurück.

Christel hielt in ihrer Strickerei inne und sah Lina durchdringend an. »Versteh mich nicht falsch, aber ich glaube nicht, dass der Smart allein für deinen miserablen Zustand verantwortlich ist.«

Lina verschluckte sich an dem Wasser, das sie gerade getrunken hatte. Ihre gebrochenen Rippen zahlten ihr dieses Missgeschick mit einem flammenden Schmerz heim. Krampfhaft versuchte sie, den Hustenreiz zu unterdrücken, während sie gleichzeitig die Worte von Christel entschlüsselte. Sie hatte die Automarke nicht erwähnt. *Nein, sicher nicht*. Woher also wusste die Alte, dass es ein Smart gewesen war?

»Ich hätte jetzt Lust auf eine Partie Schwarzer Peter«, fuhr ihre Bettnachbarin fort. »Spielst du mit?« Sie kramte bereits geschäftig in ihrem Nachtschrank. »Ah, da sind sie ja.« Während sie die Karten aus der bunten Schachtel herausschüttelte, summte sie den Refrain von *Hoch auf dem gelben Wagen*. »Oder wir machen etwas ganz anderes.« Sie stoppte mitten im Lied und fixierte Lina mit zusammengekniffenen Augen. Die Atmosphäre in dem sterilen Krankenhauszimmer hatte mit einem Mal etwas Mystisches.

Lina blinzelte ein paarmal, wie um sicherzugehen, dass sie sich die überaus nette, wenn auch etwas eigentümliche alte Frau nicht nur einbildete.

»Hm«, machte Christel und rieb sich nachdenklich das

Kinn. »Ich weiß nicht, ich weiß nicht. Sie ist eine Wissenschaftlerin, glaubt nur an Daten und Fakten«, murmelte sie zu sich selbst.

Jetzt wurde es langsam gruselig. Das konnte doch nicht sein. Lina stellte das leere Glas beiseite und zog ihre Bettdecke höher. »Sprechen Sie von mir?«

»Von wem denn sonst, meine Liebe?«, erwiderte Christel, als wäre es das Selbstverständlichste der Welt. »Wir waren übrigens beim Du, schon vergessen?«

Lina stockte der Atem. *Unmöglich.* »Woher wissen Sie, ähm, weißt du das alles über mich?«

Christel wedelte mit dem Schwarzen Peter. »Das haben mir meine Karten verraten.«

»Du legst Tarot mit einem Kinderspiel?« Entweder war Christel ein einmalig übernatürliches Medium oder geistesgestört.

»Es funktioniert viel besser als mit diesen esoterischen Wahrsagekarten. Das ist doch alles nur Schnickschnack. Kommerz von der schlimmsten Sorte«, entrüstete sich Christel. »Entweder man kann es, oder man kann es nicht. Die Karten sind nur Nebensache. Ich sage dir die Zukunft auch mit einem Auto-Quartett vorher.«

»A-ha«, machte Lina nur.

»Komm, ich lege dir die Karten. Was du daraus machst, ist deine Sache«, bestimmte Christel und schwang energiegeladen die Beine aus dem Bett.

Lina fragte sich unwillkürlich, warum die alte Dame überhaupt hier lag. Sie konnte keine Verbände an ihr entdecken, und auch sonst wirkte ihre Zimmergenossin sehr fidel.

Nachdem Christel Linas Nachttisch so platziert hatte, dass er genau zwischen den beiden stand, mischte sie seelenruhig die Karten. Lina lehnte sich mit einer Mischung aus Furcht, Neugier und Belustigung vor. Ob nun waschechtes Orakel oder einfach nur schrullig: Christel bot eine gute Ablenkung gegen den Schmerz, der ununterbrochen in ihrer Brust wütete.

»Bereit?«, fragte Christel und sah sie bedeutungsschwanger an.

Lina nickte, konnte sich jedoch ein Grinsen nicht verkneifen.

»Es gibt da einen jungen Mann«, begann die liebenswürdige Alte und legte die erste Karte auf den Tisch. Lina drehte sie zu sich herum. Sie zeigte einen hübsch gezeichneten kleinen Jungen mit braunen Wuschelhaaren auf einer bunten Sommerwiese. »Er hat braune Locken und graue Augen.«

Lina schluckte. Eine sehr gute Beschreibung von Fabio. *Erstaunlich.*

»Ihr habt zusammen eine Reise gemacht.« Die nächsten zwei Karten zeigten ein Mädchen und einen Jungen mit Wanderstock.

Ha, dachte Lina erleichtert. *Ein Fehler.*

»Zugegebenermaßen kann man es kaum eine Reise nennen. Eher einen Kurztrip.« Christel kicherte. »Es war ja nur ein Tag.«

Jetzt verlor Lina den Boden unter den Füßen. Träumte sie, oder saß da tatsächlich diese ihr vollkommen unbekannte Person und konnte in einem lächerlichen Kartenspiel ihre Vergangenheit lesen?!

»Aber ihr habt viel erlebt in der kurzen Zeit«, fuhr Christel fort und deckte weitere Karten von dem Stapel in ihrer Hand auf. »Ihr habt Tiere gestreichelt, Kuchen gegessen, und sogar schwimmen wart ihr.«

Ein Mädchen mit einem Kaninchen auf dem Arm, Kinder am Strand, ein Gugelhupf auf einem Tablett: Die Bilder verschwammen vor Linas Augen. Sie hatte recht. Mit jeder Annahme traf die Alte voll ins Schwarze. Wie war das möglich? Wahrsagerei war doch nichts als Unsinn! *Oder?*

Lina fühlte ihren Puls. Etwas schnell vielleicht, aber sonst total normal. Wahnvorstellungen ließen sich so jedoch nicht diagnostizieren. Sie kaute an ihrem Daumennagel. Na ja, gestern hatte sie noch an die Zauberkraft von Tyra geglaubt. Und das, ohne mit der Wimper zu zucken. Warum dann nicht an Christel und den Schwarzen Peter?

»O nein!« Christel riss die Augen auf. Zwischen ihren Fingern zitterte ein niedlicher Schornsteinfeger. Fröhlich winkte er Lina zu. »Er hat dich sehr verletzt, nicht wahr?«

Lina nickte, obwohl sie es eigentlich nicht wollte. Fabio war Geschichte und ging niemanden etwas an, nicht mal Wahrsageromas. Sie presste die Lippen fest aufeinander. Nichts würde sie sagen, gar nichts. Der Schornsteinfeger lächelte sie weiter an. Seine blauen Augen baten um Vergebung. Jetzt kullerte ihr eine Träne über die Wange und dann noch eine und noch eine.

»Ähm«, räusperte sich Christel und legte den Schwarzen Peter auf den Haufen zu den anderen Karten. »Was auch immer er getan hat, er bereut es. Denn eigentlich ist er ein Guter, ein Glücksbringer.« Sie nahm die letzte Karte und drehte sie so, dass Lina sie erkennen konnte. Ein Mädchen schlummerte friedlich in einem Bettchen. »Bevor du ihn für immer in die Wüste schickst, solltest du eine Nacht drüber schlafen«, beendete sie ihre Sitzung und sammelte die Spielkarten wieder ein. »Weißt du, Liebes, oft ist es nicht so, wie es scheint. Und mit etwas Abstand schauen die Dinge immer anders aus. Glaub mir, da kenne ich mich aus. Schließlich habe ich locker sechzig Jahre Vorsprung. Meine Jugend ist so weit entfernt, die kann ich ohne Brille schon gar nicht mehr sehen.«

Lina schniefte. Die Tränen wollten einfach nicht aufhören zu fließen. Aber mit jedem Tropfen, der von Kinn und Nase fiel, fühlte sie sich leichter. Der Knoten in ihrer Brust löste sich, und sie konnte wieder freier atmen. Auf einmal ergab alles einen Sinn, so als hätte ihr Unterbewusstsein die ganze Zeit an einer Lösung gearbeitet, die es ihr in dem Augenblick, da ihr verletzter Stolz abgelenkt war, präsentierte.

Die Antwort auf alle Fragen war: Ja. Ja, sie liebte Fabio immer noch. Ja, sie konnte ihm verzeihen, und ja, sie wollte ihm vertrauen. Pia hatte recht gehabt. Sie hatte einfach dichtgemacht, hatte seine Erklärung gar nicht hören wollen und sie noch weniger geglaubt. Aber wenn sie in Gedanken in die Zukunft reiste und als Achtzigjährige auf ihr heutiges Ich zurückblickte, erschien ihr das irgendwie unvernünftig. Nachvollziehbar, aber dumm.

»So, liebe Frau Paulsen. Zeit für Ihre Physiotherapie«, unterbrach der Stationsarzt sie. Er marschierte zu Christels Bett und löste mit einem lauten *Klack* die Bremsen an den Gummirollen. Christel steckte die Beine unter die Bettdecke und strich sie sorgsam glatt. In ihrer schrumpeligen Hand hielt sie die Karten umklammert.

»Viel Glück, meine Schöne!« Sie winkte Lina zu und stimmte wieder ein Volkslied an.

»Bis nachher«, gab Lina zurück. Sie hätte gern noch

länger mit Christel geredet, aber das konnte bis nach der Visite warten. Jetzt musste sie erst mal Glück und Liebe in ihr Leben lassen. Und Fabio dazu einladen.

9:06 Uhr

»Hi.« Fabio steckte den Kopf durch die Tür und lächelte sie an. Sein Puls raste, flatterte mit Überschallgeschwindigkeit durch seinen Körper. Und das seit zwölf Minuten und zehn Sekunden – seit sein Smartphone höflich und dezent eine neue Nachricht mit einem Summen angekündigt hatte. Seit er die vier Zeilen gelesen hatte, die ihm alles bedeuteten, alles auf den Kopf stellten, alles auf Anfang setzten.

Möchte das Lebewohl zurücknehmen,
dir mein Vertrauen schenken,
dich wiedersehen,
nicht nur für einen Tag.

Drei Minuten neunundfünfzig hatte er gebraucht, um die SMS zu entschlüsseln. So langsam, wie er verstand, dass sie ihm eine zweite Chance gab, so schnell war er hierhergeradelt.

»Wie geht es dir heute?« Zögernd kam er näher. Seine Beine zitterten, wollten keinen falschen Schritt machen.

»Gut«, erwiderte Lina. »Auch wenn es vielleicht nicht so aussieht.« Sie grinste schief und betastete den hässlichen Turban auf ihrem Kopf.

»Keine Sorge, das steht dir. Weißgrau ist deine Farbe.«

Er hob wie zum Schwur beide Finger in die Luft. »Ganz ehrlich.« Und überkreuzte Zeigefinger mit Mittelfinger.

Lina schob die Unterlippe vor. »Wenigstens lügst du mich nicht an.«

Fabios Gesichtsausdruck wurde ernst. »Keine Lügen mehr, versprochen.«

»Auch keine Notlügen.«

»Auch keine Notlügen. Außer vielleicht im Büro, wenn ich schneller bei dir sein will«, handelte er.

»Genehmigt.«

Eine kurze Stille des Einvernehmens setzte ein. Sie hatten nicht viel gesprochen, aber alles gesagt.

»Ich …« – »Es …«, begannen beide gleichzeitig. Ihr Lachen klang gelöst, glockenhell.

»Zurück auf Start?« Fabio nahm ihre Hand.

»Zurück auf Start.«

Glück flutete seinen Körper, füllte jede Ritze und jede Zelle aus, bis er von innen heraus zu glühen schien. Er blickte in Linas Gesicht, sah das Spiegelbild seiner Gefühle.

»Hallo.« Er setzte sich auf die Bettkante.

»Hallo«, erwiderte Lina und schlug die Augen nieder.

»Ich bin Fabio, sechsundzwanzig, Single und wahnsinnig in dich verknallt. Darf ich dich küssen?« Er beugte sich leicht vor. Ihre Wärme hüllte ihn ein, er konnte ihren Duft durch all die Medikamente riechen. Ihre Hand streifte seinen Nacken. Ein knisterndes Kribbeln rieselte jeden einzelnen Wirbel herunter. Sie spielte in seinen Haaren, zog ihn zu sich heran. Dieser Mund: so weich, so warm. Er versank in ihren Lippen, kostete jede ihrer Liebkosungen, gab sie zaghaft zurück. Seine Fingerspitzen fuhren über ihren schlanken Hals, tasteten sich über die Schultern und die Arme bis zu ihrer Taille vor. Himmel, wie er diese Frau begehrte!

Nach einer Ewigkeit lösten sie sich voneinander. Er bettete seinen Kopf dicht neben ihren.

»Ich bin müde.« Lina kuschelte sich an ihn.

»Ruh dich aus.« Er küsste sie sanft auf die Nase.

»Bleibst du noch ein wenig bei mir?«

»Bis ans Ende der Zeit.« Er strich mit den Fingerspitzen über ihre Wange. »Wenn du es willst.«

»Ja, ich will.«

Trompeten, Fanfaren, ein bombastisches Feuerwerk zündete in seinem Kopf. Das war es. So fühlte es sich also an: das vollkommene Glück.

28. August 2016, 19:30 Uhr, Lech-Wałęsa-Flughafen Gdańsk

»Oh bitte, nein, nicht schon wieder!« Fabios Nasenflügel weiteten sich vor Ekel. Mit einer Mischung aus Faszination und Entsetzen beobachtete er, wie Nik das Ende der faustdicken Wurst abbiss, den Darm mit den Zähnen packte und in Spiralen abschälte.

»Hast du die überhaupt mal gegessen?« Sein Kumpel stopfte die orangerote Pelle achtlos in seine Hosentasche.

»Aber doch nicht zum Frühstück, Mittag *und* Abendbrot.« Fabio schüttelte angewidert den Kopf. Ein Wochenendtrip mit seinen Freunden war wie zehn Runden Achterbahn nonstop. Zwar hatte er die Idee gehabt, nach Gdańsk zu fahren, aber nur mit Lina, *allein*. Pia war diejenige gewesen, die Timo, Nik, Karo, Lennard und sich selbst dazu eingeladen hatte. Aus dem romantischen wurde ein rasant-komisches Wochenende, das jetzt vorbei war: Rückflug in vierzig Minuten.

»Hmmm, erftklaffig.« Nik grinste ihn mit vollem Mund an. Seit sie in Polen angekommen waren, ernährte sein Kumpel sich ausschließlich von Krakauern, Bier und Kaffee. Insgeheim hatte Fabio darauf gewartet, dass Niks Körper sich irgendwann gegen diese höchst spezielle Kombination wehren würde. Aber sowohl Nik als auch Pia, die sich für die gleiche Diät entschieden hatte, erfreuten sich bester Gesundheit. Im Gegenteil, nicht selten stritten die beiden um das letzte Stück.

»Bäh!« Fabio atmete in seine Faust. Der Knoblauchgeruch war unerträglich.

»Du zierst dich nur wegen deiner Süßen!« Sein Kumpel knutschte die grobe Brühwurst von oben bis unten ab. »Aber ich verrat dir mal was. Frauen stehen auf Kerle, die noch nach Mann riechen: herb, salzig, echt.«

»Ach was?« Fabio verschränkte die Arme vor der Brust. »Bei Pia beispielsweise funktioniert dein Geheimrezept ganz offensichtlich nicht.«

»Ich sagte ja auch Frauen und nicht Hexen.« Nik verdrehte die Augen.

Fabio boxte Nik lachend gegen den Oberarm. Er mochte Pia, sehr sogar, aber sie war, nun ja, Pia eben. Und wenn sie auf seinen besten Freund traf, dann entstand so etwas wie ein elektrisches Feld. Die beiden waren wie zwei entgegengesetzt geladene Pole, zwischen denen es immer wieder zu blitzartigen Entladungen kommen konnte, meist in Form von Wortgefechten. Ein wahres Naturschauspiel, das man am besten mit ausreichend Sicherheitsabstand betrachtete.

»Apropos, ist unsere Schamanin schon wieder aus der Sicherheitskontrolle aufgetaucht?«

»Hä?«

»Tss, tss, nur Augen für seine Prinzessin. Muss Liebe schön sein.« Nik fasste sich ergriffen an die Brust, dann intonierte er mit kräftigem Timbre: »And a-hi-ei will always love ju-hu-hu-huhuhu –«

»Hör auf damit, du Freak.« Fabio holte zu einem Nackenklatscher aus, wich aber schnell wieder zurück, als sein Kumpel mit Zeigefinger und Knoblauchwurst ein

Kruzifix improvisierte und ihm entgegenstreckte. »Was ist nun mit Pia?«

»Sie war so clever, einen Tomahawk in ihrem Rucksack zu verstauen. Der Typ am Bildschirm …« Niks massiger Körper wurde von einem Lachanfall geschüttelt, sodass er nicht weitersprechen konnte. Immer wieder holte er keuchend Luft und kniff sich in die Nasenwurzel. »… Ey, das Ding war bestimmt 'n halben Meter lang …«, wieder gluckste er, »… mit blauen und roten Federn dran und *so* einer Schneide.« Er spreizte Daumen und Zeigefinger weit auseinander.

»Nee, oder?« Fabio fuhr sich durch die Haare.

»Das ist eine FRIEDENSpfeife«, machte Nik Pia nach und wischte sich die Lachtränen aus den Augenwinkeln. »Du hättest das Gesicht des Sicherheitsheinis sehen müssen: ganz großes Kino.«

»Und dann?«

»Dann kamen zwei Uniformierte und haben sie in einen Nebenraum abgeführt.«

»Und das sagst du mir erst *jetzt*?«

Nik zuckte mit den Schultern. »Relax, sie kommt schon noch.«

»Hoffentlich«, sagte Fabio leise. Die letzten Stunden des Tages, *ihres Tages,* wollte er ungestört mit Lina verbringen – und nicht auf einer polnischen Flughafenwache. Sein Blick streifte die elektronische Anzeige über ihrem Gate. Nur noch zwanzig Minuten bis zum Boarding. Der letzte Flug nach Hamburg für heute. *Mensch, Pia.*

Er riss sich von Niks Kaubewegungen los und hielt in der Abflughalle nach Lina Ausschau. Ein lautes Kreischen verriet ihm, wo sie war: Duty-Free-Shopping mit

Karo und Lennard. Gerade stellte sie sich auf die Zehenspitzen und wischte ihm etwas von der Wange. Sofort kribbelte es heiß in Fabios Nacken, aber er bemühte sich, genauso gelangweilt auszusehen wie die überlebensgroße Chanel-Schönheit, die den Eingang zu dem Geschäft bewachte. Er musste sich langsam daran gewöhnen, dass Lennard dazugehörte. Genauso wie Karo, Nik, Pia und Timo. In den vergangenen zwölf Monaten hatten sie zusammen gegrillt, Basketball gespielt, hoffnungslos schräge Filme geguckt, Äpfel geerntet und waren jetzt echte Freunde.

»Kann ich auch 'n Stück?« Timo grabschte nach Niks Wurst, ohne auf eine Antwort zu warten.

»Nein.« Nik entriss ihm das rund gepresste Schweinefleisch und hielt es außer Reichweite.

»Mann, sind die Klos hier *dreckig*.« Timo schnalzte mit der Zunge. »Und dann keine Seife. Bah.«

»Hier.« Nik reichte Timo die Krakauer, der ein diebisches Grinsen erfolglos zu unterdrücken versuchte.

»Dank-A-UA.« Niks zehn Kilo Handgepäck in Hartschale waren auf Timos Barefoot-Turnschuhen gelandet.

»Sorry.« Nik sah Timo unschuldig mit großen Pupillen an.

»Gipskopf.«

»E-Mail-Softy.«

»Das nimmst du zurück.«

Fabio stand auf und streckte sich. Irgendwie hatte er sich den heutigen Tag anders vorgestellt. Privater, intimer, *zu zweit*. Für ihn war es nicht nur ein beliebiger Ausflug in eine osteuropäische Stadt gewesen. Es war eine Reise in das Jahr, das ihnen fehlte, in dem Lina nur ein Schatten an seiner Seite gewesen war. Zwar hatte sie ihm viele

Fotos gezeigt: hübsche Fassaden, lächelnde Freundinnen, eine glückliche Zeit. Irgendwann wollte er Lili und Magda auch kennenlernen, wollte die Uferpromenade mit dem Krantor, die Bürgerhäuser am Langen Markt, die Königskapelle und das goldene Tor selbst sehen, als könne er so eine Lücke in seiner Erinnerung füllen, die verlorenen Monate zu einer gemeinsamen Vergangenheit zusammenfügen.

Und es hatte funktioniert, irgendwie. Ganz anders als geplant, aber grandios. Eine neue, eine gemeinsame Erinnerung an ein tolles Wochenende: mit viel Chaos, dreckigen Witzen, unfairen Wasserschlachten und der angemessenen Revanche, ein bisschen Kultur und warmem Apfelkuchen mit Vanilleeis. Nicht eine Sekunde war Langeweile aufgekommen, nie waren sie allein gewesen. So hatte er allerdings keine ruhige Ecke, keinen passenden Moment gefunden, um es ihr zu geben. Das, was er seit zweiundsiebzig Stunden in einer Tasche seiner Jeans mit sich herumtrug, was ihm seit acht Wochen den letzten Nerv raubte, seine Geduld bis aufs Äußerste spannte. Direkt nach London hatte er mit dem Knüpfen angefangen, hatte ein Tutorial nach dem anderen geschaut, sich bestimmt hundertmal in den hell- und dunkelblauen Bändern verheddert. Pink war ihm sogar zweimal gerissen. Jetzt war es fertig und wartete darauf, überreicht zu werden.

Über den Wolken vielleicht. Er angelte das Armband aus seiner Hosentasche, betrachtete das dreifarbige Rautenmuster, drehte das goldene Unendlichkeitssymbol, das die beiden Enden miteinander verband, zwischen seinen Fingerspitzen. *Ob es ihr wohl gefällt?*

»Was is'n das?«

»Nichts.« Fabio verstaute das Schmuckstück in seinem Rucksack.

»Wie süüüß«, quietschte Nik und wedelte mit der rechten Hand vor seinem Mund.

Fabio schnaubte. Nik war einfach Nik. »Davon verstehst du nichts.«

»Von Freundschaftsarmbändern?«

»Liebe.«

»Mo-ment.« Nik streckte seine Handfläche wie ein Verkehrspolizist aus. »Mit Frauen kenne ich mich besser aus als mit pertrochantären Femurfrakturen. Und das will was heißen, schließlich habe ich an der Leitlinie mitgeschrieben.« Er streckte seine gut trainierten Brustmuskeln vor und hob das Kinn. »Mein zweiter Vorname könnte *Amor* sein.«

»Hihi-hoho-haha. Mit keiner deiner Ladies bist du länger als drei Monate zusammen. Unterscheide: Liebe versus Liebes*spiel.*«

»Natürlich war ich schon mal verliebt«, entrüstete sich Nik. »Einmal, im Ferienlager, da war diese heiße Englischlehrerin.« Er schniefte dramatisch. »Sie wollte nichts von mir wissen. Ich war elf, es hat mir das Herz gebrochen.« Sein Kopf sackte getroffen auf die Brust.

»Idiot.« Jetzt saß der Schlag in den Nacken.

»Liebe«, mischte Timo sich in die Diskussion ein, »Liebe ist viel mehr als irrationales Bauchgekribbel, Liebe ist Gold wert!« Er sah von seinem Smartphone auf. Seine Augen glänzten. »Und ich werde damit reich, hundertpro.«

»Oje«, seufzte Fabio.

»Erzähl«, sagte Nik.

»Kennt ihr John Gottman?«

»Nein.«

Fabio wischte Niks Antwort mit einer Hand weg. »Ja, natürlich, fahr fort.«

Timo sah irritiert von einem zum anderen, unschlüssig, wie viel Grundkenntnisse er voraussetzen konnte. »Ist ja auch egal«, entschied er zuungunsten von Nik. »Jedenfalls bastele ich grade an 'ner App, die mit einer neunzigprozentigen Sicherheit voraussagen kann, wie lange du mit deinem Herzblatt zusammen sein wirst.«

»Wie bist du denn auf den Quatsch gekommen?«

»Eins von Pias Büchern, systemische Paartherapie, lag neben dem Klo. Irgendwann hatte ich mir mal Kartoffelsalat bei Peters Imbiss geholt. Alter, hatte ich einen Durchfa...«

»Reicht, danke.«

»Statt künstliche Intelligenz zu entwickeln, machst du jetzt also Kaffeesatzlesen«, fasste Nik Timos neueste Karrierepläne zusammen.

»Ist doch egal, womit ich meine erste Million verdiene.«

»Pff«, machte Fabio nur.

»Spinner«, sagte Nik zeitgleich.

»Woll'n wir wetten?«

»Nein!«, riefen Nik und Fabio wie aus einem Mund.

»Schade, das ist eine todsichere Methode.«

»Liebe lässt sich nicht berechnen«, sagte Fabio. »Obwohl, so ein bisschen Hellseherei ...« Er zögerte, sah zu Nik, der sich unter seinem Blick wegdrehte.

Timo lehnte sich interessiert vor. »Was?«

Fabio vergrub die Hände in den Hosentaschen. Das würde ihm sicher noch einen dummen Spruch von Nik einbringen, aber egal. »Lina und ich, wir wären heute nicht zusammen, wenn da nicht *zufällig* diese Wahrsager-oma …«

»Kein Zufall«, unterbrach ihn Timo. »Das war Pias Großtante, ihres Zeichens Theaterschauspielerin, die auf der Durchreise von München nach Fehmarn bei ihrer Lieblingsgroßnichte ganz spontan einen Zwischenstopp eingelegt hat und von Ni…«

»Danke, wir haben genug gehört«, unterbrach ihn Nik.

Timo zuckte Timo-typisch mit den Schultern und klappte wieder sein Smartphone auf. Fabio hing immer noch an seinen Lippen, versuchte das Gesagte in einen sinnvollen Zusammenhang zu bringen. *Pia hat also ihre Großtante eingeweiht, aber wie war die alte Dame in das Krankenzimmer …*

»Nik?« Fabios Stimme klang streng, wie die von Professor Hansen, Medienwissenschaften und Kommunikation, wenn er jemanden beim Schummeln erwischt hatte.

Sein Kumpel hustete in seine Faust und stand auf. »Ich muss mal kurz …«

Fabio hielt ihn am Ärmel fest. »Nicht wirklich, oder?«

»Ich hatte keine Wahl«, jammerte sein Freund und ließ sich wieder auf die Bank fallen. »Diese Verrückte hat mich erpresst.«

»Womit?«, fragte Timo interessiert.

»Sie hat gedroht, mir jeden Morgen einen Hundehaufen vor die Haustür zu legen, wenn ich ihr nicht helfe.«

»Pia ist einfach naturcool«, lachte Timo.

»Vollkommen irre trifft es wohl besser«, brummte Nik.

Fabio biss sich in die Innenseiten der Wangen, um ein finsteres Gesicht bemüht. Schließlich musste er sauer sein, weil sich die beiden schamlos eingemischt hatten. Dabei war er mehr als glücklich über diese geheime Verschwörung, weil er und Lina sonst vielleicht nicht zusammengefunden hätten.

»Danke, Großer.« Er klopfte Nik auf den Oberarm. Der sah überrascht zu ihm auf, stimmte dann aber in Fabios breites Grinsen ein.

»Ehrlich, Dicker. Ich konnte doch nicht zulassen, dass ihr euch schon wieder verpasst«, rückte er mit der ganzen Wahrheit raus.

Fabio schüttelte lachend den Kopf. »So was muss man erst mal bringen.«

»Dafür bin ich ja da – uhh.« Ein lang gezogener Schrei ließ seinen Kumpel zusammenfahren. Seine gründliche Tyskie-Wodka-Tyskie-Verkostung hatte offensichtlich doch eine Nebenwirkung: Geräuschempfindlichkeit.

»… iiiihhhh.« Auf Lennards Nase kräuselten sich Wellen von der Größe eines Tsunamis. Karo sackte neben *Miss Dior* lachend zusammen. Der pinkfarbene Flakon mit dem Sommerduft von Estephania Enriquez wurde im Takt ihrer Lachsalven geschüttelt.

»Ha-ha-hatschi«, versuchten Lennards Riechzellen das Parfüm loszuwerden.

Obwohl er ihr mittlerweile leidtat, musste Lina kichern. Sie reichte ihm ein Tuch und stellte das hellgrüne Fläschchen, mit dem sie ihn bei der nächsten Lüge in eine duftige Zitrone hatte verwandeln wollte, zurück ins Regal. Der Arme hatte genug für heute. Schon jetzt roch er wie ein bunter Blumenstrauß und sah auch so aus. Eigentlich hatte er nur eine Packung M&M's kaufen wollen, war aber unglücklicherweise genau an dem Lippenstift-Aufsteller vorbeigegangen, an dem Karo unbedingt den *Fruity Shaker* von Lancôme an jemandem testen wollte. Bevor er widersprechen konnte, hatte Lennard *Cherry in Love* auf der Ober- und *Peach Divine* auf der Unterlippe. Lina hatte sich schnell hinter einer angeblichen Allergie versteckt. Gerade rechtzeitig, denn Karo hatte den Lidschatten entdeckt.

»Nimm doch dein eigenes Gesicht«, hatte Lennard gefleht.

Das ginge nicht am Spiegel, da sähe sie nur ihre Falten und könne sich nicht auf das Produkt konzentrieren, hatte Karo seinen Einspruch abgebügelt. Außerdem habe sie ja nur zwei Augen und einen Mund, und es gäbe vierzehn verschiedene Farben. Lina hatte versucht, Lennard beizuspringen, aber Karo hatte nur »Papperlapapp« gesagt und mit dem Minipinsel gewedelt.

Später hatte Karo ein neues Spiel erfunden, das sie *Ehrlich & gefährlich* nannte. Lina erinnerte es vage an Wahrheit oder Pflicht. Zu Lennards Unglück zeigte der Verschluss seiner Cola-Flasche meist auf ihn selbst, und Karo zog äußerst oft ein gelbes M&M, woraufhin sie eine wirklich indiskrete Frage stellen durfte. Leider blinzelte Lennard immer, wenn er log, was Karos scharfem Blick nicht entging. Zur Strafe gab es Eau de Toilette wild durcheinander. Auch Lina hatte bereits Georgio Armani, Hugo Boss und Calvin Klein auf ihrem Kleid. Nur Fabios Cousine roch wie frisch aus der Dusche. Mittlerweile hatte Lina den starken Verdacht, dass sie sowohl die Rotation der Flasche als auch die Wahl der Schokolinse trotz geschlossener Augen beeinflussen konnte.

»Gnade«, winselte Lennard und hielt sich die Hände schützend vors Gesicht.

»Dip-di-du-daddel-duddel-du«, machte es aus Karos Ledertasche. Sie stellte Estephania achtlos neben Victor &

Rolf und begann, zwischen Hustenbonbons, Taschentüchern, Notizheftchen und Faltbeutel nach ihrem Handy zu suchen.

»Ja, hallo?«

Lennard zupfte an seinem T-Shirt und verzog angewidert das Gesicht.

»Hi Mum«, begrüßte Karo die Anruferin. »Wir sind am Flughafen. Hmhm. In fünf Minuten oder so.« Sie drückte Lina ein lilafarbenes Einhorn, *Cherry in Love* und einen Fünfziger in die Hand und entschwand via Pralinenabteilung zum Ausgang. »Nein, erst gegen halb zehn. Schläft Emmi schon?«, hörte Lina sie hinter einer großen Lindt-Schleife sagen, dann war sie außer Hörweite.

»Ich werde bestimmt als Stinkbombe eingestuft, von Bord geschmissen und zusammen mit bioaktivem Giftgas entsorgt«, brummte Lennard und stapfte auf das Herrenklo zu.

Lina drückte das mit goldenen Sternen bestickte Einhorn an ihre Brust und stellte sich auf die Zehenspitzen. Der Shop war bis auf ein älteres Ehepaar leer, an der Kasse langweilte sich eine hübsche Polin. Sie drehte sich einmal um die eigene Achse: Karo stand an der riesigen Fensterfront und telefonierte immer noch mit Heike, die während der zwei Tage auf Emilie aufgepasst hatte, Fabio unterhielt sich mit Nik und Timo, nur Pia war immer noch nirgends zu sehen. *Wo steckt sie bloß?* Vier Minuten bis zum Einsteigen und fünfzehn bis zum Abflug. Vorausgesetzt, Wizz Air hielt sich an den Zeitplan. Lina seufzte und machte sich auf den Weg zum Bezahlen.

»Hey.« Seine raue, warme Stimme kitzelte in ihrem Nacken. Ein Schauer löste sich von ihrem Scheitel und rieselte die Wirbelsäule herunter.

»Kannst du zaubern?« Gerade eben hatte er doch noch direkt vor dem Gate gestanden.

»Nein, viel besser. Schau!« Fabio trippelte auf der Stelle, riss dann sein rechtes Bein hoch, während er auf dem linken um die eigene Achse rotierte, und präsentierte ihr dabei seine grau-orangefarbenen Turnschuhe. »Die neuen X-Pro, schneller als jeder Hexenbesen.«

»Pff-unny«, ächzte Lina, aber in Wirklichkeit liebte sie seine Witze, sogar die blöden. Mit Fabio war alles besser, alles wunderschön, alles möglich. Im vergangenen Jahr hatten sie gemeinsam das fruchtigste Mangoeis und das leckerste Rührei gegessen, den buntesten Schmetterling und den schillerndsten Regenbogen beobachtet, die einzigartigste Vase getöpfert, den strahlendsten Sonnenuntergang und den hellsten Stern gesehen, geschwiegen und sich doch alles gesagt.

Fabio umfasste ihre Taille, strich über den dünnen Stoff ihres nagelneuen Jeanskleides und hauchte ihr einen Kuss auf den Mund. »Ist das Pferd mit den Flügeln für mich?« Er deutete mit dem Kinn auf das Stofftier, das Lina unter ihren Arm geklemmt hatte.

»Nein.« *Aber ich habe noch etwas für dich.* Drei Wochen hatte sie an dem eins Komma zwei mal null Komma acht Zentimeter großen Tyrannosaurus gebastelt. Mindestens fünfmal waren die winzigen Vorderläufe der Schere zum Opfer gefallen. Letzten Mittwoch dann hatte sie es endlich geschafft: Mit Pias Kosmetiklupe und zwei Schaschlikspießen hatte sie Mini-Tyra aus pinkfarbenem Buntpapier unter das Uhrglas geklebt und das Medaillon an dem braunen Lederarmband befestigt. Das ganze Wochenende schon trug sie es dicht bei sich, aber nie kam der richtige Zeitpunkt, nie waren sie allein.

»Und mit wem darf ich dann kuscheln?« Fabio schob seine Unterlippe vor.

»Mit mir.«

»Na guhmmmm.« Sofort wühlte er mit seiner Nase in ihren kurzen Haaren, hielt inne, schnupperte. Hinter dem Ohr, entlang der geschwungenen Halslinie bis in ihren Ausschnitt. Lina kicherte und schob ihn sanft von sich weg.

»Interessante Duftnote«, resümierte Fabio. »Irgendwas zwischen Rosenbusch und Büffel.«

»Ah, du.« Lina stach mit dem Plüschhorn gegen seine Brust. »Wir haben Wahrheit oder Duft gespielt.«

»Und du konntest nicht lügen.«

»Mein rechtes Ohr wird dann immer rot.«

»Das muss ich mir merken.« Er legte den Arm um ihre Schulter, und gemeinsam schlenderten sie zur Kasse.

»Brauchst du nicht.«

»Hmm.« Er gab ihr einen Kuss auf den Scheitel.

»Dabei war ich noch gut. Du müsstest mal Lennard riechen.« Lina hielt sich mit Daumen und Zeigefinger die Nase zu. »Karo hingegen könnte die verrücktesten Märchen erzählen, und ich würde ihr *alles* glauben.« Sie schüttelte fassungslos den Kopf.

»Allerdings«, lachte Fabio und packte noch eine Packung Lakritze auf das Band. »Sie hat das perfekte Pokerface.«

»Muss in der Familie liegen.« Die letzte Silbe war noch nicht verklungen, da bereute Lina schon die Worte, die ihr unbedacht über die Lippen gekommen waren.

»Fourty-seven Euro and thirty-two Cent«, forderte die Kassiererin. Lina reichte ihr Karos Schein und nahm das Wechselgeld entgegen. Fabio verstaute Einhorn, Lippenstift und Süßigkeiten in einer Tüte. Aus dem Augenwinkel konnte Lina das Spiel seiner Kiefermuskeln unter dem Dreitagebart erkennen. Zwar sagte er nichts, aber Lina wusste, dass er sauer war. Auf sich selbst, wegen der Wette – immer noch, immer wieder. Obwohl sie ihm längst verziehen hatte, konnte er sich selbst nicht verzeihen.

Lina hielt ihn am Arm zurück. »Es tut mir leid. Ich wollte nicht …«

»Schon okay«, unterbrach er sie und zwang sich zu einem Lächeln. Zwischen seinen Augenbrauen konnte Lina aber immer noch seine Anspannung erkennen.

»Hopp-hopp, ab ins Flugzeug!« Nik sprintete an ihnen vorbei.

»… your Wizz flight 1166 to Hamburg is now ready for boarding …« Die melodische Frauenstimme bat die Passagiere, ihre Tickets bereitzuhalten, und wünschte einen angenehmen Flug.

»Und wo willst du hin?«, rief Fabio ihm nach.

»Pia holen!«

Lina nahm Fabios Hand, verknotete ihre Finger mit seinen. »Hoffentlich findet er sie, bevor das Gate schließt.«

»Ich mache mir größere Sorgen, dass er sie vor lauter Wut auffrisst.«

»Das gäbe böse Verdauungsbeschwerden«, prophezeite Lina.

»Allerdings«, lachte Fabio. »Zumal deine liebe Freundin eine indianische Axt im Gepäck hat.«

Linas Augen weiteten sich. »Hat sie nicht!«

»Doch.« Fabio konnte ein Kichern nicht unterdrücken.

PI-A! Lina kaute auf ihrer Unterlippe, sah sich im Gehen immer wieder um. Jetzt verstand sie, warum ihre Freundin mit dem Sicherheitsbeamten so lange und intensiv diskutiert hatte. Hätte sie doch schon eher nach ihr gesucht! Aber sie hätte nie geglaubt, dass …

»Keine Sorge. Nik schafft das.« Fabio zog sie dicht an sich. Seine Zuversicht und Wärme lösten den Knoten in ihrem Bauch. Mit einem Seufzer schlang sie ihre Arme fest um seine Taille und lehnte sich an seine durchtrainierte Brust. Seit er wieder regelmäßig rudern ging, war sein Kreuz deutlich breiter geworden.

»Lina, ich liebe dich«, flüsterte Fabio in ihr Haar. »Und ich werde dich nie wieder anlügen.« Er hatte das so oft beteuert, dass es Lina wehtat, als er sich schon wieder entschuldigte.

»Das weiß ich doch.« Sie streckte ihm ihr Gesicht entgegen und hauchte ihm einen Kuss auf die Lippen.

»Hm«, machte Fabio nur. Wann endlich würde er ihr glauben?

»Erinnerst du dich noch an Jonathans Zeitmaschine?« Sie löste sich ein wenig von ihm, damit sie in der Schlange ein paar Schritte vorwärtsrücken konnten.

Fabio blinzelte verwirrt zu ihr herüber. »Vierter Stock links, Scheitel und Brille, Agent beim KGB?«, charakterisierte er einen ihrer Hauptdarsteller vom Hinterhoftheater, das sie immer noch regelmäßig spielten.

»Genau.« Lina nickte. »Wenn *du* vor zwei Jahren nicht gewettet hättest, würde ich es tun.«

»Ha, ha«, lachte Fabio humorlos.

»Ernsthaft: Ich würde in Jonathans Garage einbrechen, die Uhr zurückdrehen und am 28. 8. 14 in dich reinrasseln.« Lina stellte sich vor ihn, packte ihn an den Oberarmen und sah ihn eindringlich an. »Fabio, ich liebe dich. Und ich bin dieser dummen Wette mittlerweile sehr dankbar. Denn ohne *sie* gäbe es kein *uns*.«

In Fabios Augen spiegelte sich Unglauben, aber Lina hielt seinem Blick stand, beschwor ihn stumm, dass sie es genau so meinte, wie sie es gesagt hatte. Sie legte eine Hand auf sein Herz, spürte, wie es wild gegen seinen Brustkorb hämmerte. Nach einer Weile nickte er, langsam, fast andächtig. Der Kampf war ausgefochten, nichts stand mehr zwischen ihnen. Er nahm ihr Gesicht in seine Hände und beugte sich zu ihr herunter. Stirn an Stirn standen sie eine Weile.

»Bitte nicht in die Vergangenheit reisen«, flüsterte Fabio irgendwann gegen ihre Lippen. Lina schüttelte sacht den Kopf und erwiderte den Kuss. Nein, sie wollte viel lieber mit ihm ins Morgen fliegen, den neuen Tag erkunden, vierundzwanzig Stunden lang, sieben Tage die Woche, dieses Jahr und das folgende, *mein ganzes Leben bis in die Unendlichkeit*.